나 혼자만 레벨업

파피루스

나 혼자만 레벨업

Only I level up

추공 장편소설

V

파피루스

목 차

1. 인간 사냥

1. 인간 사냥

오크들은 타고난 사냥꾼들이다.

비록 지능은 인간에 비해 떨어진다 할지라도, 자신들보다 약한 대상을 추적하고 사냥하는 능력에 있어서만큼은 인간을 훨씬 능가했다.

부서진 문.

세상과 던전 사이를 막아 주던 벽이 사라진 게이트에서 그 사냥꾼들이 쏟아져 나왔다.

"크르륵."

"큭."

오크들은 거치적거리는 소년들의 시신을 발로 밀어 버리고 주위를 둘러보았다.

"킁킁."

"크륵."

무려 일주일이라는 시간을 던전 안의 어둠 속에서 숨죽이고 있었던 사냥꾼들이다. 주위에 가득한 피와 살의 냄새에 잔뜩 흥분하는 건 당연한 일.

하지만 자신들은 정찰대.

피가 끓는다고 해서 함부로 움직일 수는 없었다.

아직 저 동그란 문 뒤에는 정찰대의 보고를 기다리고 있는 수십의 동족들이 있었다.

각진 벽들에 뚫려 있는 많은 문들과 많은 창문.

정찰대의 통솔을 맡은 오크는 자신들이 서 있는 곳이 성채처럼 복잡하게 만들어져 있는 건물이라는 사실을 금방 알아챘다.

"크르륵."

녀석이 콧구멍을 씰룩거렸다.

두 가지 선택이 있었다.

하나는 이 성을 나가서 사냥감들을 닥치는 대로 잡아 죽이는 것.

그리고 다른 하나는 이 성에 있는 인간들을 전부 죽이고 성을 요새화한 후 사냥을 시작하는 것.

어느 쪽이 안정적인지는 생각할 필요조차 없었다.

놈은 부하에게 말했다.

"형제들을 불러와라."

그러고는 고개를 들어 천장을 올려다보았다.

놈의 귓바퀴가 움찔거리며 위쪽에서 내려오는 소리들을 파악했다.

저 위, 또 저 위의 위.

건물 안에 사냥감들이 가득했다.

머릿속에선 계속 그 사냥감들을 죽이라는 소리가 골이 아플 정도로 울려 대고 있었다.

"좋다."

놈의 입가가 벌어지며 누런색의 어금니가 드러났다.

"일단 이 안부터 깔끔하게 정리한다."

* * *

광안리 바닷가에 많은 사람들이 몰려들었다.

흐린 날씨도 개의치 않고 모여든 사람들의 관심사는 하나.

모래사장 위에 생성된 거대한 게이트였다.

협조를 요청받은 경찰들과 헌터협회 부산지부 직원들은 바리케이드를 치고 시민들의 접근을 철저히 막았다.

하지만 어떻게 된 것이, 몰려드는 발걸음은 전혀 줄지를 않았다.

"선배."

앞에서 한창 인파에 치이다 온 신입 여직원이 울상을 하며 사수에게 물었다.

"저희는 게이트가 생길 때마다 이런 일을 반복해야 되는 건가요?"

사수도 이번 일이 당황스럽기는 마찬가지였다. 게이트 주변이 이리 복잡했던 적은 처음이었다.

"부산에 뜬 게이트 중에서는 역대 최고 크기라니까 어쩔 수 없지."

그러면서 슬쩍 뒤를 돌아보았다.

허공에 자리 잡은, 어마어마한 규모의 구멍.

보고 있기만 해도 안으로 빨려 갈 것 같은 기분에 일부러 무시하려 노력하는 중이었다.

물론.

'던전 브레이크가 일어나지 않는 한 저게 사람에게 피해를 입힐 일 없다는 사실은 알고는 있지만…….'

그래도 게이트는 싫었다.

별다른 이유 없이 우주나 심해를 무서워하는 사람들이 있는 것처럼.

때문에 현장에 나와 있을 때는 그저 헌터들이 저 불길한 구멍을 어서 처리해 주기만을 바랄 뿐이었다.

그런 의미에서 보면 이번 레이드는 마음 놓이는 구석이 있었다.

마침 신입도 그 이야기가 떠올랐는지 말을 꺼냈다.

"아! 선배, 그거 들었어요?"

"뭘?"

"오늘 서울에서 S급 헌터도 내려온다면서요?"

그걸 모르는 사람도 있나?

아마 여기 모인 사람들 중 반은 게이트, 나머지 절반은 S급 헌터를 보러 왔을 텐데.

"성진우 헌터?"

"예! 그 사람요!"

"혹시 아는 사람이야? 뭘 그렇게 좋아해?"

"아, 아니요."

신입은 급히 손사래를 치다가 약간 상기된 얼굴로 몸을 배배 꼬았다.

"사실 S급 헌터를 실제로 보는 건 오늘이 처음이라서……."

사수는 한심하다는 얼굴을 했다.

"성진우 헌터도 신입이고 너도 신입인데, 두 사람은 왜 이렇게 다를까."

"선배!"

"그렇게 노닥거릴 기운이 있으면 저쪽으로 가서 좀 도와주기나 하지그래?"

"저 아까부터 계속 서 있다가 다리 아파서 잠깐 쉬러 왔는데!"

사수는 혀를 끌끌 찼다.

눈을 흘기는 꼬락서니를 보니 나름 억울하나 본데 영 미덥지가 않으니 말이다.

그래도 신입의 심정을 아주 이해하지 못하는 것은 아니었다.

"하긴 나도 살짝 궁금하긴 하네. 요즘 하도 말이 많은 사람이니."

"역시 선배도 그렇죠?"

"S급 게이트의 보스를 혼자서 잡은 헌터잖아."

제주도에 터진 S급 게이트의 보스급 마수는 여왕개미였다.

하지만 그 강렬했던 임팩트 때문에 방송을 지켜본 많은 사람들이 괴물 개미를 보스라고 생각했다.

보스급 마수를 잡는다는 것은 곧 게이트를 닫는다는 것.

혼자 S급 게이트를 폐쇄시킬 수 있는 헌터.

성진우 헌터가 '국가 권력급'들에 근접해 있다는 소리가 괜히 나오고 있는 것이 아니었다.

그에게 이목이 집중되는 것도 당연한 일이었다.

"S급 헌터라니! 실제로 보면 어떤 느낌일까요?"

눈을 반짝이는 후임의 모습을 지켜보는 사수의 머릿속이 복잡해졌다.

'이 녀석, 협회 일이 적성에 맞아서가 아니라 헌터들을 동경해서 입사한 거 아니야?'

선배의 눈빛이야 어떻든 간에 신입은 여전히 눈을 빛내며 들뜬 목소리로 말을 이었다.

"선배, 선배."

"또 왜?"

"진짜 강한 헌터들은 눈을 똑바로 쳐다보기도 힘들다던데, 선배는 S급 헌터도 실제로 본 적 있으시죠?"

사수는 작년, 광주로 출장 갔던 일을 떠올렸다.

"……있지."

"와-."

감탄하는 후임을 보니 귀찮아 하던 사수의 어깨에도 으쓱 힘이 들어갔다.

"어땠어요, 선배? 진짜 무서워요?"

"야야, 말도 마라. 작년에 협회 일로 명성 길드의 마동욱 헌터를 직접 볼 기회가 있었는데."

"잠깐 지나가겠습니다."

"아, 네."

협회 직원 두 사람은 자신들 사이로 지나가려는 한 남자에게 잽싸게 길을 비켜 주고는 다시 붙어 섰다.

그런데.

"어?"

사수는 방금 옆을 지나간 후드 쓴 남자를 돌아보았다.

"왜요, 선배?"

"아니, 저 남자 왠지 낯이 익은 거 같아서."
"어? 신기하네요? 저도 그랬는데."
"협회 스태프인가?"
"흐음……."
"잠깐, 내가 어디까지 얘기했었지?"
"그…… 명성의 마동욱 헌터요!"
"아, 그래. 내가 마동욱 헌터를 직접 볼 기회가 있었는데, 덩치가 얼마나 큰지 어깨 넓이만 해도 이만큼."
"와-."
이러니저러니 해도 제법 호흡이 잘 맞는 선후임 두 사람이었다.

* * *

"성진우 헌터니이임!"
박종수는 삼십 후반이라는 나이에 맞지 않게 울먹이는 목소리로 진우에 대한 반가움을 표현했다.
그만큼 이번 레이드에 걸려 있는 것이 많았다.
박종수의 격한 반응 속에서도 진우는 차분히 시간을 확인했다.
휴대폰 액정에 떠 있는 숫자들이 10시 59분에서 방금 막 11시 00분으로 바뀌었다.
'좋아.'
진우가 씩 웃었다.
혼란을 피하기 위해 은신으로 잠깐 멀어진 후 다시 돌아왔음에도 딱 맞게 도착했다.

레이드를 시작하기 전부터 느낌이 좋았다.

그렇게 고개를 들자.

'……실제로 보니까 더 크네.'

영상으로 접했던 것보다 훨씬 더 커 보이는 게이트가 눈앞에 있었다.

협회가 기사단에게 고지했던 것처럼 게이트 바깥으로 새어 나오는 마력량도 범상치 않았다.

'어떤 마수들이 있을까?'

진우는 절로 미소가 떠올랐다.

그 외에는 무식하게 큰 게이트 말고는 대체로 평범한 모습들이었다.

레이드가 있는 곳이면 어디나 그렇듯 일단 두 군데로 나뉜 하급 헌터들이 보였다.

'저쪽이 수거팀, 저기 저쪽은 채굴팀.'

아는 만큼 보인다고 했나?

복장이나 장비로 쉽게 역할을 구분할 수 있었다.

헌터스의 레이드에 참가했던 경험 덕분이었다.

'그때나 지금이나 길드 관계자들은 여전히 바쁘게 돌아다니시고.'

뭐가 뭔지 하나도 몰라 미숙한 티가 났던 당시와 달리 지금은 여유가 좀 있었다.

역시 경험은 좋은 선생이다.

"어?"

"진짜 오셨네!"

"성진우 씨?"

박종수의 호출에 모이기 시작한 정예 헌터들이 진우를 알아보고 환한 표정을 지었다.

진우는 짧은 인사를 나누며 그들의 면면을 살폈다.

30명이나 되는 상급 헌터들.

박종수가 자신했던 대로 A급, B급 헌터들의 수와 질만 따지자면 헌터스와 비교해도 나쁘지 않았다.

'과연…….'

한 지역을 대표할 수 있는 길드답다고 할까.

게다가 모두들 갑옷이나 마법 효과가 있는 방어구로 철저히 무장하고 있어 '기사단'이라는 이름이 전혀 어색하지 않았다.

이만한 길드가 S급이 없다는 이유로 과소평가를 받는다니.

안타까운 일이었다.

다짜고짜 기사단 길드에 들어올 생각 없냐고 제의하던 박종수의 심정도 이해가 갔다.

이런저런 생각에 잠긴 사이 어느새 헌터들이 주위를 둘러쌌다.

"저기……."

"흠."

서로 눈치를 살피던 그들이 곧 앞다투어 말을 쏟아 냈다.

"헌터님, 제주도 레이드 정말 대단했습니다!"

"그 검은 병사들은 어떤 방식으로 소환하시는 겁니까? 아니, 소환수가 맞기는 한가요?"

"오늘 레이드는 성진우 씨가 앞장서시는 거죠?"

정신없이 쏟아지는 말들에 진우가 난감해질 무렵.

"아, 좀! 좀!"

진우를 데려오자는 아이디어를 가장 먼저 꺼냈던 힐러 정예림이 헌터들을 밀치면서 앞으로 나왔다.

"성 헌터님 난처하시게 왜들 이래? 촌놈들도 아니고."

동료들을 흘겨보는 그녀의 눈빛에 매섭게 날이 서 있었다.

상급 힐러는 팀의 생명을 책임지는 어머니 같은 존재.

공격대 멤버들은 어머니에게 꾸지람이라도 당한 것처럼 다들 불만을 속으로 삼키며 입을 다물었다.

'흣.'

정예림은 미소를 지었다.

빙글 돌아선 그녀가 진우에게 손을 내밀었다.

"기사단 정예 공격대의 메인 힐러 정, 예, 림이라고 합니다."

그러고는 살살 눈웃음을 지으며 말을 이었다.

"다른 사람들은 몰라도 리딩을 맡아 주실 분과 팀의 메인 힐러는 서로 마음이 맞아야겠죠?"

진우는 사심이 가득해 보이는 그녀의 눈빛을 피해 박종수를 바라보았다.

"아직 설명 안 하셨어요?"

"아, 그게……."

박종수는 민망한지 뒷머리를 만지작거렸다.

"일정이 너무 빡빡해서요. 이것저것 수속 밟고 애들 불러 모으느라 바빠서 정신이 없었네요."

겸연쩍게 웃던 그가 헌터들을 둘러보았다.

공격대 멤버들이 한자리에 다 모여 있으니 번거롭게 여러 번 말해야 할 필요 없어서 좋긴 했다.

"이번 레이드의 리더는 저 박종수가 맡습니다."

리더가 자신이라는 박종수의 말에 팀원들이 술렁거렸다.

"또 사장님이?"

"성진우 헌터가 있는데……."

"그래도 되나?"

A급에서도 최상위에 속하는 탱커 박종수가 팀의 리딩을 맡는 것은 전혀 이상한 일이 아니었다.

컨디션이 좋지 못해 빠지는 경우를 제외하면, 대부분의 레이드는 박종수가 리더를 담당했다.

하지만 지금은 공격대에 S급 헌터가 있지 않은가?

강한 헌터가 선두를 맡는다는 건, 레이드의 가장 기본적인 상식 중 하나였다.

박종수는 혼란스러워하는 팀원들을 위해서 빠르게 설명을 이었다.

"성진우 헌터님은 이번 레이드에서 후미를 맡아 우리들이 안전할 수 있도록 지켜 주실 겁니다."

뒤에서 공격대를 지켜보며 팀원들의 안전을 책임져 달라.

이건 박종수의 요구였다.

팀의 안전을 위해서이기도 했고, 길드 명성을 위해서이기도 했다.

전투력이 높은 헌터들은 주로 앞쪽에 선다.

뒤쪽에 서는 이들은 기습에 취약한 마법 계열이나 치유 계열, 혹은 보조 계열 헌터들.

현재 신입을 모으기가 까다로워진 기사단의 사정상, 이들의 생존은 길드의 존망이 달린 문제였다.

거기에 성진우 헌터를 둔다면?

공격대 전체가 빠르게 던전을 공략해 나가면서도 후미를 공격당할 걱정이 없어지는 것이다.

아니!

뒤쪽에서 적이 나타나 준다면 오히려 환영할 일이다.

거기 있는 사람이 누군가?

제주도에서 S급 마수 수천을 상대로 눈 하나 깜짝하지 않고 강행돌파를 했던 성진우다.

적들이 계속해서 뒤쪽으로만 나타나 준다면, 공격대는 조기 퇴근까지 노려볼 수 있었다.

그게 첫 번째 이유였다.

그리고 그것보다 더 중요한 두 번째 이유는…….

꼴깍.

박종수는 폴리스 라인 너머로 몰려와 있는 기자들을 바라보며 마른침을 힘겹게 삼켰다.

많은 사람들이 이번 레이드에 관심을 보이고 있다는 증거였다.

자칫하다간 이렇게 많은 눈들 앞에서 성진우 헌터에게 얹혀 가는 길드로 보이기 쉬운 상황.

'뭐…… 사실이긴 하지만.'

어쨌든 남들 눈에 그렇게 보일 수는 없었다.

기사단 길드에 있어 이번 레이드의 진정한 목적은 길드의 건재함을 알리는 것이었으니까.

그래서 박종수는 진우에게 간곡히 부탁했다.

그 결과.

"성 헌터님과 서로 상의하에 결정된 사항이니까, 불만은 레이드가 끝난 후에 듣겠습니다."

팀원들에게 결과를 통보할 수 있게 되었다.

그런데 그때.

"잠깐만요. 전 정말 이해가 안 가서 그러는데요."

A급 헌터 하나가 앞으로 나왔다.

기사단 길드에 들어온 지 얼마 되지 않은 파릇파릇한 신입 헌터였다.

"저희가 누군가의 보호를 받아야 할 정도로 약한 헌터들인가요?"

그 한마디에 선배 헌터들의 얼굴이 새파랗게 변했다.

'컥……!'

'막, 막내야!'

진우와 비슷한 나이로 보이는 청년 헌터의 얼굴에는 자신감이 흘러넘쳤다.

"안 그렇습니까? 형님, 누님들?"

그도 그럴 것이.

그는 올해의 신입 헌터 중에서 '김철' 다음으로 많은 주목을 받았던 루키 중의 루키였기 때문이다.

그의 자신감에는 다 그만한 이유가 있었다.

상대가 상대라서 문제지.

"성진우 씨가 보시기에도 우리 기사단 길드 정예 멤버들이 그렇게 약해 보이십니까?"

'……'

진우는 새어 나오려는 웃음을 꾹꾹 눌러 참으며 A급 신인이 하는 말을 묵묵히 들어 주었다.

물론.

피가 마르는 긴장감은 다른 헌터들의 몫이었다.

'아니, 걔는 무슨 자신감으로…….'

'설마 저 자식…… 부산 촌놈 아니랄까 봐 S급 헌터 처음 보는 거냐?'

'누가 쟤 좀 말려 봐!'

'헛소리도 시와 때를 가려 가면서 해야 말려 주지…….'

어이가 없어 할 말을 잃은 선배들과, 침묵을 유지하는 진우의 모습에, 신인은 점점 더 기세가 등등해져 갔다.

"사장님도 그래요!"

"나?"

이번엔 또 나냐?

박종수는 자기 자신을 가리키며 기막혀했다.

"아무리 S급 헌터의 이름값이 높다고 해도 그렇지, 개인이 길드만큼의 지분을 가져가겠다는 조건을 대뜸 승낙하시면 어떡합니까?"

"……."

이쯤 되자 머리가 아파 오기 시작한 박종수가 진우에게 곁눈질을 보냈다.

'성 헌터님…… 우리 막내 부탁 좀 드리겠습니다.'

진우는 짧게 고개를 끄덕였다.

"아무튼 저는 이런 말도 안 되는 계약 정말 이해할 수가……."

그때.

열변을 토하던 신인의 코앞에 이그리트가 소환되었다.

'헉!'

검은 기사가 지닌 강대한 마력에 A급 신인은 흠칫하며 뒤로 물러났다.
그런데 채 두 걸음도 다 옮기지 못한 그의 등에 뭔가 딱딱한 것이 부딪혔다.
화들짝 놀란 그가 돌아섰더니, 방금 봤던 기사보다 머리 몇 개 높이만큼 더 큰 기사가 위에서 내려다보고 있었다.
아이언이었다.
"헉!"
속으로 삼키려던 신음이 저도 모르게 튀어나왔다.
이번엔 옆.
어깨를 톡톡 건드리는 느낌에 식은땀이 가득 맺힌 얼굴을 돌렸더니, 거기엔 검은 로브를 뒤집어쓴 무언가가 있었다.
"으, 으악!"
어금니에게서 확 풍기는 흉악한 마력에 다리 힘이 풀린 신인이 풀썩 주저앉고 말았다.
'차마 불쌍해서 베르까지는 못 부르겠네.'
진우가 손짓하자 신인을 둘러싸고 있던 기사급 병사 셋은 금세 다시 그림자로 돌아갔다.
진우는 창백한 얼굴이 된 신인에게 다가가 손을 내밀었다.
"이래도 이해가 안 됩니까?"
진우의 손을 잡고 비틀거리며 일어난 A급 신인은 빛보다 빠르게 고개를 흔들어 댔다.
사소한 해프닝이 끝나고.
진우는 기사단 길드와 함께 게이트 앞으로 이동했다.
들어가기 직전.

"잠깐만요."

사장인 박종수와 부사장인 정윤태가 팀원들의 장비나 상태를 마지막으로 점검했다.

입구 앞이라 그런지 떠들썩했던 분위기는 사라지고 정적이 감돌았다.

'…….'

진우는 언젠가부터 던전에 들어가기 전의 이 긴장감이 마음에 들었다.

머릿속이 차분해지는 느낌.

헌터협회의 소집령이 무서워 전화를 피해 다닐 때는 상상도 할 수 없었던 모습이었다.

"행님, 아무 문제없습니더."

"좋다."

고개를 끄떡인 박종수가 공격대에서 한발 물러나 있던 진우에게로 걸음을 옮겼다.

진우의 시선도 곧 그를 향했다.

"성진우 헌터님."

"네."

진우는 팔짱을 풀고서 박종수와 눈을 마주했다.

박종수가 꾸벅 고개를 숙였다.

"잘 부탁드리겠습니다."

짧지만 많은 심경이 담겨 있는 한마디였다.

진우도 같은 말로 대답을 대신했다.

"잘 부탁드리겠습니다."

박종수와 정윤태가 선두로 들어가고, 나머지 헌터들이 하나둘 안으로 뛰어들어 갔다.

헌터들이 전부 안으로 들어간 것을 확인하고서, 마지막으로 남아 있던 진우가 천천히 게이트 안으로 걸어 들어갔다.

* * *

[던전에 입장하였습니다.]

언제나 그랬던 것처럼 남들은 보지 못하는 시스템 메시지가 가장 먼저 진우를 반겨 주었다.

그런데.

'음?'

진우는 고개를 갸웃거렸다.

거인들도 지나다닐 수 있을 정도로 거대한 통로가 이어져 있는 던전.

상급 던전을 자주 들어가 보지는 못했으나 운 좋게도 한 번 구경해 본 적이 있었다.

그렇기에 진우가 의아했던 것은 던전의 규모가 아니다.

던전의 공기에서 느껴지는 감각.

'뭐지……?'

왠인지 모르게 던전 안이 편안했다.

공기를 타고 전해져 오는 불길함을 느꼈던 적은 수도 없이 많았지만 이런 경우는 또 처음이었다.

하지만.

"오우거다!"

진우의 예감과 달리 공격대는 입구에서부터 난관을 만났다.

"트윈 헤드 오우거!"

"다들 조심해!"

상급 던전의 보스급으로 나오는 마수가 입구 바로 앞에 서서 시뻘건 눈을 번뜩이고 있었다.

"그어어어어-!"

트윈 헤드 오우거의 덩치는 평범한 오우거의 두 배 이상.

놈의 괴력은 그 몇 배에 달할지 가늠하기조차 힘들었다.

어중간한 공격대가 던전 안에서 트윈 헤드 오우거와 조우했다면 혼비백산하여 달아나기 바빴겠지만.

"갑니다!"

기사단 정예 헌터들은 달랐다.

방패를 세운 탱커 박종수가 오우거 앞으로 뛰어들어 갔다.

그를 발견한 오우거는 나무를 뿌리째 뽑아내 만든 것 같은 거대한 몽둥이를 머리 위로 들어 올렸다.

콰앙!

동굴이 울릴 정도의 충격!

그러나 스킬로 온몸의 근육을 부풀린 박종수는 무릎 한번 굽히지 않고 트윈 헤드 오우거의 무지막지한 힘을 견뎌 냈다.

"행님!"

"괜찮다!"

"그람 저도 갑니데이."

박종수 옆에 서브 탱커인 정윤태가 붙어 섰다.

오우거의 시선을 자신에게 확실히 고정시키는 데 성공한 박종수가 목에 핏줄을 세웠다.

"공격!"

기사단의 반격이 시작되었다.

화살이, 마법이, 검과 창이 트윈 헤드 오우거에게 쏟아졌다.

그어어어어!

흥분한 트윈 헤드 오우거가 마구 날뛰기 시작했다.

하지만 박종수는 놈이 시선을 돌릴 틈을 주지 않았다.

가끔 주위로 튀는 공격들은 정윤태가 잽싸게 달려가 모조리 받아냈다.

쿵!

방금도 오우거의 발길질을 막아 낸 정윤태가 바닥에 긴 줄을 두 개 그으며 주르륵 밀려났다.

덕분에 다른 헌터들의 피해는 전무에 가까웠다.

"그어억, 그어어억!"

딜러들의 공격에 오우거의 몸이 조금씩 찢겨 나가기 시작했다.

환상적인 호흡!

진우는 기사단 길드가 오랫동안 영남의 일인자 자리를 지키고 있는 이유를 알 수 있을 것 같았다.

"거어억!"

결국 입에 거품을 문 오우거가 뒤로 넘어갔다.

쿵!

보스급 수준의 마수 하나가 부상자 하나 만들지 못하고 쓰러지는 순간이었다.

깔끔한 승리.

"좋아!"

리더 박종수는 두 주먹을 불끈 움켜쥐었다.

손님이 있어서일까?

팀도 그렇고, 자신도 그렇고 오늘은 평소보다 더 기합이 들어가 있었다.

성진우 헌터 눈에는 우리들이 어떻게 비쳤을까?

'팀워크에 감동한 나머지 길드에 들어오겠다고 결정한다면 더할 나위가 없을 텐데.'

흘깃.

곁눈질하던 박종수와 진우의 눈빛이 마주쳤다.

속마음을 들킨 것처럼 머쓱해 하던 박종수가 어떡할까 고민하다 결국 미소를 지으며 진우에게 다가갔다.

"여기서 잠깐 재정비 좀 하고 가겠습니다."

"아, 그러시죠."

진우는 고개를 끄덕였다.

마나나 체력을 포션으로 채우면 되는 자신과 달리, 헌터들은 마력이나 체력에 한계가 있었다.

강한 마수와 싸운 뒤엔 잠깐이라도 쉬어 주는 것이 필수이리라.

어느새 진우의 옆으로 다가온 박종수가 오우거의 사체를 바라보다가 곤란하다는 얼굴로 입을 열었다.

"큰일이네요."

"……?"

진우의 시선이 박종수를 향했다.

박종수는 말했다.

"역시나 이번 레이드는 쉽지 않을 것 같습니다. 입구 초입부터 트윈 헤드 오우거라니."

그는 턱을 만지작거리다 진우를 돌아보며 싱긋 웃었다.

"혹시 트윈 헤드 오우거의 별명을 알고 있으십니까?"

진우가 고개를 젓자 그는 기다렸다는 듯 대답했다.

"무덤지기."

워낙 강력한 마수라 많은 희생자들이 생길 수밖에 없다는 뜻에서 붙여진 별명일까?

하지만 이어진 박종수의 설명은 진우의 예상과 달랐다.

"이게……."

그는 동굴 안쪽을 바라보았다.

그의 눈에는 어둠에 잠긴 동굴 저편으로부터 음산한 기운이 스멀스멀 흘러나오고 있는 것처럼 보였다.

"보스로 만날 때는 안 그런데 이 녀석을 입구에서 만나면 꼭 그 던전에서는."

박종수는 걱정스러운 목소리로 말을 맺었다.

"언데드들이 나오거든요."

* * *

헌터협회 신고 센터에 급한 전화가 한 통 걸려 왔다.

아직 앳된 소녀의 목소리.

—거, 거기 협회죠!

전화를 연결하자마자 수화기 너머로 들려오는 흐느끼는 소리에 직원은 심상치 않음을 감지했다.

"네, 맞습니다. 말씀하세요."

—여기 지금, 흑, 저희 학교인데…… 밖에 흐흑, 괴물들이 있어요.

"밖? 지금 전화 거신 분은 어디에 있으시죠?"

—숨어 있어요, 제가, 친구랑 있었는데, 친구는, 으흑, 저는, 화장실에.

울먹임으로 뚝뚝 끊어지는 목소리에 대화가 힘들었다.

하지만 노련한 직원은 단어들을 연결해서 금방 소녀가 말하고 싶었던 내용을 유추할 수 있었다.

즉각 협회 본부에 메시지가 올라갔다.

[학교에 마수 출현, 피해자 한 명 확인, 신고자는 피신 중.]

설마 학교 안에서 던전 브레이크라도 발생한 것일까?

직원은 끔찍한 상상에 몸서리치며 신고자 여학생을 살리기 위해 온 신경을 기울였다.

"괴물들의 숫자가 얼마나 됩니까? 놈들이 근처에 있나요?"

—몰라요, 몰라요. 아아, 비명 소리가, 흑흑, 너무 많이 들려요. 전, 흑, 죽는 건가요?

"진정하고 제 말을 들으세요."

목숨이 위험한 순간에 인간이 얼마나 약해질 수 있는지 직원은 오랜 경험을 통해 잘 알고 있었다.

그럴수록 신고 전화를 받는 당사자는 침착해야 했다.

신고자를 진정시킨 뒤 상황에 맞는 최선의 해결책을 제시한다.

그것이 자신의 역할이니까.

“지금 협회 헌터분들이 그리로 달려가고 있어요. 헌터분들은 절대 학생을 포기하지 않아요. 그러니 끝까지 침착하게 행동하셔야 합니다. 아시겠죠?”

–정말요? 그럼, 흑, 저 살 수 있는 거죠?

수화기 너머의 목소리가 조금씩 패닉 상태에서 벗어나기 시작했다.

좋은 징조였다.

여학생을 진정시키는 데 성공했다고 여긴 직원은 그녀가 살아남기 위해서 가장 중요할지도 모르는 질문을 던졌다.

“혹시 그 괴물들…… 어떤 마수인지 알고 있나요?”

–네, 네. 알아요. 알아요. 봤어요. 티비에서.

“어떤 마수죠?”

감각이 둔하고 눈으로만 인간을 좇는 마수라면 화장실에 숨어 있는 것만으로도 좋은 해결책이 된다.

직원은 학교에 나타난 마수가 그런 종류이기를 기도했다.

–그…… 몸은 인간인데, 흑, 못생긴 얼굴을 달고 있는, 아, 그리고 피부가 녹색이에요.

‘설마?’

직원의 눈이 커졌다.

“오크…… 오크인가요?”

–네. 그런 이름이었어요. 오크.

‘안 돼!’

직원은 자신도 모르게 벌떡 일어나서 소리쳤다.

"거기서 도망치세요! 당장! 오크는-."

그때.

직원의 간절한 바람에도 불구하고 화장실 문이 부서지는 소리와 함께 처절한 비명이 들려왔다.

-꺄아아아아악!

* * *

기사단의 레이드는 순조로웠다.

너무 순조로워서 이상하다는 생각이 들 정도로 순항을 거듭하고 있었다.

또 한 마리.

"크아악!"

집채만 한 덩치의 썩은 짐승이 공격대를 피해 달아나다 마법 계열 헌터의 속박 마법에 붙잡힌 뒤 처참한 최후를 맞았다.

같은 일이 반복되자 헌터들도 의아해 하기 시작했다.

"이상한데?"

"이 녀석들, 왜 자꾸 우리를 보고 도망치지?"

"뭔가에 쫓기는 거 같지 않아?"

이번 던전에서는 뱀파이어, 리치, 드레드 웜, 붉은 구울 등의 강력한 언데드 마수들이 연이어 나왔다.

언데드들은 쉬운 상대가 아니었다.

죽이기도 힘들지만 죽였다고 방심해서도 안 된다. 언제 회복하거나 되살아나서 다시 공격해 올지 모르기 때문이었다.

한데.

놈들은 별 힘을 쓰지 못하고 속수무책으로 공격대에게 목숨을 내주었다.

'마치 무언가에 겁먹어서 저항할 생각을 못 하고 있는 것처럼…….'

마수들에 대한 박종수의 평가였다.

이 정도면 굳이 성진우 헌터를 데려올 필요도 없었는데, 하는 생각마저 들었다.

'역시 던전 안의 일은 아무도 모른다니까.'

최상위 A급 던전을 이렇게 쉽게 공략할 수 있을 줄 누군들 알았을까?

'그래도 뭐…….'

다치는 사람 없이 깔끔하게 레이드를 끝낼 수 있을 것 같으니 나쁜 일은 아니었다.

불필요한 손해가 발생하긴 했어도 결과적으로는 다행이었다.

반면 진우는 실망하고 있었다.

'최상위 A급 던전이라기에 기대하고 왔건만…….'

아직 안쪽에서는 무시무시한 마력이 흘러나오고 있었지만, 계속해서 이 모양이라면 경험치나 제대로 얻을 수 있을지.

기합이 잔뜩 들어가 있는 기사단 길드의 분투 덕분에 나설 기회조차 없었다.

'…….'

진우는 속으로 나직하게 한숨을 내쉬었다.

그러다 우뚝.

진우의 발걸음이 멈췄다.

'어?'

멈춰 선 진우가 뒤를 돌아보자, 힐러 정예림도 따라 멈춰 섰다.

"왜요, 성 헌터님? 뒤쪽에 뭐라도 있어요?"

진우는 대답하지 않았다.

질문에 일일이 대답할 겨를이 없을 정도로 심장이 미친 듯이 가슴을 때리기 시작했다.

'설마……?'

게이트 바깥쪽을 향해 있는 진우의 눈동자가 크게 흔들렸다.

그제야 정혜림도 뭔가 이상하다는 사실을 눈치챘다.

"성 헌터님?"

그 순간.

진우의 얼굴이 돌처럼 굳어졌다.

* * *

"으아아악!"

"꺄아악!"

학교 곳곳에서 처절한 비명이 울려 퍼졌다.

살아서 학교를 빠져나간 학생은 불과 절반도 되지 않았다.

나머지 반은 이미 싸늘한 시신이 되었거나, 오크들을 피해 학교 안을 뛰어다녀야 했다.

그러나 무의미한 저항도 잠깐.

아래층에서부터 시작된 오크들의 사냥은 점점 위층으로 올라가며 모든 이들을 철저하게 죽음으로 몰아넣었다.

"으아아아악!"

도망가지 못하고 교실에 남아 있던 학생들이 아래층에서 들려오는 비명에 귀를 틀어막았다.

3학년 교실은 학교의 가장 위층.

진아도 미처 도망가지 못한 3학년 학생들 사이에 끼어 있었다.

조악하게 막아 놓은 교실 문만이 오크들에게서 자신들을 방어할 수 있는 유일한 수단이었다.

"아……."

"젠장."

남학생들은 벌벌 떠는 손에 의자며, 대걸레며 뭔가 무기가 될 만한 것들을 쥐었다.

그러나 어느 하나 의지가 될 만큼 든든하지는 못했다.

그저 오크들이 교실에 발을 들이기 전에 헌터들이 먼저 도착하기를 바랄 뿐.

쾅—!

찌그러진 문이 나가떨어졌다.

"으아아아아악!"

"꺄아악!"

학생들의 비명 속에서, 얼마나 많은 인간들을 죽였는지 시뻘겋게 피를 뒤집어쓴 오크 둘이 교실 안으로 들어왔다.

"으, 으악!"

문 근처를 지키고 서 있던 남학생들이 대걸레를 내던지고는 달려가 뒷문을 열었다.

그러나 뒷문에서 기다리고 있었던 오크가 맨 앞에 선 남학생의 이마에 도끼를 꽂아 넣었다.

콰직!

눈동자가 풀린 남학생은 힘없이 무너졌다.

"꺄아아아악!"

"으악!"

교실의 앞과 뒤.

모든 출구가 오크들에게 막혔다.

남은 학생들이 비명을 내지르며 창가로 붙어 섰지만 6층에서 뛰어내리는 것과, 오크들에게 붙잡히는 것의 결과는 크게 다르지 않다는 사실을 모두 알고 있었다.

'오빠! 오빠!'

오크들을 피해 조금이라도 구석으로 달아나려는 학생들 틈바구니에서 진아는 눈을 감고서 거듭 진우를 찾았다.

S급 헌터인 오빠.

부르면 어디선가 달려와 줄 것만 같았다.

그것이 유일한 희망이었다.

"그르르륵."

"그윽?"

학생들을 포위하듯 구석으로 몰던 오크들이 걸음을 멈추었다.

오크들은 자기네들의 말로 대화를 나누었다.

"대장, 여기 마력이 느껴지는 인간이 있다."

"먼저 죽여라."

평범한 인간과 달리 마력을 다룰 줄 아는 인간은 위협적이다.

우선적으로 처리할 필요가 있었다.

대장의 명을 받은 오크가 학생들을 향해 눈을 두리번거리다 진아를 찾아냈다.

"아!"

오크는 진아의 손목을 붙잡고 교실 안쪽으로 끌어냈다.

"이 여자인가?"

"그렇다, 대장."

부하의 말이 맞았다.

미약하긴 하지만 여자의 어딘가에서 마력이 느껴지고 있었다.

그게 여자의 능력이든, 무기든 간에 가장 먼저 제거해야 할 인간이 이 여자라는 사실에는 변함이 없었다.

대장이 도끼를 쳐들었다.

"아, 아……!"

진아는 자신의 머리 위로 올라간 도끼를 보다 말고 눈을 질끈 감았다.

"크륵."

코를 벌렁거리던 대장은 무심한 얼굴로 도끼를 내려찍었다.

쉬이익-!

'오빠!'

그런데 그때.

화아악-

진아의 그림자에서 터져 나온 검은 연기가 순식간에 온전한 형태를 갖추었다.

덥석.

정찰조 대장 오크가 눈을 부릅떴다.

자신의 손목이 웬 검은 갑옷을 입은 하이오크의 손에 붙들려 있는 것이 아닌가?

"크륵?"

오크가 무슨 말을 꺼내기도 전에.

하이오크는 주먹을 내리쳐 놈의 머리통을 수박처럼 부숴 버렸다.

콰직!

* * *

이 광경을 어떻게 해석해야 할까?

학생들은 입을 쩍 벌렸다.

반 친구가 오크에게 살해당하는 끔찍한 장면에서 눈을 돌리려 했던 순간, 아무런 전조도 없이 검은 갑옷의 병사들이 나타났다.

병사들?

아니, 저들을 병사라 불러도 괜찮은 걸까?

오크들보다 더 오크 같은 생김새에, 덩치는 오크들의 배가 넘어 보이는 붉은 피부의 괴물들을?

그 무시무시하던 오크가 검은 갑옷의 오크 앞에 서니 마치 성장기의 소년처럼 보였다.

그도 그럴 수밖에.

진우가 진아의 그림자에 숨겨 놓았던 병사들은 상급 던전에서 보스급 마수 '어금니'의 호위를 담당하고 있던 하이오크, 그중에서도 최고의 전사들이었다.

일개 오크 따위가 감히 하이오크 대전사와 맞선다?
어림도 없는 일.
그 극명한 힘의 차이를 직접 보여 주기라도 하겠다는 듯 하이오크가 주먹을 내려쳤다.
콰직!
단 한 방에 머리가 깨져 버린 오크가 교실 바닥에 처박혔다.
학생들은 경악했다.
'헉!'
방금 전까지 목숨을 위협해 오던 끔찍한 괴물이 더 괴물 같은 녀석에게 부서져 버렸다.
한계치를 넘어선 충격과 공포가 학생들의 머릿속을 새하얗게 만들어갔다.
그러나 오직 한 사람.
진아만이 검은 갑옷의 의미를 알고 눈물을 글썽거렸다.
'오빠? 오빠가……?'
진아는 자신을 보호하려는 듯 빙 둘러싼 하이오크 셋에게서 오빠의 흔적을 느낄 수 있었다.
"그르르……."
진아 뒤에 선 하이오크 둘은 나서지도 않았다.
정찰조 대장 오크의 머리통을 박살 낸 하이오크가 달아나려는 나머지 오크 둘의 뒷목을 움켜쥐었다.
"크르륵!"
"그아아악!"
높이 떠오른 오크 둘이 필사적으로 발버둥 쳤다.

그러나 그런 저항도 무색하게 두 오크의 머리가 강하게 충돌했고.

쾅!

곧 이마가 터진 오크 둘의 사체가 바닥으로 떨어졌다.

철푸덕.

철푸덕.

순식간에 교실로 들어왔던 오크 셋이 정리됐다.

그걸로 끝.

하이오크들은 더 이상 움직이지 않고 가만히 진아 주위를 지켰다.

몇 초나 흘렀을까?

조금씩 진정되기 시작한 학생들이 떨리는 심장을 억누르며 서로 눈빛을 교환했다.

'뭐, 뭐야?'

'저 괴물들이 구해 준 건가?'

'우리를 지켜 주는 거야?'

적어도 저 검은 갑옷의 오크들이 자신들을 해치려는 것이 아니라는 사실만큼은 확실해 보였다.

"오빠는? 오빠는 어디 있어?"

진아가 울먹이며 진우를 찾았으나, 하이오크 병사들은 대답이 없었다.

"오빠?"

대신 다른 곳으로 가려는 진아를 살짝 저지할 뿐이었다.

"……?"

진아가 조심스럽게 쳐다보자 하이오크가 고개를 가로저었다.

하이오크들에게는 무엇보다 진아의 안전이 최우선.

주변에 적들이 깔려 있는 이 위험한 건물 안을 함부로 돌아다니게 만들 수는 없었다.

아니나 다를까.

교실 바깥에서 계단을 오르는 발소리들이 들려왔다.

척, 척, 척.

척, 척, 척.

하이오크 병사들이 등과 허리에 매고 있던 무기를 꺼내 들었다.

학생들은 오크들의 발소리에 숨이 넘어갈 듯 긴장하면서도, 차분히 전투를 준비하는 하이오크 병사들의 모습에 기대감을 갖기 시작했다.

살 수 있다는 희망.

자신을 지켜 줄 강한 아군이 있다는 안도감.

그러나 공포, 불안, 근심, 슬픔 등 여러 감정이 뒤엉켜 눈물을 보이는 아이들도 있었다.

"으흑…… 흑……."

우는 친구들을 감싸 안으며 학생들은 숨을 죽였다.

발소리는 점점 가까워졌다.

척, 척, 척.

그렇게 학교 전체에 흩어져 있던 오크들이 동족들의 비명을 듣고 3학년 교실로 모여들었다.

* * *

신호가 오고 있었다.

동생의 호위를 맡은 하이오크 전사들이 강한 신호를 보내왔다.

'진아의 신변에 무슨 일이라도 생긴 걸까?'

"성 헌터님?"

정예림은 걱정스러운 듯 계속해서 진우를 불렀다.

"……."

진우는 입을 굳게 다물고 그녀를 지나쳐 갔다.

그녀는 고개를 갸웃했다.

'왜 저러시지?'

방금 전까지 여유가 넘쳤던 성진우 헌터의 태도가 갑자기 돌변했다.

표정만 본다면 다른 사람이라고 해도 믿길 정도였다.

'잠깐만…….'

성진우 헌터는 S급.

그런 그가 뒤를 돌아보며 예사롭지 않은 반응을 보였다.

그렇다면 혹시 지나왔던 길에서 자신들이 미처 보지 못했던 무언가를 발견한 것은 아닐까?

그녀는 괜히 불안해지기 시작했다.

'응?'

누군가가 가까워지는 기척에 뒤를 돌아본 정윤태가 말했다.

"행님, 헌터님이 이리 오시는데예?"

"뭐?"

박종수는 걸음을 멈추었다.

그가 정지하자 자연스럽게 공격대 전체가 정지했다.

'성진우 헌터님이 갑자기 왜?'

무심코 고개를 돌리던 그는 다가오는 진우의 눈빛과 마주하고 가까스로 신음을 삼켰다.

'헉!'

진우의 분위기가 방금 전과는 완전 딴판이었다.

'뭐지?'

그 짧은 순간, 그는 자신이 진우의 심기를 거스른 일이 있는지 빠르게 기억을 더듬어 보았다.

아무리 머리를 굴려 봐도 걸리는 건 없었다.

'그렇다면…….'

저 굳어 있는 얼굴과 살벌한 눈빛은 어떻게 설명한단 말인가?

박종수는 새삼 심기가 불편한 상태의 강자를 대하는 것이 어떤 느낌인지를 실감하며 침을 꼴깍 삼켰다.

여기는 던전 안.

이 안에서 어떤 일이 일어나도 이상하지 않다.

박종수의 태도가 한결 조심스러워졌다.

"헌터님, 무슨 불편한 부분이라도 있으십니까?"

마음이 급했던 진우는 거두절미하고 말했다.

"급한 일이 생겨서 나가 봐야 할 것 같습니다."

'헉!'

박종수는 뜨악했다.

예상했던 것보다 훨씬 더 심각한 사태였다.

여기까진 쉽게 온 편이었다.

오죽하면 굳이 성진우 헌터를 모셔 올 필요가 있었을까 싶을 정도로 순탄한 레이드였다.

하지만 박종수는 가장 초창기부터 헌터 일을 해 왔던 사람 중 하나.

사고는 항상 마음을 놓고 있을 때 벌어진다는 것을 모를 정도로 어수룩하지 않았다.

'지금까지 별일이 없었기 때문에 오히려 더 조심해야 한다.'

이 앞에 어떤 위험이 도사리고 있을지 알 수 없는 상황에서 가장 강한 전력이 빠질지도 모른다는 사실은 뼈아팠다.

박종수의 표정이 어두워졌다.

"성 헌터님이 없으면 저희들이 위험해질 수도 있습니다. 성 헌터님도 잘 아시지 않습니까?"

박종수는 최대한 완곡하게 진우를 만류했다.

이 이상 진우를 자극하는 것은 진우 없이 이번 던전을 클리어하는 것보다 훨씬 위험한 행위임을 그는 제대로 인지하고 있었다.

그만큼 진우의 얼굴이 좋지 못했다.

'…….'

아찔한 높이에서 줄타기하듯 아슬아슬한 심정으로, 박종수는 진우의 눈치를 살폈다.

긴장감에 입술이 바짝바짝 타들어 가는 걸 느낄 때.

진우가 입을 열었다.

"그럼 이렇게 하죠."

"네, 네."

박종수는 이야기를 들어 보기도 전에 고개를 끄덕였다.

"지금 바로 저만큼 믿을 수 있는 친구를 불러오겠습니다. 여기서부터는 그 친구가 알아서 할 겁니다."

박종수의 귀가 솔깃했다.

다른 사람도 아닌, 그 성진우 헌터가 실력을 보장하는 헌터가 당장 이리로 달려온다?

'누굴까? 최종인? 아니면 차해인?'

그러고 보니 차해인 헌터의 프로필이 담겨 있는 문서를 진우의 사무실에서 본 기억이 났다.

'차 헌터님 정도라면 충분하지.'

진우가 떠나는 것을 막을 수 없는 상황에서 조금이지만 박종수의 얼굴이 환해졌다.

누가 오든 명성의 마동욱만 아니라면 환영이었다.

"그렇게라도 해 주시면……."

박종수가 눈을 반짝였다.

얼마나 강한 헌터이기에 다른 사람도 아닌 성진우 헌터를 대신할 수 있다는 것일까?

불안감이 줄어든 자리에는 기대감이 들어찼다.

박종수만이 아니었다.

대화를 듣고 있는 헌터들 전원이 기대감과 의구심이 반쯤 섞인 눈으로 진우를 바라보았다.

진우는 망설임 없이 그림자 군단에서 가장 강한 병사를 불러냈다.

'베르.'

온몸이 검은 증기에 휩싸인 개미들의 왕이 주인의 부름에 응답했다.

'왕이시여…….'

그림자에서 튀어나온 베르가 공손히 무릎을 꿇고 고개를 숙였다.

"어, 어어!"

"어!"

베르가 자신의 흉악한 마력을 조금도 숨기지 않은 까닭에 헌터들이 기겁하며 멀찍이 물러났다.

끔찍한 마력량, 똑같은 생김새.

"저거 설마……?"

"아니, 어떻게!"

헌터들은 한눈에 베르의 정체를 알아보았다.

제주도의 개미굴에서 S급 헌터들을 장난감처럼 유린했던 그 괴물 개미가 분명했다.

박종수가 놀라 물었다.

"헌, 헌터님, 그거 설마 제주도에서 나타났던 괴물 개미 아닙니까?"

진우는 고개를 끄덕였다.

확실히 상급 헌터들답게 베르를 알아봐 주니, 따로 구구절절 설명할 필요가 없어 좋았다.

베르의 힘은 전 국민이 다 목격했을 테니까.

"지금부터는 이 녀석이 저를 대신할 겁니다."

"예?"

박종수의 눈이 휘둥그레졌다.

그가 하고 싶은 말씀은 진우도 알 수 있었다.

하지만 지금 하나하나 대꾸할 시간이 없었다.

진우는 당황한 박종수를 무시한 채 베르에게 지시를 내렸다.

'인간들을 지켜 줘라.'

'그리하겠습니다.'

짧게 대답한 베르가 숙이고 있던 고개를 들었다.

'그렇다면 왕시이여. 인간 외의 존재들은 어떻게……?'

동굴의 저편으로 잠시 시선을 향했던 진우가 다시 베르에게 명령했다.

'네 맘대로 해도 좋다.'

그 순간.

베르가 그동안 억눌러 왔던 살육의 욕망이 기쁨으로 변질되어 녀석의 전신으로 퍼져 나갔다.

키에에에에에엑-!

몸을 일으키며 쏟아 낸 베르의 포효에 동굴이 쩌렁쩌렁 울렸다.

전율.

헌터들은 자신들을 향한 것도 아닌 포효에 몸이 부르르 떨려 왔다.

'지, 지금…… 저런 놈과 같이 레이드를 하라고?'

박종수의 등에 식은땀이 흘렀다.

그러나 진우는 헌터들의 반응에 아랑곳하지 않고, 베르를 도울 개미 마수병들을 스물 정도 풀어 주었다.

키에에엑-!

키에엑!

간만에 바깥의 신선한 공기를 마신 마수병들이 울부짖었다.

당연히 녀석들을 바라보는 헌터들은 얼어붙었다.

"자, 잠시만요!"

정예림이 돌아서는 진우를 급히 불러 세웠다.

"이대로 가시는 거예요? 이 괴물들을 풀어 두고?"

"원한다면 소환을 전부 해제하고 가겠습니다. 하지만 그때는……."

진우의 차가운 시선이 닿자, 정예림은 움찔 몸을 떨었다.

"기사단 길드가 어떻게 되든지 신경 쓰지 않겠습니다."

진우는 약속했다.

기사단 길드원들이 다치지 않게 보호해 주기로.

그러나 저쪽에서 먼저 이쪽의 호의를 거절한다면 굳이 책임져야 할 필요도 없으리라.

"……."

진우의 단호한 한마디에 정예림을 비롯한 기사단 쪽 헌터들이 모두 입을 다물었다.

진우는 등을 돌렸다.

순식간에 진우의 모습이 기사단 공격대의 시야에서 사라졌다.

'대기 시간이 얼마나 남았지?'

공격대와 멀어진 진우가 스킬 창을 불러왔다.

[스킬 : 그림자 교환 lv.1]

직업 전용…….

……1시간 2분 16초 후 스킬 사용이 가능합니다.

'제길…….'

진우가 아랫입술을 깨물었다.

그림자 교환 스킬을 다시 쓰려면 무려 1시간을 넘게 기다려야 했다.

아직까지 병사들의 신호는 계속되고 있었다.

예감이 심상치 않았다.

'1시간이나 기다릴 수는 없어.'

일단은 던전을 나가야 한다.

그렇게 마음먹은 진우가 걸음을 옮기려는 순간.

공격대가 한번 지나온 길에서 이미 해치운 줄 알았던 언데드들이 하나둘 몸을 일으켰다.

'…….'

진우의 눈이 번들거렸다.

분노.

자신의 앞을 막고 있는 하찮은 마수들에게 격렬한 분노가 치솟았다.

그러자.

'……?'

거짓말처럼 언데드 마수들이 일제히 진우를 향해 무릎을 꿇었다.

털썩.

털썩.

하나도 빠짐없이.

되살아난 모든 언데드 마수들이 진우에게 머리를 조아렸다.

'왜지?'

진우가 고개를 갸웃했다.

설마 공격대가 상대했던 마수들이 예외 없이 겁에 질려 있었던 것도 자신 때문이었나?

'내가 언데드를 다룰 수 있는 네크로맨서의 상위 직업이기 때문에?'

의아스러운 상황이었지만 깊이 생각할 시간은 없었다.

손에 쥐었던 단검을 다시 창고로 돌려보낸 진우는 전력으로 달려 게이트를 빠져나갔다.

게이트 밖에 있던 사람들의 시선이 일제히 모였다.

어째서 성진우 헌터 혼자만 게이트를 빠져나왔을까?

다들 그런 궁금증이 담긴 시선으로 진우를 바라보았지만, 진우는 조금도 관심 두지 않았다.

'카이셀!'

검은 기체로 뒤덮인 비룡이 모습을 나타냈다.

키아아아악-!

기사에 몇 번 나갔던 비룡을 알아본 구경꾼들이 진우를 가리키며 소리쳤다.

"와아-!"

"저거!"

"저기 성진우다!"

사람들의 환호성 속에서 가볍게 비룡 위에 올라탄 진우가 카이셀에게 명령을 내렸다.

'동생이 있는 곳까지, 최고 속도로!'

앞을 가로막는 게 있다면 그게 뭐든지 간에 박살 내도 좋다.

아무런 제약 없이 마음껏 날갯짓할 수 있게 된 카이셀이 기분 좋은 울음소리를 냈다.

키아악!

곧 카이셀이 큼지막한 날개를 홰치며 날아올랐다.

* * *

최후의 금제가 풀렸다.

마침내 이동이 자유로워진 '던전의 주인'이 보스 방을 떠나 게이트 밖으로 걸어 나왔다.

족장 그록타르.

온몸이 검은 문신으로 뒤덮여 멀쩡한 피부를 찾기 힘들었다.

오크의 문신은 승리의 상징.

여태까지 그가 얼마나 많은 싸움에서 얼마나 많은 적들의 숨통을 끊어 왔는지 알 수 있는 증거였다.

"그록타르!"

"그록타르!"

게이트 앞에서 그를 기다리던 오크들이 그의 이름을 연호하며 고개를 숙였다.

반대로.

그록타르의 고개는 천장을 향했다.

'…….'

위쪽이 시끄러웠다.

정찰조가 인간들이 사는 성을 점령하겠다며 전사들을 이끌고 나간 뒤로 꽤 시간이 지났다.

한데 어째서 아직도 전투가 끝나지 않았는가?

분노한 족장의 시선에 오크 하나가 땀을 뻘뻘 흘리며 급하게 대답했다.

"하이오크 전사들이 인간을 돕고 있습니다."

"하이오크?"

하이오크 전사들은 강하다.

평범한 오크 전사들로는 상대가 되지 않을 터.

자신이 나서야 할 차례였다.

"숫자는?"

"셋입니다."

아무리 그렇다고는 해도 위대한 오크 족의 전사들 수십이 겨우 하이오크 셋을 못 당해서 쩔쩔매고 있다니.

"한심한……."

그록타르의 얼굴이 구겨졌다.

족장의 분노에 놀란 오크들이 몸을 파들파들 떨었다.

곧 그록타르의 속도를 따라잡지 못해 한발 뒤처져 오고 있었던 대전사들이 하나둘 게이트에서 나왔다.

숨을 헐떡거리는 대전사들의 숫자는 모두 다섯.

자신의 호위들이 전부 게이트를 빠져나온 것을 확인한 그록타르가 상황을 보고한 오크들에게 턱짓했다.

"앞장서라."

보고자가 꾸벅 고개를 숙이더니 앞서 나가고, 족장과 그의 호위들이 성큼성큼 뒤따랐다.

그록타르의 눈에 안광이 번뜩였다.

'건방진 놈들…….'

이제 오크 전사들의 사냥을 방해한 하이오크들에게 대가를 요구할 시간이었다.

* * *

졸지에 개미들과 남게 된 박종수는 어이가 없었다.

"행님……."

"가만히 있어 봐. 생각 좀 해 보게."

키에에엑—

킥킥.

카아악!

스무 마리가 넘는 마수들, 아니 소환수들을 보고 있었더니 지금이라도 그냥 관두고 싶은 생각이 간절했다.

게다가 저거.

다른 개미보다 덩치가 크고 등에 날개까지 달린 저놈.

S급 헌터들을 가지고 놀던 그 괴물 개미가 아닌가?

놈이 지닌 무시무시한 마력은 지금도 살이 떨릴 정도였다.

'저런 놈이 우리에게 적의를 보인다고 생각하면…….'

새삼스레 제주도에서 괴물 개미와 맞섰던 S급 헌터들이 대단하다는 생각과 함께.

'아니, 잠깐만…….'

갑자기 의구심이 들었다.

그 괴물 개미를 지금 소환수로 부리고 있는 성진우 헌터는 대체 정체가 뭐란 말인가?

'이 녀석을 혼자 쓰러뜨린 것도 성진우 헌터잖아?'

그렇게 생각했더니 심장이 빨라지기 시작했다.

'아냐. 너무 멀리 갔다.'

박종수는 상념을 떨치려고 절레절레 고개를 저었다.

지금 생각해야 하는 건 저 괴물들과 함께 레이드를 계속하느냐 마느냐지, 성진우 헌터가 얼마나 강한지, 혹은 그의 정체가 뭐냐 하는 것이 아니었다.

'일단…… 레이드를 포기한다고 치자.'

그럼 게이트 밖에서 레이드의 결과를 기다리는 기자들에게 뭐라고 설명해야 할까.

성진우 헌터가 갑자기 공격대를 이탈해서 더 이상 진행할 수가 없었다?

아니면, 성진우 헌터가 소환해 준 새 친구들이 너무 무서워 레이드를 포기해야만 했다?

'그게 무슨 창피냐고…….'

어느 쪽이든 두고두고 놀림감이 될 것이 틀림없다.

박종수는 이를 악물었다.

'그래, 가자.'

소환수 놈들이 무서워 봤자 거기서 거기지. 어차피 결국 성진우 헌터의 종놈들 아닌가?

그렇게 생각하니 조금 마음이 편해졌다.

'끽해야 성 헌터님 소환수들인데 별일이야 있겠어?'

박종수가 자신감에 찬 눈길을 돌리자 시선을 의식한 베르가 다가왔다.

'헉…….'

방금 전의 자신감은 휘발되어 날아가 버리고, 떨리는 목소리를 쥐어짜 낸 박종수가 말했다.

"가, 갑시다."

자연스레 존댓말이 튀어나왔다.

하지만 베르는 박종수의 목소리를 듣고서도 아무런 반응이 없었다.

가만히 서서 바라보기만 할 뿐.

박종수는 자기 말투가 잘못됐나 싶어 좀 더 공손히 말해 보았다.

"가…… 가실까요?"

그래도 베르는 전혀 움직일 기미를 보이지 않았다.

눈을 마주치고 있는 시간이 길어지자 강대한 힘이 담긴 시선에 박종수의 정신이 조금씩 아득해져 갔다.

그때, 정윤태가 뒤쪽에서 다가왔다.

"행님, 얼라들이랑 레이드 계속 진행하시게예?"

안 그래도 예민해져 있던 박종수는 재촉하는 부사장에게 버럭 화를 냈다.

"가만히 좀 있어 보라고!"

아니면 그냥 네가 공격대 대장을 하고, 얘네들한테 우리 그만하자고 말해 보든가! 하는 소리가 목구멍까지 올라왔다 간신히 내려갔다.

애꿎은 정윤태에게 눈을 부라리던 박종수가 다시 베르를 마주 보았다.

꼴깍.

마른침이 절로 넘어갔다.

박종수는 어서 빨리 이 어색함을 벗어나고 싶었다.

그러다 문득.

'혹시 이 녀석 내가 하는 말을 못 알아들어서 움직이지 않는 건가?'

생각이 거기까지 다다른 박종수가 안면근육을 억지로 움직여 미소를 만들었다.

그러고는 던전의 안쪽을 가리켰다.

"앞쪽, 앞쪽."

그 순간.

피슉.

소음기를 단 총구에서 총알이 튀어 나가는 듯한 소리가 들리더니, 괴물 개미가 순식간에 사라졌다.

'어?'

이게 어디로 갔지?

박종수가 어리둥절한 눈으로 주위를 훑어보기도 전에 베르가 돌아왔다.

탓.

베르는 자신의 손에 들린 무언가를 박종수의 얼굴 앞에 내밀었다.

'뭐, 뭐지?'

자세히 봤더니 마수의 머리였다.

그것도 최상위 언데드 마수인 데스 나이트의 투구가 머리째로 뽑혀 괴물 개미의 손에서 대롱대롱 흔들리고 있었다.

"으, 으악!"

기겁한 박종수가 엉덩방아를 찧었다.

공격대원들도 화들짝 놀라 박종수 곁으로 모여들었다.

한데 모인 헌터들을 훑어보던 베르가 데스 나이트의 머리를 아무렇게나 던져 놓고는 개미들에게 소리쳤다.

"키에에에엑!"

그러자 개미 군단이 일사불란하게 전진하기 시작했다.

'…….'

잠시 박종수를 물끄러미 내려다보던 베르도 천천히 몸을 틀어 개미들을 따라갔다.

곧 헌터들이 박종수의 상태를 살폈다.

"행님!"

"사장님, 괜찮아요?"

"괜찮으세요?"

박종수는 얼이 빠진 얼굴로 대답했다.

"어, 어. 나는 괜찮다."

몸은 괜찮았다.

그런데 왠지 모르게 가슴이 아팠다. 마치 소환수에게 희롱을 당한 기분이었다.

'설마 진짜 그런 건 아니겠지만…….'

소환수에게 그 정도의 지능이 있을 리 없으니까.

어쨌든 여기까지 와서, 이런 굴욕까지 당하고 레이드를 포기할 수는 없는 일.

박종수는 엉덩이를 탈탈 털고 일어섰다.

"우리도 갑시다."

헌터들의 얼굴이 굳어졌다.

"예?"

"재들을 따라가자고요?"

"어떻게 괴물들과 같이 레이드를 합니까? 저는 못합니다."

"저도요."

박종수는 귀찮다는 듯 한숨을 내쉬었다.

여러 말 할 필요가 있을까?

그는 괴물 개미가 아무렇게나 턱 던져 놓은 데스 나이트의 머리를 찾아 들어 올렸다.

"헉!"

"저거 데스 나이트 머리 아냐?"

"데스 나이트?"

경험 많은 베테랑 헌터들이 데스 나이트의 투구를 알아보고 기함을 토했다.

박종수는 담담히 설명했다.

"최상위 마수에서 나오는 마정석 값이 얼마인지는 다들 아시죠?"

꿀꺽.

헌터들이 군침을 삼켰다.

"우리는 그냥 쟤들 따라가면서 줍기만 하면 됩니다."

그러자 방금 전까지 불만이 가득했던 헌터들의 얼굴이 조금씩 펴지기 시작했다.

예상했던 반응.

박종수는 질문으로 말을 끝맺었다.

"이래도 빠지실 분?"

헌터들은 개미 군단보다 더 일사불란하게 움직였다.

벌써 저만치 앞서 나간 헌터들이 박종수를 돌아보며 소리쳤다.

"사장님 뭐 하십니까, 뒤에 서서?"

"빨리 오십쇼. 뒤처집니다."

"행님, 언제까지 거 계실 겁니꺼?"

박종수가 입맛을 다셨다.

"허 참…… 사람들."

이렇게 잠깐 중지됐었던 기사단의 레이드가 재개되었다.

* * *

진우의 시선이 아래를 향했다.

사람, 도로, 차, 건물, 강, 나무, 산, 산, 산, 산. 배경은 끊임없이 순식간에 바뀌어 갔다.

'빠르다.'

제한을 두지 않은 카이셀의 속도는 그야말로 무시무시한 수준이었다.

자신이 최상급 헌터가 아니라 일반인이었다면 도저히 견딜 수 없는, 엄청난 충격이 몸에 생생히 전달됐다.

하지만 그럼에도 불구하고.

진우는 애가 탔다.

병사들의 신호는 계속되고 있었지만 점점 약해지고 있었다.

게다가.

'상태 창.'

[MP : 8,619 / 8,770]

아까부터 마나가 줄어들기 시작했다.

이건 보통 일이 아니다.

하이오크 그림자 병사들이 파괴되고 재생하기를 반복하고 있다는 뜻이었다.

'그림자 병사들을 파괴할 수 있는 수준의 적이 진아를 노리고 있다.'

뿌득.

진우의 얼굴이 굳어졌다.

설령 동생이 털끝 하나 다치지 않았다고 해도 그 적이란 녀석은 절대 살려서 보내지 않겠다.

눈에 진득한 살기가 어리었다.

'더 빨리.'

키아아—!

진우의 명령에 카이셀이 포효를 내지르며 속도를 더욱 올렸다.

* * *

하이오크 전사들은 강했다.

하지만 오크 족장 그록타르의 상대는 되지 못했다.

호위들을 제쳐 두고, 혼자 앞으로 나선 그록타르.

하이오크들의 공격을 가볍게 피하던 놈은 허리 뒤에 차고 있던 곡도를 꺼내 들었다.

"겨우 이 정도냐!"

교실 안에는 오크들의 시체가 가득했다.

얼추 세어도 50.

50이나 되는 부하들이 하이오크 셋에게 당했다.

"좀 더 나를 즐겁게 해라, 하이오크 전사들아!"

족장의 분노는 자비 없는 칼질로 이어졌다.

그록타르의 곡도가 현란한 움직임을 그리며 하이오크들을 갑옷째로 썰어 내기 시작했다.

"아!"

"꺄악!"

비명은 하이오크들이 아니라 그 뒤쪽에 있는 인간들의 입에서 튀어나왔다.

그록타르의 미간이 구겨졌다.

'시끄러운 것들.'

하이오크들 다음은 저들이다.

하이오크 하나의 팔을 베어 조각내던 그록타르가 싫증이 났는지 빙글 돌아서며 녀석의 목을 쳐 냈다.

스걱!

그러자 하이오크들에게 밀려 교실 바깥으로 도망가 있던 오크들이 환호성을 내질렀다.

"그록타르!"

"그록타르!"

그때.

그록타르의 눈가가 씰룩였다.

목이 떨어진 하이오크가 검은 연기로 변하더니 다시 원래의 모습으로 돌아오는 것이 아닌가?

'주술인가……?'

몇 번을 베어도 마찬가지였다.

"크악!"

화가 난 그록타르가 함성을 내질렀다.

하이오크들을 수없이 베고 죽였지만 놈들은 어김없이 본래대로 돌아왔다.

'백 번이고 천 번이고 죽이는 것은 어려운 일이 아니다.'

하지만 그렇게 해서는 끝이 없었다.

지금 이 순간에도 머릿속의 목소리는 계속해서 인간들을 죽이라는 명령을 반복하고 있었다.

지끈지끈.

목소리가 울려 대서 머리가 아파 올 지경이었다.

그렇다고 하이오크들을 무시하고 인간들을 처치할 수도 없는 일.

'……끝내야 한다.'

그록타르가 머리를 굴렸다.

만약 이들이 주술로 만들어진 병사라면 반드시 어딘가에 이 녀석들을 조종하는 누군가가 있으리라.

과거 많은 전투에서 여러 주술을 상대해 본 경험이 있는 그록타르는 이 더러운 주술을 끝낼 방법 또한 잘 알고 있었다.

'저 여자!'

하이오크들 뒤에 멀찍이 떨어져 숨을 죽이고 있는 저 인간 여자!

그녀는 미약하게나마 이 하이오크 놈들과 연결되어 있다.

그록타르의 눈이 빛났다.

'너인가?'

놈의 살기가 타깃을 바꾸었다.

순간 그록타르와 눈이 마주치고 만 진아가 몸을 파르르 떨었다.

분명 여자는 뭔가를 알고 있다.

그렇게 직감한 그록타르가 뒤를 돌아보며 진아를 가리켰다.

"저 여자를 죽여라!"

말이 끝나기도 전에.

그록타르의 명령대로 뒤에서 싸움을 지켜보고 있던 호위들이 뛰쳐나갔다.
그러자 하이오크들이 눈앞에 있는 그록타르를 무시하고 필사적으로 호위들의 앞을 막으려 했다.
'역시.'
짐작은 맞았다.
그록타르는 하이오크들의 시선이 분산된 틈을 타 진아의 앞에 섰다.
"너였구나."
그록타르는 곡도를 쥐지 않은 손으로 진아의 목을 움켜쥐고 들어올렸다.
"아……."
목이 짓눌린 여자는 비명도 제대로 지르지 못했다.
그록타르가 고개를 갸웃거렸다.
손가락에 조금만 힘을 주어도 그냥 아스러질 것 같은 가느다란 목.
이런 인간이 정말로 전사를 불사로 만드는, 고등의 술법을 완성시켰단 말인가?
확인할 방법은 하나.
'죽여 보면 알게 되겠지.'
그록타르가 손에 힘을 주어 막 여자의 목을 부러뜨리려는 순간.
키아아악-!
멀리서 비룡의 울음소리가 들렸다.

2. 상황 종료

2. 상황 종료

그 순간, 그록타르는 온몸의 털이 곤두서는 것을 느꼈다.

'뭐지?'

극도의 긴장감에 느려진 시간 속에서 한계치까지 단련된 전사의 감각이 경고했다.

'무시무시한 것'이 온다고.

두근.

심장박동이 천둥소리처럼 거칠게 고막을 때렸다.

이 자리에서 벗어나지 않으면 죽는다.

칼날처럼 예리하게 다듬어진 전사의 감각은 때론 예지에 가까운 힘을 발휘하고는 한다.

바로 지금처럼!

'……!'

여자를 버린 그록타르가 동물적인 움직임으로 순식간에 문 쪽까지 물러났다.

콰-!

귀를 찢을 듯한 폭음과 함께 유리 파편들이 사방으로 흩날렸다.

갑자기 눈앞에 나타난 족장의 등에 문 근처를 지키던 오크들이 한 발씩 뒷걸음질 쳤다.

'…….'

말없이 앞을 노려보는 그록타르는 숨소리까지 조심스러웠다.

예사롭지 않은 기운.

여자가 있었던 자리에는 여태 보지 못했던 한 남자가 같이 있었다.

그록타르의 시선이 슬쩍 옆으로 옮겨 갔다.

반대편 구석의 창가.

그쪽은 공성 병기에 얻어맞기라도 한 것처럼 아예 벽 한쪽이 통째로 사라져 있었다.

'창을 깨고 들어온 건가?'

자신의 동체 시력으로도 방금 움직임을 좇을 수가 없었다.

'…….'

생각지도 못한 강적의 등장에 그록타르는 침을 꼴깍 삼켰다.

관자놀이 부근에 식은땀 한 방울이 흘러내렸다.

키아아악-!

괴성을 들은 그록타르가 고개를 들어 올렸다.

이 천장 위.

보이지 않는 곳에서 또 하나의 강한 적이 먹잇감을 노리는 매처럼 머리 위를 빙글빙글 맴돌고 있었다.

'어려운 싸움이 될지도 모르겠군.'

그록타르의 눈빛에서 전에 보기 힘든 긴장감이 묻어 나왔다.

적은 자신과 부하들의 존재를 완전히 무시한 채 여자의 상태를 살피고 있었다.

그록타르가 적에게 말했다.

"나는 붉은 칼날 부족의 그록타르!"

자신의 목숨을 앗아 갈 수 있는 상대에게만 허락하는 전사의 인사였다.

자기소개를 끝낸 그록타르가 물었다.

"너는 누구냐?"

진우가 고개를 들고 조용히 말했다.

"거기서 닥치고 기다리고 있어라."

인간이 오크의 언어를 쓴다?

놀라움도 잠시.

말에 실려 있는 힘의 무게 때문인지, 그록타르를 비롯한 오크들은 감히 움직일 생각을 하지 못했다.

* * *

"콜록, 콜록."

진우는 연신 기침을 하는 진아 등을 토닥이면서 다친 곳이 없는지 꼼꼼히 살펴보았다.

다행히 눈에 띄는 곳은 없었다.

목에 선명히 나 있는 손자국을 제외한다면 말이다.

진우는 굳은 얼굴로 물었다.

"괜찮아?"
"오빠!"
기침을 멈춘 진아가 눈물을 글썽이며 와락 안겨 들었다.
진우는 놀란 아이를 달래듯 조심히 진아의 머리를 쓰다듬어 주었다.
'오빠?'
'진아의 오빠라면…….'
'아!'
학생들은 그제야 눈앞에 있는 사람이 누구인지를 알게 됐다.
S급 헌터 성진우.
살았다!
학생들은 진우의 얼굴을 확인하고서 왈칵 눈물을 쏟았다.
그전까지 흘렸던 절망과 두려움의 눈물이 아닌, 기쁨과 안도감이 뒤섞인 눈물이었다.
"흑흑."
"괜찮아. 이제 괜찮아."
진우는 펑펑 우는 동생을 달래면서 기감을 확장시켜 보았다.
이 넓은 학교에서 느껴지는 사람의 기척이라고는 여기 있는 17명이 다였다.
'…….'
진우의 굳은 얼굴에 검은 그림자가 드리웠다.
진우는 자신에게서 떨어지지 않으려는 진아를 조심스럽게 떼어 놓고, 학생들과 같은 수의 그림자 병사들을 불러냈다.
"다들 내 소환수들을 따라가."
학생들이 고개를 끄떡이자 병사들은 학생들을 안아 들었다.

진아는 특별히 이그리트에게 맡겼다.

"먼저 내려가 있어. 오빠는 여기 정리하고 갈게."

평소 같았으면 오빠가 S급 헌터, 아니 그 이상의 존재라고 해도 같이 가자고 재촉했을 진아였다.

하지만 이번에는 그러지 못했다.

그러기에는 정색하고 있는 진우의 표정이 너무나 무서웠다.

진아가 고개를 끄덕였다.

진우가 신호하자 학생을 안은 병사들이 차례차례 박살 난 창문을 넘어 아래로 뛰어내렸다.

다 잡은 사냥감들이 도망치는 모습에 오크들이 움찔거렸다.

그러자 진우가 섬뜩한 눈빛으로 돌아보았다.

"움직이지 말라고 했다."

거짓말처럼 모든 오크들이 동작을 멈췄다. 감히 따르지 않을 수가 없는 눈빛이었다.

안색이 창백해진 오크 하나가 눈치를 살피며 그록타르에게 조심히 말했다.

"족장님……."

"쉿."

그록타르도 동의했다.

지금은 저 약해 빠진 사냥감들에게 신경을 쓸 때가 아니었다.

눈앞의 사냥꾼.

지금부터는 사냥꾼들끼리 누가 먹고 누가 먹히느냐 하는 싸움을 시작할 때였다.

'하지만…… 그래도 순순히 보내 줄 수는 없지.'

그록타르가 슬쩍 눈치를 보내자 호위 둘이 소리 없이 움직였다.

모든 학생들이 안전하게 교실을 벗어난 것을 확인한 진우가 돌아섰다.

진우는 학생들이 다칠까 봐 교실에서 내보낸 것이 아니다.

'이깟 오크들쯤…….'

눈 깜짝할 사이에 처리할 자신이 있었다.

다만 지금부터 벌어질 일들을 동생이나 다른 아이들에게 보여 주고 싶지가 않았다.

그리고 이제 모든 눈들이 사라졌다.

행동의 제약이 없어진 것이다.

'…….'

진우의 고개가 문득 교실 밖 계단 쪽을 향했다.

최대한 기척을 죽인 오크 둘이 아래로 내려가고 있었다.

아이들을 쫓아갈 모양이지만 괜찮다.

이그리트를 같이 보냈고, 위에 카이셀도 떠 있으니.

'남은 일은 이것들을 처리하는 것뿐.'

진우가 가볍게 숨을 내쉬었다.

내뱉은 공기에 짙고 무거운 마력이 묻어 나왔다.

그록타르가 다시 물었다.

"그대는 누군가? 어째서 우리말을 아는 거지?"

진우는 그록타르의 말을 무시한 채 천천히 녀석을 향해 걸어갔다.

그록타르는 진우에게 대답할 마음이 없다는 사실을 알아채자마자 긴 어금니를 드러냈다.

"가라!"

족장의 명령을 받은 용맹한 오크 전사들이 일제히 진우를 향해 달려들었다.

"크르르륵!"

"크라락!"

그러자 시간이 멈추었다.

진우는 정지 화면처럼 느리게 움직이는 오크들 사이를 유유히 걸으며 놈들을 하나씩 부서뜨렸다.

무기를 꺼낼 필요도 없다.

사용한 것은 손가락.

진우의 손끝이 스쳐 지나갈 때마다 오크의 머리가, 어깨가, 손목이, 옆구리가, 복부가 터져 나갔다.

그야말로 순식간에 스물이 넘는 오크들을 부수고 난 뒤.

진우는 그록타르 앞에 섰다.

진우의 잔상만을 눈으로 좇는 데 그쳤던 그록타르가 떨리는 입술을 움직였다.

"무, 무슨……?"

미처 곡도를 휘둘러볼 틈도 없이, 진우의 왼손에 입과 턱을 붙잡히고 만 그록타르가 짧게 신음을 내뱉었다.

"컥!"

진우는 그대로 걸어가 놈의 머리를 복도의 벽에 처박았다.

쿵!

텅 빈 복도로 굉음이 퍼져 나갔다.

진우의 시선이 복도 양 끝을 훑었다. 복도에도 학생들의 시신이 가득했다.

차마 보고 있기가 힘든 참상.

하지만 진우는 고개를 돌리지 않고 그 모습을 하나하나 눈에 새겨 넣었다.

이제부터 그 죄를 장본인에게 묻기 위해서였다.

진우의 시선이 다시 그록타르에게로 옮겨 갔다.

"왜냐?"

목소리는 한없이 차가웠다.

"어째서 너희들은 그렇게 인간을 죽이지 못해 안달인 거냐?"

이미 저항할 의지가 꺾여 버린 그록타르는 벌벌 떨며 대답했다.

"머릿속에서 계속…… 인간들을 죽이라고……."

진우가 의아하다는 눈빛을 했다.

'인간을 죽이라고?'

전에도 같은 소리를 들은 적이 있었다.

하지만 그때는 '인간'이라는 단어를 '헌터'로 해석했었다.

한데.

지금 이 녀석의 말을 들어 보니 그 '인간'이라 단어가 정말 말 그대로 모든 인간을 지칭하는 듯했다.

"그럼 나는?"

진우가 다시 물었다.

"나를 죽이라는 목소리도 들리나?"

가까워지는 얼굴.

불가피하게 진우의 두 눈을 들여다보게 된 그록타르가 무언가를 발견한 듯 고개를 저으며 심하게 몸서리쳤다.

"요, 용…… 서해…… 주십시오."

있을 수 없는 일.

위대한 오크족의 대전사가 아이처럼 눈물을 흘리기 시작했다.

겁에 질린 마수의 모습을 지켜보며 진우는 갑자기 머릿속이 차갑게 식어 가는 기분을 느꼈다.

'그런가…….'

이 녀석의 머릿속에서도 역시 나는 인간이 아니라는 소리구나.

'뭐, 상관없다.'

진우는 마수들이 자신을 어떻게 생각하는가는 별 관심이 없었다.

녀석들이 인간을 해치기 때문에 자신도 녀석들을 해치울 뿐.

그록타르는 감당할 수 없는 두려움에 계속해서 흐느끼며 어깨를 떨어댔다.

"제발…… 용서를……."

진우가 대답했다.

"용서해 주마."

이어 오른손에 '악마왕의 단검'을 불러냈다.

"하지만 그 과정이 편할 거라고는 생각하지 마라."

* * *

괴물들의 싸움을 지켜보는 기사단 공격대는 기함을 토했다.

"헉!"

"어떻게……."

이걸 레이드라고 부를 수 있을까?

개미들이 언데드 마수들을 손쉽게 제압한 뒤 게걸스럽게 집어삼키기 시작한 것이다.

우적우적.

공포스러운 광경에 헌터들이 눈을 휘둥그레 떴다.

"그런데 저렇게 다 먹어 버리면 뭐가 남는 거지?"

"그러게, 마정석까지……."

헌터들은 최상급 마정석이 마수, 아니 소환수들의 배 속으로 들어가는 걸 보며 발을 동동 굴렀다.

보다 못한 정예림이 뛰쳐나갔다.

"그게 얼마짜린데!"

그녀가 뱀파이어의 사체를 뺏으려고 하자 성난 개미가 팔을 휘둘렀다.

"악!"

개미의 손톱에 팔뚝이 베인 그녀가 비명을 지르며 뒤로 넘어갔다.

털썩.

"아야."

그녀가 엉덩이를 문지르며 일어서려는 찰나.

"크르륵-!"

정신을 차리고 보니 팔을 휘둘렀던 개미가 눈앞에 있었다.

놈은 그녀의 머리를 베어 물려는 것처럼 그녀 앞에서 거대한 턱과 흉측한 아가리를 쫙 벌렸다.

정예림의 얼굴이 경직됐다.

"아…… 아……."

그때.

어느새 다가온 베르가 개미를 돌려세웠다.

베르는 개미가 그랬던 것처럼 개미의 면전에 대고 입을 쩍 벌렸다.

그러고는.

"키에에에에에에엑—!"

포효를 쏟아 냈다.

차원이 다른 존재의 분노를 사고 만 개미는 눈도 제대로 마주치지 못하고 파들파들 떨어 댔다.

"키익……."

베르가 놈의 어깨를 놓아주자 놈은 황급히 자리를 피했다.

그 모습을 멍하게 바라보던 정예림에게 베르가 다가가 손을 내밀었다.

'어……?'

얼떨결에 손을 맞잡은 정예림이 베르의 도움을 받아 간신히 몸을 일으켰다.

"고…… 고맙습."

말을 하던 그녀의 입술이 멈췄다.

베르의 손끝에서 은은한 푸른빛이 감돌고 있었기 때문이다.

"치료 마법?"

정예림의 눈이 커졌다.

팔의 상처는 푸른빛에 닿는 순간 금방 아물었다.

상처가 완전히 치료된 것을 확인한 베르가 돌아서며 개미들에게 소리쳤다.

"케엑!"

그러자 개미들이 식사를 멈추고 다시 던전의 안쪽으로 이동을 시작했다.

가만히 베르의 뒷모습을 바라보던 정예림이 혼잣말을 중얼거렸다.
"어떻게…… 소환수가 나보다 더 힘을 잘하지?"

* * *

헌터들이 학교에 도착했다.
헌터들은 마력 나침반이 가리키는 방향을 따라 계단을 밟고 올라갔다.
엄청난 마력 반응이 6층 복도 쪽에서 흘러나오고 있었다.
헌터들의 지휘를 맡은 이가 뒤를 돌아보며 말했다.
"조심히."
헌터들이 고개를 끄덕였다.
그리고 마침내 6층 계단 끝에 도착했을 때, 헌터들은 발견할 수 있었다.
"헉!"
몇 조각으로 잘렸는지 세기도 힘든 오크 한 마리와 피 묻은 단검을 쥐고 그 앞에 서 있는 한 사람을.
'저 사람은……?'
공격대 리더는 진우와 눈이 마주치고서 그 차가운 눈빛에 숨이 멎을 뻔했다.
그러나 가까스로 정신을 차리고 무전기를 들었다.
"예. 성진우 헌터가 왔습니다."
그리고 주위를 한번 둘러본 그가 다시 보고했다.
"상황은 종료됐습니다."

*　*　*

사건이 사건인 만큼 학교 주위에는 사람들이 벌 떼같이 몰려와 있었다.

“우리 아들이 학교에 있다니까요!”

“좀 비켜 봐요!”

“어떻게 된 건지 내 눈으로 확인해 봐야겠다니까!”

“아이고, 아이고!”

경찰과 협회의 필사적인 통제가 없었다면 몰려든 사람들로 현장은 벌써 아수라장이 됐을 터였다.

소식을 듣자마자 달려온 기자들도 바쁘게 셔터를 눌러 댔다.

“어? 성진우다!”

“찍어!”

진우는 그들의 시선을 피해 협회 관계자로 보이는 이에게 조용히 다가갔다.

관계자는 진우를 보고 긴장감에 몸이 굳어졌다. 그만큼 진우의 표정이 좋지 못했던 까닭이었다.

“성진우 헌터님…….”

“제 동생은요?”

“성진아 양은 다른 학생들과 함께 서울 일신 병원으로 이송되었습니다.”

“…….”

진우는 무거운 얼굴로 고개만 끄떡이고 돌아섰다.

그 모습을 지켜보던 관계자가 저도 모르게 마른침을 넘겼다.
꼴깍.
협회의 지시에 따라 이곳에 도착하고 제일 먼저 확인한 것이 성진아 학생의 상태였다.
다행히 그녀는 무사했다.
목과 손목 주변에 난 찰과상을 제외하면 부상이라고는 찾아볼 수 없었다.
그녀를 구해 낸 성진우 헌터가 그 사실을 모르지는 않을 터.
'그런데도 저렇게 저기압이라니…….'
본인이 제때 도착했으니 망정이지, 동생이 어떻게 되기라도 했으면 어떻게 됐을까?
관계자는 아찔한 느낌에 몸을 부르르 떨었다.
정말 다행이었다.
관계자가 안도하는 것과 반대로 진우는 무거운 마음으로 핸드폰을 꺼내 들었다.
'어머니도 소식을 듣게 되겠지.'
많은 학생들이 마수에게 당했다.
당연히 이 소식을 접하는 어머니께서도 억장이 무너지시리라.
'그렇게 되기 전에 먼저 진아가 무사하다고 말씀드리자.'
그런 마음으로 번호를 누르려는 그때, 뒤에서 의외의 목소리가 들려왔다.
"성 헌터님 어머니께는 저희 직원들을 보내 놨습니다. 아마 지금쯤이면 저희 차를 타고 병원으로 오시는 중일 겁니다."
진우는 뒤를 돌아보았다.

"협회장님."

고건희가 진우 못지않게 어두운 얼굴로 서 있었다.

본인에게 잘못이 없다고 해도, 한국 헌터협회를 대표하는 장으로서 참사를 막지 못한 데 책임감을 느끼고 있는 듯했다.

그런 와중에 가족까지 신경 써 준 것에 진우는 감사를 표했다.

그러자 고건희가 고개를 저었다.

"감사는 저희가 해야지요."

학생 17명.

그나마 학교에 남아 있던 학생 중 그 정도라도 살릴 수 있었던 것은 전부 진우 덕이었다.

"매번 헌터님께는 신세만 지는군요."

진우는 씁쓸히 웃었다.

그림자 교환을 통해 바로 올 수 있었다면 더 많은 학생을 살릴 수 있었을지도 모른다.

그런 아쉬움이 스쳐 지나갔다.

고건희도 진우가 짓고 있는 표정에서 그가 지금 어떤 심정인지를 어렴풋이 느낄 수 있었다.

그러나 고개를 저었다.

'지금은 감상에 젖어 있을 때가 아니지.'

해야 할 말이 있지 않은가?

고건희가 고개를 들었다.

"병원으로 가실 겁니까?"

진우는 잠깐 광안리 게이트를 떠올렸다가 기억에서 지웠다.

자신의 마나는 줄곧 그대로였다.

이 말인즉 베르를 포함한 개미들이 던전을 수월하게 토벌하고 있다는 뜻.

'뭐…… 다른 병사도 아닌 베르니까.'

그러니 지금은 레이드에 신경 쓸 필요가 없었다.

"예."

"그럼 저희 차를 타고 가시죠."

"괜찮습니다.

"같이 가시죠. 헌터님께 드리고 싶은 말씀도 있습니다."

예의상 하는 말인 줄 알고 거절했던 진우는 협회장의 간곡한 태도에 고개를 끄덕였다.

"알겠습니다."

진우는 협회장의 안내를 받아 차의 뒷자리에 나란히 올라탔다.

대형 세단인데도 덩치가 큰 고건희와 어깨가 넓은 진우가 같이 타자 뒷좌석이 꽉 차는 느낌이 들었다.

운전석의 우진철이 백미러를 통해 인사를 보내왔다.

진우도 눈인사로 답했다.

차바퀴가 천천히 움직이자 협회장이 주저하다 입을 열었다.

"……어쩌면 이번 사고는 예견된 것일지도 모릅니다."

굳은 얼굴.

진우는 의아했다.

'그럼 협회는 막을 수 있는 사고를 방치해 뒀단 말인가?'

의아함이 노여움으로 바뀌기 직전, 협회장은 폰을 꺼내 액정 화면을 보여 주었다.

화면엔 도표가 떠 있었다.

"최근 6개월간 서울에서 생성된 게이트의 증가 폭입니다."

완만한 곡선을 그리던 점들이 현시점에 가까워지자 가파르게 상승했다.

"이쪽은 세계의 통계입니다."

협회장이 따로 설명하지 않았다면 같은 표를 보고 있다고 착각했을 것이다. 그만큼 두 개의 표는 비슷한 양상을 띠고 있었다.

"전 세계에서 게이트가 기하급수적으로 늘고 있습니다."

협회장의 얼굴은 어두웠다.

"하지만 이상한 점은 이것이 다가 아닙니다."

핸드폰을 상의의 안쪽 주머니에 집어넣으며, 협회장이 말을 이었다.

"요즘 각성자 등급을 확인하려는 사람들이 협회로 줄을 잇고 있습니다."

마수가 나오는 게이트가 늘고 있고, 게이트를 막는 헌터의 숫자도 는다?

마치 균형을 맞추려는 듯이?

관심 어린 진우의 표정을 보고서 협회장이 착잡한 목소리로 말했다.

"뭔가 변화가 시작되고 있다……."

아직은 개인적인 견해일 뿐이지만.

고건희는 그런 뉘앙스로 긴 설명을 끝맺었다.

"그것이 제 생각입니다."

진우는 고개를 끄덕였다.

흥미로운 자료이기는 했다. 누가 봐도 무언가 벌어지리라는 사실을 알 수 있으니 말이다.

하지만 이걸 보고 진우가 당장 할 수 있는 일은 없었다. 그리고 그건 협회장도 마찬가지였다.

더욱이 자료와 의견이라면 전화로도 충분했다. 굳이 바쁜 시간을 쪼개 자리를 청하지는 않았을 거라는 생각이 들었다.

"그럼 제게 하고 싶으시다는 말씀은."

협회장은 기다렸다는 듯 발아래 내려놓았던 서류 가방을 들어 올려 문서들을 꺼냈다.

"일본, 미국, 중국, 러시아, 프랑스, 영국, 독일, 그리고 멀리 중동에서까지."

소위 힘 좀 쓴다는 나라들은 모두 열거되었다.

"성진우 헌터님과 접촉을 원하는 나라들의 공식 요청을 담은 문서입니다. 아마 비공식적인 루트의 접촉도 몇 차례 있으셨겠지요."

헌터관리국 요원들과의 일이 떠올랐으나 굳이 말하지는 않았다.

"사실 헌터협회는 이들을 막을 권한이 없습니다. 헌터님의 요청에 따라 정보를 보호하고 있을 뿐이지요."

진우는 묵묵히 이야기를 들었다.

"모든 결정은 성진우 헌터님의 선택에 달려 있습니다만…… 헌터님께서 떠나시면 우리나라는 이런 변화에 적응하지 못할 것 같다는 예감이 듭니다."

진우는 대답 대신 창밖으로 고개를 돌렸다. 상념에 잠긴 진우의 시야에 멀리 대형 병원의 큰 건물들이 들어오기 시작했다.

진아가 입원해 있다는 병원이었다.

"가능한 한 모든 편의를 제공해 드리겠습니다."

고건희는 문서들을 가방에 도로 집어넣으며 긴장된 낯빛으로 물었다.

"그러니 남아 주시지 않겠습니까?"

* * *

기사단 공격대는 그림자 개미들을 따라 보스 방 입구까지 왔다.

정윤태는 보스 방으로 들어가기 시작한 개미들을 보면서 눈을 휘둥그레 떴다.

"행님, 저거 말려야 하는 거 아입니꺼?"

"……나는 자신 없다."

레이드는 여기서 중지하고 이제 마수들의 사체나 마석들을 거두어들이는 시간을 가져야 한다고 괴물들을 설득할 자신이.

박종수는 한숨을 내쉬었다.

'그냥 여기서 접자.'

생각의 전환.

어차피 기사단 길드가 건재하다는 걸 알리기 위해 들어온 게이트였다.

한 명도 낙오하거나 다치는 멤버 없이 A급 던전을, 그것도 최상위 던전을 클리어하는 모습을 보여 준다면 그걸로 충분했다.

'그것도 성진우 헌터 없이.'

어차피 던전 안의 일은 아무도 모르지 않는가?

저 그림자 개미들이 보스를 다 잡았다고 해도 사람들은 기사단의 이름을 기억하지, 성진우 헌터가 불러 놓고 떠난 소환수를 떠올리지는 않을 터.

어차피 보스가 죽고 게이트가 닫히면 확인할 길도 없다. 성진우 헌터의 성격상 어디다 떠들고 다닐 것 같지도 않고.

생각이 거기까지 미친 박종수의 얼굴에 미소가 떠올랐다.

'전화위복이 별게 아니잖아?'

그런데 그때.

뒤쪽 헌터들이 어수선했다.

"사장님, 뒤에서 뭐가 잔뜩 오는데요?"

"네, 소리도 들려요."

"응?"

박종수가 고개를 갸웃거리며 뒤쪽으로 걸어갔다.

확실히 다수의 발소리가 들려왔다.

'벌써 수거팀이 들어왔나?'

기사단 길드의 숙련된 수거팀원들이 아무런 지시도 없이 막 던전에 들어오지는 않을 텐데.

그런 생각이 들었을 무렵.

"헉!"

박종수의 눈이 커졌다.

개미들이 먹어 치우지 않았던 언데드 마수들이 되살아나 우르르 몰려오고 있었다.

'설마……?'

개미들이 이걸 알고 먹어 치웠던 걸까, 하는 생각도 잠깐.

감당할 수 없는 숫자의 마수들을 보고 박종수가 다급히 외쳤다.

"다들 보스 방으로 들어가!"

유일한 희망은 성진우 헌터가 남긴 소환수들뿐이었다.

공격대는 보스 방에 뭐가 있는지 확인할 겨를도 없이 다짜고짜 안으로 뛰어들었다.

헌터들이 전부 안으로 들어선 걸 확인한 박종수가 목에 핏대를 세웠다.

"입구 막아!"

정예림이 스킬 '성스러운 벽'으로 보스 방과 통로를 이어 주는 입구를 차단했다.

쾅-!

쾅-!

선두에 선 데스 나이트들이 보이지 않는 벽을 치는 소리가 요란했다.

이마에 식은땀이 가득 맺힌 정예림이 박종수를 돌아보았다.

"사장님! 저 이거 5분도 못 버텨요."

"알고 있어."

이미 박종수를 비롯한 공격대원 전부가 벽이 뚫렸을 때를 대비해 전투준비를 끝내 놓은 상태였다.

하지만 벽 너머로 벌레처럼 바글바글하게 모여 있는 언데드 마수들을 지켜보고 있자니 승산이 있을지 의심스러웠다.

"그 전에 소환수들이 보스급 마수를 잡고 여기를 뚫어 주길 바라야겠지."

박종수는 간절함을 담아 보스와 대치하고 있을 그림자 개미들을 돌아보았다.

제발 쉬운 보스이기를 바라면서.

'맙소사.'

그의 눈이 커졌다.

그림자 개미들과 마주한 마수는 박종수도 익히 들어 잘 알고 있는 놈이었다.

누더기 로브를 걸친, 창백한 얼굴의 마법사.

아크 리치.

언데드들의 정점에 서 있다고 일컬어지는 최악의 언데드형 마수였다.

'하필 아크 리치라니.'

박종수의 얼굴이 어두워졌다.

소환수들이 보스를 잡고 자신들을 도와주기를 바랐는데, 상대가 아크 리치다.

차라리 자신들이 먼저 언데드들을 해치우고 소환수들을 도와주는 게 더 현실성 있는 이야기이리라.

그때.

베르가 아크 리치에게 한 걸음 다가갔다.

그러자 아크 리치가 개미들의 주위에 데스 나이트 십여 기를 둥글게 소환해 포위했다.

"키에에에에엑-!"

이빨을 드러낸 베르가 손톱을 길게 세웠다.

'……?'

아크 리치는 베르의 전신에서 끊임없이 피어오르는 검은 증기를 알아보았다. 휑하게 뚫려 있는 그의 검은 눈이 일순간 커진 듯했다.

"그림자 군단?"

아크 리치의 입에서 마수들의 언어가 나왔다.

말을 알아들은 베르가 손톱을 거두었다.

베르 뒤의 개미들까지 훑어보던 아크 리치가 의아한 목소리로 물었다.

"어째서 왕의 직속 부대가 우리를 공격하는 것이냐?"

킥킥.

마치 비웃는 것 같은 소리를 낸 베르가 손으로 자기 가슴을 짚었다.

"우리는 왕께 선택받았고."

이번엔 그 손이 아크 리치를 향했다.

"너희는 선택받지 못했다."

믿을 수 없다는 듯 아크 리치의 목소리에 노여움이 깃들었다.

"그럴 리 없다! 내가 직접 왕께 아뢸 테니……!"

그러나 아크 리치가 채 말을 끝맺기도 전에 베르가 눈앞에 나타났다.

'……!'

아크 리치의 어깨가 움찔 떨렸다.

베르는 S급 던전의 주인이 자신을 생명력을 갉아먹어 가며 만들어 낸 상위체 마수.

그림자 병사가 되면서 능력치가 조금 떨어졌다고는 해도 고작해야 A급 던전의 주인인 아크 리치가 베르의 상대가 될 수는 없는 일이었다.

경악하고 있는 아크 리치의 가슴에 베르가 손을 찔러 넣었다.

푹!

손은 아크 리치의 목에 매달려 있던 펜던트와 함께 가슴을 관통

했다.

"컥!"

아크 리치의 등 밖으로 삐져나온 손에 펜던트가 쥐였다.

팬던트는 아크 리치의 심장과 같다.

한때 최상위급 마수였던 베르에게 적의 생명력이 어디서 공급되고 있는지를 감지하는 것은 그리 어려운 일이 아니었다.

아크 리치가 고개를 저었다.

"아…… 안 돼……!"

그러나 적의 절규에도 아랑곳하지 않고, 베르는 펜던트를 쥔 손에 힘을 주었다.

콰직.

"곧 죽을 놈이 말은 많구나."

베르의 한마디와 함께 아크 리치의 몸이 허물어져 내렸다.

박종수의 입이 쩍 벌어졌다.

방금 두 눈으로 직접 목격한 일을 이해하는 데 약간의 시간이 필요했을 정도로 그는 놀라움을 금치 못했다.

'어떻게 아크 리치를 한 방에?'

수많은 보스급 마수들 중에서도 아크 리치가 특히 유명해진 계기가 있었다.

황룡 길드 전멸 사건.

길드 하나가 아크 리치에게 전멸당했다.

그것도 중국 내에서 힘깨나 쓴다고 알려졌던 길드가.

어쩌면 당연한 결과였는지도 모른다.

아크 리치는 '데스 나이트'를 수시로 소환해 댄다.

데스 나이트는 A급 헌터 여럿이 달라붙어야 간신히 제압이 가능한 강력한 언데드형 마수.

보스급 마수가 호위도 없이 혼자 있다고 우습게 봤다가는 전멸을 피할 수가 없는 것이다.

결국 황룡 길드가 폐쇄에 실패한 게이트는 던전 브레이크를 일으켰다.

중국의 국가권력급 헌터인 류즈캉이 제때 도착해 참사로 번지지는 않았지만, 그 일을 계기로 많은 헌터들이 아크 리치의 무서움을 알게 되었다.

'그런데…….'

저 괴물 개미 소환수는 아크 리치를 한 방에 처치했다.

경악스러운 일이었다.

그렇게 생각하는 사람이 박종수만은 아니었는지, 옆에 선 정윤태도 벌어진 입을 다물지 못했다.

"세상에……."

그는 자기 눈을 믿지 못하겠다는 듯 박종수에게 물었다.

"행님, 저거 아크 리치 아입니꺼?"

"맞다. 황룡 길드 사건 때 게이트 밖으로 튀어나왔던 그놈."

"그라믄 방금 저 개미가 아크 리치를……."

정윤태가 기가 막힌다는 얼굴을 했다.

다른 헌터들도 박종수와 정윤태가 나누는 이야기를 듣고 놀라움을 나타냈다.

"아크 리치?"

"저게 아크 리치라고?"

"그걸 한 방에?"

"우와."

기사단 공격대 전체가 A급 던전의 보스를 눈 깜짝할 사이에 해치운 진우의 소환수에게 감탄하고 있을 때.

혼자서 몰려오는 언데드 마수들을 막느라 낑낑대는 재주 많은 힐러, 정예림은 뒤에서 일어나는 일이 궁금해 미칠 지경이 되어 갔다.

"뭐예요? 무슨 일인데요?"

하지만 그녀의 궁금증은 오래가지 않았다.

바로 눈앞에서 놀라운 일이 일어나기 시작했기 때문이다.

"어?"

금방이라도 스킬 '성스러운 벽'을 뚫고 들어올 것처럼 날뛰던 언데드 마수들이 실 끊어진 인형들처럼 힘없이 쓰러져 갔다.

털썩.

털썩.

그러고는 다시 일어서지 못했다.

"사, 사장님?"

갑작스러운 이변에 화들짝 놀란 정예림이 뒤를 돌아보았다.

박종수가 고개를 끄덕였다.

'처치했던 언데드 마수들이 부활했던 건 아크 리치의 힘이었나?'

새까맣게 몰려드는 마수들을 봤을 때는 이거 정말 어떻게 되는 거 아닌지 눈앞이 깜깜했었는데.

겨우 숨통이 트이는 느낌이 들었다.

"후-."

안도의 한숨을 내쉬는 박종수의 뒤로 희색을 감추지 못하는 헌터들의 얼굴이 보였다.

다들 무사히 던전을 나갈 수 있다는 생각에 들뜬 모습이었다.

"행님, 수고하셨습니더."

"수고는 무슨…… 수고는 쟤들이 다 했지."

박종수의 턱짓에 정윤태가 뒤를 돌아보았다.

소환수들은 '이제 어디로 갈 거냐?'라고 묻는 듯 가만히 서서 이쪽을 바라보고 있었다.

'저렇게 가만히 서 있으니까 조금은 귀여운 것 같기도…….'

그러나 개미 하나가 심심했는지 아무 이유도 없이 위를 향해 포효를 내지르는 순간.

"키에에에에엑-!"

잠깐 호의적으로 변했던 정윤태의 시선도 사라졌다.

휙.

고개를 돌린 정윤태가 말했다.

"행님, 그란데 이번 던전은 결국 성진우 헌터님 혼자서 클리어하신 거나 마찬가지 아닙니꺼?"

"그런 셈이지."

박종수도 동의했다.

가장 난이도가 높은 던전 안쪽에서 기사단 공격대는 그냥 개미들의 뒤를 졸졸 따라다니기만 했을 뿐이었다.

개미들은 성진우 헌터 개인의 소환수.

결국 정윤태의 말대로 진우가 혼자 던전을 공략한 것이나 다름없었다.

'무서운 힘…….'

제주도 레이드에서도 볼 수 있었지만 실로 대단한 능력이었다.

상상했던 것 이상의 전투력을 보여 준 소환수들도, 그 소환수들을 자유자재로 부릴 수 있는 성 헌터도 모두 놀라울 따름이었다.

"그라믄 성진우 헌터님은 게이트 안 드가고 점마들만 보내 놔도 클리어가 가능하겠네예?"

무심코 내뱉은 정윤태의 말.

하지만 듣고 있던 박종수는 그 말의 의미를 생각하다가 소름이 돋았다.

'잠깐만…….'

제주도에서 성 헌터가 소환했던 소환수는 아무리 못해도 2백 마리 이상.

그것도 카메라에 잡힌 녀석들만 헤아린 숫자이니, 실제로는 얼마나 더 많은 소환수를 불러낼 수 있을지 가늠조차 힘들었다.

본인은 움직이지도 않고 그 녀석들을 보내 던전을 공략하기 시작한다면?

'소환수를 불러내고 움직이는 데 소모되는 마력이 있을 테니 그 많은 소환수들을 다 쓰지는 못하겠지만…….'

그 반.

아니, 반의반 정도만 운용할 수 있다고 해도 대형 길드들을 찜쪄 먹는 어마어마한 효율이었다.

'아으.'

성 헌터의 길드가 주식회사라면 전 재산을 다 털어서라도 투자하고 싶은 마음이 들었다.

"행님, 우리 이라지 말고 진짜 성 헌터님 길드랑 인수합병이라도 함 추진해 보입시더."

"이 자식이 진짜……."

정윤태에게 도끼눈을 뜨고 눈을 부라리던 박종수가 돌연 진지한 얼굴로 말했다.

"M&A라고 해라, M&A. 최고의 헌터가 만든 신생 길드와 5대 길드 중 하나인 기사단 길드가 M&A를 추진. 얼마나 듣기 좋냐?"

컥, 정윤태가 움찔했다.

"진짜로 해 보시게예?"

"잘 생각해 봐. 성 헌터님의 실력과 우리 길드의 노하우가 있으면 헌터스가 무섭겠어?"

차해인 부사장이 괜히 헌터스 길드를 떠나 성 헌터와 손을 잡으려 하겠냐고.

화색이 묻어나는 얼굴로 고개를 끄덕이던 정윤태가 턱을 만지작거리며 고개를 갸웃거렸다.

"그런데 행님, 솔직히 성 헌터님한테 우리가 필요하겠습니꺼?"

쯧쯧.

박종수가 혀를 차고는 설명했다.

"성진우 헌터님이라고 법을 어기면서 길드 활동을 할 수 있겠냐?"

"예?"

"아무리 소환수만으로 던전을 클리어하는 게 가능하다고 해도, 공략 최소 인원수 멤버들은 다 채워야 할 거 아냐."

오.

그럴싸한 이야기에 정윤태의 얼굴이 다시 밝아졌다.

"그라네예, 행님."

"성 헌터님은 최소 인원수 맞추시기 좋고, 우리는 성 헌터님 덕을 볼 수 있어서 좋고."

그야말로 윈윈.

레이드 준비 기간을 최대한 단축시키면서도 효율은 극대화할 수 있는 비장의 한 수.

S급 헌터를 길드로 데려올 수 없다면 길드가 S급 헌터의 밑으로 들어간다.

박종수가 그리는 장밋빛 미래에 정윤태가 미소를 머금었다.

"행님, 그거 멋지기는 한데…… 너무 성진우 헌터님한테 얹혀 가는 거 아닙니꺼?"

"어허, 얹혀 가다니?"

쓰읍, 눈치를 준 박종수가 씩 웃으며 말했다.

"기왕이면 줄을 잘 섰다고 하자."

"행님도 참."

마주 보면서 행복한 미소를 짓는 두 사람의 발밑이 살짝 흔들렸다.

드드드득-

"어이쿠."

박종수가 서둘렀다.

보스급 마수가 죽어 게이트의 폐쇄가 진행되고 있었다.

"일단 나가서 얘기해야겠다."

"예, 행님."

박종수는 지시를 기다리고 있는 공격대들에게 목청껏 외쳤다.

"자자, 게이트 닫히기 전에 다들 빠져나갑시다!"

* * *

“모든 편의를 제공해 주신다고요?”

“네, 그렇습니다.”

진우의 질문에 고건희 협회장이 확언했다.

공식적으로 한국 헌터협회 기록에 남은 S급 헌터는 진우까지 모두 10명.

그중 세 명을 잃었다.

둘은 마수들 손에 죽었고, 한 명은 미국으로 떠났다.

헌터협회로서도 더 이상 방관할 수만은 없는 일.

할 수 있는 일은 다하겠다.

이것이 고건희 협회장의 생각이자 협회 전체의 뜻이었다.

‘다른 S급 헌터라면 몰라도…….’

성진우 헌터만큼은 절대 내주어서는 안 된다.

고건희의 눈빛은 확고했다.

헌터협회의 대표라는 직책상 그동안 많은 헌터들을 만나 봤다.

그중 손꼽히는 강자들도 여럿 있었다.

하지만 이렇게까지 심장을 뛰게 만드는 헌터는 성진우, 그가 처음이었다.

헌터협회장일 뿐만 아니라 한 사람의 국민으로서도 반드시 진우를 한국에 남겨 두고 싶었다.

“가능한 한 모든 편의를 제공해 드리겠습니다.”

이 한마디는 진우에 대한 고건희 협회장의 평가가 축약된, 그를 잡아야 한다는 강력한 의지의 표명이었다.

"그럼……."

잠깐 생각에 잠겼던 진우가 입을 열었다.

"앞으로 저 혼자서 상급 게이트에 들어갈 수 있도록 조치해 주시겠습니까?"

"예?"

전혀 예상하지 못했던 요구가 튀어나오자 고건희는 눈을 동그랗게 떴다.

"최소 인원수 제한을 없애 달라 이 말씀이십니까?"

끄떡.

진우는 고개를 움직였다.

"허어……."

인원수 제한은 헌터들을 위한 최소한의 안전장치.

무턱대고 던전에 들어갔다가 목숨을 잃는 헌터들이 나오는 것을 방지하는 정책이었다.

하지만 S급 마수들을 다수의 소환수들로 때려잡던 성 헌터에게 과연 그런 안전장치가 필요할까?

문득 개미굴에서의 한 장면이 떠오른 고건희는 긴장된 낯빛으로 물었다.

"혹시…… 이제부터 헌터님 길드에서 공략 허가권을 얻은 게이트들은 전부 헌터님 혼자 들어가실 생각입니까?"

"네."

고민의 기색조차 보이지 않는 진우의 대답에 고건희는 할 말을 잃었다.

'설마 길드를 만든 것도…….'

혼자 상급 던전들을 클리어하기 위해서였나?

전 세계에 강한 헌터들은 많았지만 아무도 이런 식의 레이드를 구상했던 이는 없었다.

지금 담담하게 대화를 이어 나가는 진우의 모습과 개미굴에서 소환수를 불러내 개미 떼를 밀어내던 진우의 모습이 겹쳐 보이자 전율이 일었다.

'1인 공격대…….'

대형 길드들의 지나친 성장을 우려해 왔던 고건희에게는 너무나도 매력적인 단어였다.

두근, 두근.

또 심장이 뛰기 시작했다.

고건희는 아파 오는 가슴에 한쪽 손을 올리며 강건해 보이는 진우와 대비되는 자신의 모습에 씁쓸히 웃음 지었다.

"어렵겠습니까?"

진우의 말에 고건희는 고개를 저었다.

"불가능하지는 않습니다."

어렵지만 불가능하지는 않다.

그것이 고건희의 생각이었다.

자신이 어떤 사람인가?

헌터협회장이자, S급 헌터이며, 국회의원인 남자다.

다른 사람도 아닌 성진우 헌터의 부탁이라면 어려운 문제라고 해도 못 들어줄 것이 없었다.

성 헌터를 한국에 머물게 할 수 있다면야.

"맡겨만 주시지요."

자신감 있는 협회장의 목소리에 진우는 씩 웃었다.

'좋았어.'

귀찮을 것 같았던 일이 하나 해결됐다.

"감사합니다."

진우가 웃으며 인사하자 고건희도 웃으며 대꾸했다.

"매번 드리는 말씀이지만, 제가 헌터님께 감사해야 할 일이지요."

끼익.

차는 병원 입구에서 떨어진 곳에 멈춰 섰다.

"다음에 또 뵙겠습니다, 성 헌터님."

"예."

간단히 작별 인사를 주고받은 진우가 내려섰다.

피해자들이 이송됐다는 소식이 알려졌는지 병원 앞에도 많은 기자들이 몰려와 있었다.

일부러 입구에서 먼 곳에 차를 댄 것은 우진철의 배려였다.

협회장의 차가 병원에 멈춰 서고, 거기서 또 진우가 내리면 한바탕 소란이 일어날 것이 분명했기에.

'이럴 때는 이름이 알려진 것도 귀찮네.'

고개를 저은 진우는 은신으로 몸을 감췄다.

* * *

유진건설 회장실.

넓디넓은 책상에 엎드려 졸고 있던 유명한 회장이 천천히 상체를 일으켰다.

창으로 비스듬히 새어 드는 햇빛.

눈꺼풀이 무거워진다 싶었더니 깜박 잠에 든 모양이었다.

앞의 소파에는 유명한의 오른팔이나 마찬가지인 김 비서가 정자세로 꼿꼿하게 앉아 있었다.

유명한은 잠을 쫓으려는 듯 얼굴을 쓸어내리며 말했다.

"잠깐 졸았나 보군. 내가 얼마나 잠들어 있었나?"

김 비서가 손목에 찬 시계를 내려다봤다가 고개를 들었다.

"23시간 46분 동안 주무셨습니다."

'…….'

얼굴을 쓸어내리던 유명한의 손이 멈칫했다.

"회장님의 지시대로 24시간이 지나도 깨어나지 않으시면 병원으로 모셔 갈 생각에 기다리고 있었습니다."

또 그 병인가?

손이 떨어진 유명한의 얼굴은 경직되어 있었다.

점점 시도 때도 없이 잠에 빠져들고, 한번 잠들면 쉽게 깨어나지 못한다.

익면증.

그 병은 느리지만 확실하게 환자의 몸을 죽음으로 이끌어 갔다.

뚜벅뚜벅 다가온 김 비서가 유명한 앞에 섰다.

"알려 드려야 할 말씀이 두 가지 있습니다."

"뭔가?"

유명한은 '포커페이스'라는 별명답게 금방 얼굴에서 수심을 지우고 원래의 표정으로 돌아갔다.

김 비서는 책상의 끄트머리에 있던 신문을 집어서 유명한의 앞에 공손히 놓았다.

'……?'

유명한은 의아한 눈빛으로 신문을 들고는 빠르게 읽어 내려갔다.

신문의 첫 면을 장식한 기사는 서울의 한 학교에서 게이트가 열려 수백 명의 학생이 인명 피해를 입었다는 내용이었다.

쯧쯧.

참혹한 기사의 내용에 유명한은 눈살을 찌푸렸다.

"안타까운 사고군. 피해 학교와 학생들에게 기업 차원에서 기부하도록 하게."

"예, 회장님. 하지만."

고개를 숙였던 김 비서는 유명한이 내려놓은 신문을 한 장 넘겨 다음 페이지가 오게 만들었다.

펄럭.

거기에는 큼지막한 사진이 실려 있었다.

"제가 드리고 싶었던 말씀은 이 사진입니다."

김 비서의 손가락 끝이 사진 속에 실려 있는 한 아주머니에게서 멈추었다.

"이분…… 기억하시겠습니까?"

끔찍한 사고의 생존자들이 입원해 있다는 병원을 찍은 사진.

김 비서는 그중에서도 급히 병원 안으로 달려가는 아주머니 한 사람에게 주목했다.

우연히도 그 여인은 유명한 회장의 기억에 남아 있는 사람이었다.

"아니, 어떻게……?"

한번 본 사람은 절대 잊는 법이 없는 유명한. 그는 아주머니의 사진을 전에 본 적이 있었다.

그녀는 성진우 헌터의 어머니였다.

"성진우 헌터의 어머니는 분명 익면증에 걸려 있었을 텐데?"

성진우 헌터의 프로필은 몇 번이나 꼼꼼하게 검토했었다.

유명한이 아는 바에 의하면 생명 유지 장치에 의존한 채 꼼짝하지 못하고 있어야 할 사람이 건강한 모습으로 걸어 다니고 있었다.

김 비서가 말하고 싶었던 것.

그것이 뭔지 유명한 회장은 그제야 알아챘다.

신문을 쥐고 있는 손이 떨려 왔다.

"어떻게 된 일인지 자세히 알아봐 주겠나?"

"알겠습니다."

"……고맙네."

김 비서는 유명한의 칭찬에 답하는 의미로 잠시 숙였던 고개를 들었다.

신문을 놓고서, 유명한이 조용히 말을 이었다.

"내가 알아야 할 게 두 가지가 있다고 했었지."

"네, 회장님."

"그럼 다음은 뭔가?"

유명한은 고개를 들어 김 비서와 시선을 마주했다.

김 비서의 눈빛이 좋지 않았다.

그의 오래된 습관.

그는 항상 좋은 소식을 먼저 말하고, 나쁜 소식을 뒤에 전하는 버릇이 있었다.

잠시 주저하던 기색이었던 김 비서가 포기한 듯 말했다.

"아가씨께서 어제 돌아오셨습니다."

그 말을 기다렸다는 것처럼.

덜컹.

회장실의 문이 벌컥 열리며 지적인 느낌의 미녀가 들어왔다.

유명한 회장의 딸, 유진희는 전보다 수척해진 아버지를 보고 눈물을 글썽였다.

"언제부터 그러셨던 거예요?"

* * *

늘씬한 검은 생머리의 여성이 이리저리 포즈를 취하는 사이 간간이 카메라 플래시가 터졌다.

"좋습니다, 좋아요."

촬영감독의 입가에 내내 미소가 떠나지 않았다.

찰칵.

마지막 플래시가 터지고 감독이 고개를 들었다.

"됐습니다. 아주 좋네요."

유진호의 사촌 누나이자 촬영감독과는 절친이기도 한 유수현이 환하게 웃으며 고개를 숙였다.

"수고하셨습니다."

"수현 씨도 수고했어요."

서글서글한 유수현의 성격 덕분에 그녀가 참여하는 촬영장에는 늘 웃음이 끊이지 않았다.

재벌가의 아가씨라는 이미지 때문에 촬영을 꺼리던 감독들도 한 번 같이 일하고 난 후에는 늘 그녀를 찾을 정도였다.

"수고하셨습니다."

"수고하셨습니다."

그녀는 감독뿐만 아니라 스태프들에게도 일일이 환한 얼굴로 인사를 건네고서, 코디이자 매니저인 여성에게 쪼르르 달려갔다.

"언니, 진희한테 연락 왔어?"

코디는 걱정스러운 얼굴로 고개를 저었다.

벌써 전화만 네 통째.

그런데도 아직 답신이 없다는 소식에 유수현은 입술을 삐죽 내밀었다.

'어제 한국 도착했다는 기집애가 왜 이렇게 연락이 안 된담.'

유학 중이던 사촌이 잠시 한국에 들렀다는 소식을 접한 것이 어제 오전.

하필 밤샘 촬영을 마치고 곯아떨어졌을 때 걸려온 전화 한 통을 놓친 것이 이리도 억울한 일이 될 줄이야.

그 뒤론 어떻게 된 일인지 감감무소식이었다.

'설마 무슨 일 있나?'

아냐, 그럴 리가.

유수현은 고개를 가로저었다.

그녀는 대한민국에서 가장 큰 기업의 오너, 유명한의 장녀 유진희가 아닌가.

그녀에게 무슨 일이 생길 가능성은 S급 헌터가 던전에 들어갔다가 비명횡사할 확률과 맞먹었다.

"언니, 내 폰 좀."

다시 한번 전화를 걸어 보기 위해 핸드폰을 넘겨받던 유수현은 때마침 울리는 진동에 반가워했다.

'진희인가?'

그러나 발신인을 확인한 유수현의 입술이 삐죽 나왔다.

_못난 놈

'…….'

통화 버튼을 누른 유수현이 귀찮다는 듯이 말했다.

"여보세요."

—누나!

유진호였다.

이 녀석이 자신을 누나라고 부를 때는 뭔가 부탁할 일이 있을 때뿐이라는 사실을 잘 알고 있는 유수현은, 속으로 한숨을 내쉬고서 물었다.

"너 혹시 진희 어디 있는지 알아?"

—누나? 우리 누나가 왜? 한국 왔대?

"……."

그러고 보니 이 녀석 유진길드를 맡으라는 자기 아버지의 지시를 거절하는 바람에 그날로 집에서 쫓겨났다고 했던가?

여전히 도움이 되지 않는 사촌이었다.

"아냐, 됐어. 그런데 무슨 일이야?"

설마 이 시간에 또 저번처럼 술 먹자고 부르는 건 아닐 테고.

그때 유진호의 들뜬 목소리가 들려왔다.

—누나, 우리 길드 안 들어올래?

갑자기 이게 뭔 소리래?

유수현의 고운 미간에 일순간 주름이 생겼다.

"길드?"

하도 어이가 없어서 되물었더니.

—아버지 길드에 잡혀 가서 홍보 대사로 활동하는 것보다 우리 길드에 이름만 올리고 자유를 누리는 게 누나한테도 더 낫지 않아?

……라는 기막힌 대답이 돌아왔다.

미심쩍은 마음에 유수현의 목소리가 낮아졌다.

"내 이름은 왜 필요한데?"

—창립 멤버가 한 사람 모자라거든.

"지금 나더러 아직 만들어지지도 않은 길드에 들어오라는 거야?"

—응.

해맑게 대답하는 유진호.

얜 뭘 믿고 이렇게 쓸데없이 긍정적인지 유수현은 머리가 지끈지끈 아파 왔다.

'아니, 그것보다…… 나머지 한 사람은 대체 누구야?'

창립 멤버에 이름부터 올리라는 '못난 놈'보다, 그 '못난 놈'과 같이 길드를 만들겠다는 다른 한 사람의 의도가 더 수상했다.

"너 막 이상한 사람한테 속아서 그러고 있는 거 아니야?"

경력도 얼마 없는 D급 헌터와 길드를 만들겠다는 사람이 사기꾼

빼고 또 있을까?

하지만 유진호의 반응은 예상과 달랐다.

—훗.

수화기 너머에서 한쪽 입꼬리를 올리는 얼굴이 그려지는 웃음소리와 함께, 여유로운 목소리가 흘러나왔다.

—그 이상한 사람이 누구인지 들으면 깜짝 놀랄걸?

"누군데?"

—훗.

"전화 끊을게."

—아, 잠깐만, 잠깐만!

간절한 목소리에, 통화 종료 버튼으로 올라가던 유수현의 손이 멈췄다.

유수현이 씩 웃으며 다시 폰을 귓가에 댔다.

"3초 준다. 3, 2."

—성진우!

'성진우?'

생각지도 못했던 이름이 튀어나오자 유수현의 눈이 휘둥그레졌다.

"내가 아는 그 성진우 헌터?"

—훗.

"이민성 기자회견을 박살 내 버리고 홀연히 사라졌던 S급 헌터?"

—……놀라야 되는 포인트가 좀 잘못된 거 아니야?

"진짜 그 사람이라고?"

유진호의 반응이야 어쨌든, 유수현에게 성진우라면 재수 없는 이민성의 콧대를 아작 내 준 S급 헌터였다.

그때 얼마나 속이 시원하던지.

–후후!

유진호의 말이 사실이라면 저 밑도 끝도 없는 자신감도 이해가 갔다.

'진호가 허세는 부려도 거짓말을 하는 타입은 아니니까.'

잠깐 고민해 보던 유수현이 다시 말을 꺼냈다.

"만나서 얘기해 봐도 돼?"

–그럼! 누나가 우리 사무실 쪽으로 올래? 형님도 이따 오시기로 했거든.

"어디로 가면 돼?"

근처에서 뗀 포스트잇에 열심히 주소를 메모하던 유수현이 흥분을 가라앉히며 대답했다.

"지금 출발할게."

–이따 봐, 누나!

뚝.

그렇게 전화는 끊어졌다.

본의 아니게 옆에서 대화를 엿들은 코디가 넌지시 물었다.

"어디, 가야 하는 거야? 회식도 빠지고?"

끄떡끄떡.

설명할 시간도 없다는 듯 유수현은 옷을 갈아입고 짐을 챙겼다.

"좀 만나 보고 싶은 사람이 있어서."

"누구……?"

"나중에 설명할게."

대충 둘러댄 유수현이 자리를 뜨려는 찰나, 코디가 급히 불러 세웠다.
“누구냐니까? 누군지 알아야 내가 회장님께 보고를 드리지!”
유수현의 부친 또한 모 제약 회사의 회장.
연예계 활동을 하고 싶다는 딸에게 부친이 내건 조건은 감시자의 동행이었다.
코디는 부친의 사람.
그녀는 유수현의 코디면서 매니저이며 감시자까지 겸하고 있었다.
유수현은 자기가 아무 말 없이 떠나 버리면 코디 언니가 혼난다는 사실을 뒤늦게 떠올리고는 뒤돌아서 싱긋 웃었다.
“성진우 씨!”
그렇게 대답한 후 빠르게 멀어져 가는 유수현의 뒷모습을 바라보던 코디가 근심 어린 얼굴을 했다.
“허락도 없이 남자 만나러 나갔다는 거 회장님께서 아시면 노발대발하실 텐데.”
코디는 혀를 끗끗 차다가 방금 유수현이 한 말을 되짚어 보았다.
‘그런데…… 누구 만나러 간다고 했었지?’
어디서 많이 들어 본 이름이었는데.
곰곰이 기억을 더듬어 보던 코디의 눈이 황소처럼 커지며 유수현이 나간 문을 휙 돌아보았다.
“누구라고?!”

* * *

‘없다…… 없어.’

유진호는 모니터를 들여다보며 손톱 끝을 잘근잘근 깨물었다.

'여기도…… 저기도…… 없다.'

언제부터인가 진우를 욕하는 댓글들이 자취를 감추었다.

하긴.

이해 못 할 일도 아니다.

제주도에서 S급 헌터들을 구해 오고, B급 게이트를 닫아 도로 정체를 없애고, 어제는 학생들 목숨까지 살리신 형님이니까.

아니, 오히려 형님께 욕을 하는 사람이 있다는 것이 이상할 정도지.

끈질기게 달라붙던 안티들도 자신의 노력과 진우의 활약 덕분에 이제 거의 다 사라진 듯했다.

진우 관련 기사에서 가뭄에 콩 나듯 가끔 보이는 악플도 기사를 본 사람들의 십자포화를 견디지 못하고 금방 지워졌다.

좋은 일이다.

분명 좋은 일이었다.

'한데 어째서…….'

가슴이 허전한 걸까?

어쩐지 자신이 할 수 있는 일이 하나씩 줄어 가는 느낌이었다.

딸깍, 딸깍.

그렇게 슬픈 표정으로 마우스를 움직이고 있는데, 사무실의 문이 조용히 열렸다.

진우였다.

그의 얼굴을 확인한 유진호가 밝은 얼굴로 벌떡 일어나 허리를 숙였다.

"오셨습니까, 형님."

"어."

진우는 피곤한 기색이었다.

그도 그럴 수밖에.

밤부터 오늘 아침까지 진아 곁을 지켜 주다 이제 막 집에 들어가서 씻고 나온 참이었다.

만에 하나 병원 안에서 A급 게이트가 열려도 대처할 수 있도록 일단은 동생의 그림자에 베르를 숨겨 두고 왔다.

유진호가 걱정스럽게 물었다.

"형님, 동생분은 좀 괜찮으세요?"

"다행히."

진우는 짧게 대답했다.

일부러 괜찮은 것처럼 보이려고 노력하기는 하는데 아무래도 걱정되는 게 오빠 마음이다.

담당 의사도 정신적 충격이 클 테니 당분간 주의 깊게 지켜봐야 한다고 했다.

'빨리 떨치고 일어나기를…….'

원체 밝은 아이니까.

그렇게 속으로 응원해 주는 것이 진우가 할 수 있는 일의 전부였다.

그때.

"어멋, 진짜네?"

깜짝 놀라는 여성의 목소리가 옆에서 들려왔다.

진우가 돌아보니 유수현이 눈을 동그랗게 뜨고 진우를 바라보고 있었다.

진우가 유진호에게 눈빛으로 물었다.

'이분?'
유진호가 긴장된 눈빛을 돌려보냈다.
'네, 형님.'
오기 전에 사정은 들어 둔 상태였다.

"형님이 원하시는 조건에 딱 맞는 사람이 있습니다! 한번 만나 보시겠습니까?"

헌터 자격증 소지자에, 길드 활동에 전혀 관심이 없지만, 그럼에도 신뢰할 수 있는 사람.
'거기다 A급 헌터라…….'
딱히 등급이 중요한 건 아니지만.
어쨌든 맑은 눈빛과 환한 미소 때문인지 첫인상은 나쁘지 않았다.
간단히 인사를 나눈 뒤.
"저기."
계약 이야기를 하기 전에 진우는 먼저 궁금한 것을 물어보았다.
"이렇게 하면 큰아버지와 사이가 나빠질 수도 있는데도 괜찮아요?"
"유진성과 엮이는 것보다는 낫거든요."
"유진성?"
진우가 돌아보자 유진호가 민망한지 뒷머리를 긁적였다.
"제 친형입니다, 형님."
아, 그 성격 나쁘다는 친형 말인가.
'유진호가 아니면 유진성이 유진길드를 맡기로 했었지.'
진우는 고개를 끄덕였다.

진호가 얌전히 유진길드를 맡았으면 벌어지지 않았을 일. 어떻게 보면 유수현도 진호의 선택으로 인한 피해자였다.

'괜히 이 녀석 때문에 여러 사람이 피해 보네.'

진우의 시선이 자신에게로 향하자 유진호는 영문도 모르고 미소를 지었다.

'…….'

속으로 한숨을 내쉬는 진우에게 유수현이 가까이 다가왔다.

"저……."

"네?"

약간 상기된 얼굴.

떨리고 있는 눈동자가 뭔가 중요한 것을 말하려는 분위기였다.

진우도 진지한 눈빛으로 변했다.

"뭔가 하실 말씀이라도……?"

그러자 망설이던 유수현이 용기를 내며 눈을 반짝였다.

"SNS에 올리게 사진 한 장만 같이 찍을 수 있을까요?"

* * *

모 제약회사의 회장실.

유명한의 동생, 유석호 회장의 얼굴은 그 어느 때보다 엄숙하고 진지했다.

"그게 정말인가?"

"네."

코디는 겁먹은 얼굴로 고개를 끄덕였다.

"내 딸아이가 성진우 헌터를 만난다고?"

"그렇습니다, 회장님."

"이름만 같은 사람일 수도 있지 않나?"

"저도 긴가민가했습니다만……."

주섬주섬 옷을 뒤지던 그녀가 조심스레 자신의 핸드폰을 내밀었다.

핸드폰 액정에는 유수현의 SNS가 떠 있었다.

방금 업로드된 사진을 바라보는 유석호의 눈이 휘둥그레졌다.

정말로 뉴스에서 자주 보이던 그 얼굴이 있는 게 아닌가?

'아니…….'

사진을 뚫어져라 바라보던 유석호가 이마를 짚으며 나지막하게 탄식을 내뱉었다.

"허."

"괜찮으십니까, 회장님?"

"……자넨 나가 보게."

"예?"

"어허, 나가 보래도."

유석호는 핸드폰을 돌려주고는 코디를 회장실에서 내쫓아냈다.

그리고 그녀가 돌아간 걸 확인하자마자 컴퓨터를 켜 진우에 대한 기사를 검색해 보았다.

『성진우 헌터, 과연 그의 몸값은 얼마인가?』

『세계 각국에서 몰려들고 있는 러브콜, 성진우 헌터의 선택은?』

『기사단 길드의 박종수 사장이 말하는 성진우 헌터, "그의 능력은 측정 불가."』

『성진우 헌터, 미국에서 비밀리에 접촉?』
『전문가들은 이미 성진우 헌터를 걸어 다니는 대기업으로 표현…….』

제주도 레이드 이후 폭증하고 있는 관심을 대변해 주듯 많은 기사들이 떠올라 있었다.
기사들을 하나하나 읽어 보는 유석호 회장의 얼굴에 감탄의 빛이 어리었다.
"허어, 허어……!"
그러기를 두어 시간.
눈이 침침해진 그가 의자에 등을 기댔다. 얼마나 집중했는지 이마에 땀이 맺혔다.
손수건으로 땀을 찍어 낸 뒤 담배를 입에 물고 불을 붙이기 직전.
멈칫.
그는 담배를 내려놓고 대신 옆에 놓인 핸드폰을 집어 들었다.
뚜르르, 뚜르르.
딸깍.
–여보?
수화기 너머에서 중년 여성의 목소리가 나왔다.
–이 시간에 웬일이에요?
"허허, 마누라. 요즘 우리 딸이 누구와 만나고 있는지 아시오?"
–네?
"내가 딸애 하나는 잘 키웠다니까."
–그게 갑자기 무슨 소리예요?

유석호 회장은 확신하고 있었다.

수현이가 누군가?

얼굴이면 얼굴, 배경이면 배경, 거기다 심지어 학력까지.

뭐 하나 빠지는 것 없는 딸 아닌가?

지금은 그냥 얼굴만 아는 사이라고 가정해도 두 사람이 깊은 사이가 되는 것은 시간문제였다.

–이 양반 좀 봐.

수화기 속의 목소리가 의아해 했다.

–언제는 수현이 옆에 남학생이 앉는 것도 싫다고 학년이 바뀔 때마다 학교에 찾아가서 수현이 졸업할 때까지 여학생들만 짝이 되게 했던 사람이…….

"허허, 내가 그랬었나?"

–누구를 만나기에 당신 반응이 그래요? 그만 뜸 들이고 말해 줘요.

유석호는 회장실이 떠나가라 웃었다.

"누군지 알면 당신도 깜짝 놀랄 것이오, 으허허허헛!"

3. 우진철의 시선

3. 우진철의 시선

“소환수를 공격대 인원으로 인정해 주겠다니, 그게 어디 말이나 될 법한 소립니까?”

남준욱이 버럭 소리를 질렀다.

그는 검사장 출신의 국회의원.

누군가의 잘못을 캐내 물어뜯는 데는 국내에서 따를 자가 없는 이였다.

맞은편에 앉은 고건희 협회장은 줄곧 침묵을 유지했다.

그런 그를 보며 남준욱은 속으로 미소를 지었다.

‘입이 열 개라도 할 말이 없겠지.’

이미 승부는 났다.

이건 누가 봐도 고건희 협회장의 무리수가 분명했으며, 협회장도 그걸 아는지 반격할 의사가 전혀 없어 보였다.

‘하지만…….’

여기서 그만둘 생각은 없었다.

적이 수세에 몰려 있을 때 압박을 멈추지 않고 그대로 벼랑 끝까지 밀어 버리는 것.

그것이 남준욱의 스타일이었다.

그는 입을 굳게 다물고 있는 고건희가 아니라 제3 회의장을 가득 메우고 있는 관계자들과 기자들을 향해 목에 핏줄을 세웠다.

"성진우 헌터가 길드를 만들자마자 이런 말도 안 되는 규정이 생겼습니다. 이것이 특혜가 아니라면 뭐가 특혜입니까?"

공정해야 할 헌터협회가 성진우 헌터의 뒤를 봐주고 있다.

은연히 그런 소문이 돌던 차에 협회에서 새로이 내놓은 규정이 이 모양이니 당연히 논란이 일 수밖에.

오늘 청문회는 해명을 위한 자리였으나 고건희 협회장은 내내 굳게 입을 다물고 있었다.

'좋아.'

남준욱은 승리를 예감했다.

제주도 레이드를 멋지게 성공시켜 인기가 하늘로 치솟았던 고건희에게 이번 던전 브레이크 사건과 성진우 헌터 특혜 논란으로 2연타를 먹일 수 있게 됐다.

정치는 결국 밥그릇 싸움.

자신의 정치적 대척점에 선 고건희를 무너뜨리면 결국 그만큼의 몫이 자기에게 돌아오게 되는 것이다.

내일 신문 1면을 장식할 자신의 모습을 상상하며, 남준욱이 거만한 눈빛으로 고건희를 응시했다.

"뭐라고 말이라도 좀 해 보세요, 고건희 협회장님!"

웅.

오늘 처음으로 고건희의 마이크가 켜졌다.

툭, 툭.

마이크 끝을 쳐 소리가 제대로 나오는 것을 확인한 고건희가 입술을 가까이 가져다 댔다.

“무슨 대답을 듣고 싶은 겁니까?”

남준욱의 눈매가 가늘어졌다.

‘저 뻔뻔한 영감이…….’

당연히 일단은 사과부터 할 줄 알았다. 그런데 아직도 할 말이 남았다는 건가?

남준욱은 목소리를 높였다.

“이번에 신설된 이 규정! 성진우 헌터에 대한 특혜입니까, 아닙니까?”

자, 이제 어떻게 피할 셈이냐?

비겁한 변명을 기대하고 있던 남준욱에게 고건희가 찬물을 끼얹었다.

“특혜 맞습니다.”

짧은 대답.

하지만 그 파장은 엄청났다.

웅성웅성.

방청객들은 물론이고 기자들이나 국회의원들까지 옆자리 사람과 눈빛을 교환하며 소란을 더했다.

물론 가장 놀란 사람은 남준욱이었다.

‘저 영감이 노망났나?’

끝까지 발뺌하든가, 정 안 되면 싹싹 빌기라도 해야 할 사람이 저리 당당하게 잘못을 시인하다니.

하지만 실언을 한 사람이라고 보기에 고건희의 눈빛은 너무도 차분했다.

그 차분함과 뻔뻔함이 오히려 남준욱에게 묘한 긴장감을 불러일으켰다.

꼴깍.

마른침이 목구멍을 타고 넘어갔다.

아니나 다를까.

고건희의 입이 다시 열렸다.

"여기 모여 계신 분들께 한 가지만 묻겠습니다."

압도적인 존재감.

고건희가 입을 여는 동시에 마치 약속이라도 한 듯 모두 입을 다물고 그를 바라보았다.

"20명의 A급 헌터가 모인 공격대와 성진우 헌터 한 명이 전부인 공격대."

천천히 자리에서 일어선 고건희가 사람들의 면면을 둘러보며 말을 이어 갔다.

"던전 브레이크가 일어난 장소에서 둘 중 어느 한 팀과 함께해야 한다면, 어디를 고르시겠습니까?"

아무도 대답하지 못했다.

대답할 필요도 없이 답은 이미 정해져 있는 것과 마찬가지였으니까.

"……."

"……."

다들 고건희의 시선을 피하려 하는 가운데, 고건희의 고개가 남준욱에게서 멈추었다.

"……."

남준욱 역시 입을 떼지 못했다.

만족할 만큼의 반응을 얻었다고 생각한 고건희가 미소를 지었다.

"이래도 성진우 헌터에게 주어진 특혜가 부당하다고 생각하십니까?"

한 명이서 능히 대형 길드의 정예 공격대 이상의 몫을 해낼 수 있는 헌터.

이런 쓸데없는 일로 그런 헌터의 발목을 잡아야겠냐고 고건희는 묻고 있었다.

남준욱이 뭔가 말하려고 했다.

그러나 그가 입을 채 열기도 전에 고건희가 빠르게 말을 이었다.

"미국, 일본, 중국 등 총 21개국에서 성 헌터에 대한 정보를 요구해 왔습니다."

고건희는 가지고 온 두꺼운 공식 문서들을 쥐고 흔들어 보였다.

"이들 모두가 성 헌터를 자국으로 데려가기 위해 눈이 벌게져 있습니다."

기자들을 바라보던 고건희의 시선이 다시 남준욱 의원에게 옮겨 갔다.

"이런 상황에서 그 정도의 특혜도 없이 성 헌터가 한국에 남기를 원하십니까?"

"……."

남준욱의 안색이 불편해지기 시작했다.

뒤바뀐 전세가 여실히 느껴졌다.

하지만 고건희는 쉽게 놓아줄 생각이 없는지 남준욱을 뚫어지게 바라보며 다시 물었다.

"미국으로 떠난 황동수 같은 사례가 반복되길 원하시는 거냐고 물었습니다."

윽.

남준욱은 아랫입술을 깨물었다.

문서들을 내려놓는 고건희의 얼굴에서 숨겨 두었던 여유가 흘러넘쳤다.

남준욱은 알고 있었다.

저 표정의 의미를.

대개 이런 상황에서 자신이 마지막에 보이던 얼굴, 승자의 표정이었다.

남준욱은 이를 악물며 반론했다.

"그래도 형평성이라는 것이……."

"그래서 드리는 말씀입니다만."

고건희가 남준욱의 말을 잘랐다.

"남준욱 의원님께서 최근에 새로 이사하신 곳이 헌터스 길드 근처의 아파트 아니십니까?"

남준욱의 얼굴이 한눈에 알아볼 수 있을 정도로 붉어졌다.

"굳이 주변보다 몇 배나 집값이 더 비싼 곳으로 옮겨 가신 이유가 뭔가요?"

"……."

상대가 S급 헌터만 아니었으면 달려 나가서 주먹질이라도 할 것처럼 남준욱의 얼굴이 붉으락푸르락 달아올랐다.

하지만 고건희 또한 열세에 놓인 상대를 어떻게 다뤄야 하는지 남준욱만큼, 아니 그 이상으로 훤히 알고 있는 사람이었다.

"또다시 이 땅에 S급 게이트가 생성되었을 때 누가 당신의 목숨을 지켜 줄 수 있는지 잘 생각해 보시길 바랍니다."

고건희는 이렇게 말을 끝맺었다.

"당신이 집값으로 지불한 돈의 몇백 배, 몇천 배를 지불해도 목숨은 살 수 없을 테니 말입니다."

* * *

처음으로 A급 게이트 앞에 서게 된 유진호가 눈을 동그랗게 뜨고 게이트의 위쪽을 올려다보았다.

"헉……."

한참 올려다봐야 하는 높이.

벌써 20분째 입을 다물지 못하는 유진호를 보고 진우는 자신이 처음 A급 게이트를 봤을 때의 반응은 양반이었구나, 하고 생각했다.

"턱 떨어지겠다, 진호야."

"예? 아, 예. 죄송합니다, 형님. 이렇게 큰 게이트는 처음이라서요."

광안리 게이트를 보여 줬으면 어떤 반응이 나왔을까?

진우는 피식 웃었다.

너무 티 나게 놀란 것이 무안했는지 유진호는 머리를 긁적이며 물었다.

"형님, 그런데 진짜 수거팀이나 채굴팀 안 불러도 되겠습니까?"

"괜찮아."

진우는 가장 오랫동안 자신과 함께해 온 정예 그림자 병사 30기를 소환했다.

"일은 얘네들이 할 거니까."

진우의 뒤쪽에 갑자기 나타난 그림자 병사들을 보고 잠깐 움찔했던 유진호가 고개를 끄덕거렸다.

"아하!"

검은 갑옷에 검은 눈가.

언제 봐도 위압감이 흘러넘치는 소환수들이었다.

마침 협회 직원들이 진우에게 다가왔다.

그중에는 낯익은 얼굴도 있었다.

"성진우 헌터님."

"우진철 과장님."

감시과 과장 우진철은 부하 직원에게서 스피드건처럼 생긴 휴대용 마력측정기를 건네받았다.

"먼저 확인부터 해도 되겠습니까?"

"그러세요."

진우가 비켜서자 그림자 병사들이 한 걸음씩 앞으로 나왔다.

우진철은 병사들의 마력을 하나하나 측정해 보았다.

'맙소사…….'

병사들을 체크하는 우진철의 눈이 놀람으로 동그래졌다.

선글라스로 눈을 가리고 있어 남들이 보지 못하는 것이 그나마 다행이라면 다행이라고 할까.

'모든 소환수가 전부 A급에서 B급 이상이다.'

A급 게이트의 공략 허가 기준을 가뿐히 넘어서고 있었다.

그러나 성진우 헌터의 소환수는 이 녀석들이 전부가 아니라는 것.

나머지 소환수들까지 비슷한 수준의 마력을 지니고 있다면…….

우진철의 한쪽 입꼬리가 올라갔다.

'여태까지 특혜다, 아니다를 놓고 싸웠던 사람들이 전부 바보 같군그래.'

웃으며 고개를 절레절레 저은 우진철이 진우를 바라보았다.

"체크 완료했습니다. 아무런 문제도 없습니다."

끄덕.

진우도 웃으며 고개를 끄덕였다.

이제 레이드를 시작하는 데 거치적거릴 것이 없었…… 다고 생각했지만.

"성진우 헌터님 이쪽 좀 봐 주세요!"

"아진 길드의 첫 레이드를 앞두고 계신데 소감 한 말씀 좀요!"

"길드 이름을 아진으로 정하신 특별한 이유가 있습니까?"

"창립 멤버인 유수현 씨와는 어떤 관계십니까?"

폴리스라인 너머에서 기자들의 우렁찬 질문이 쏟아지고 있었다.

진우가 만든 길드의 첫 레이드.

그 역사적인 순간을 카메라에 담기 위해 아침부터 기다린 기자들이 게이트 주위로 발 디딜 틈 없이 모여 있었다.

여타 길드와 다른 점이라면 길드 직원이 아니라 협회가 직접 그들을 통제하고 있다는 것.

진우가 턱짓으로 기자들을 가리켰다.

"제 정보는 보호되고 있는 거 아니었습니까?"

"성 헌터님의 정보는 보호할 수 있어도 게이트 위치를 보호할 수는 없어서요."

우진철이 씩 웃으며 대답했다.

"기자들은 저희가 막아 드릴 테니 무시하시고 레이드에 전념하시면 됩니다."

"……."

열심히 기자들과 몸싸움을 하는 협회 직원들을 보고 있자니 새삼 협회장의 배려가 느껴졌다.

"협회장님께 감사하다고 전해 주십시오."

"예. 전해 드리겠습니다."

꾸벅.

고개를 숙인 우진철이 돌아섰다.

떠날 사람들은 떠나고 결국 게이트 앞에 남은 사람은 진우와 진호뿐.

진우가 유진호에게 물었다.

"정말 괜찮겠어?"

"예, 형님."

유진호가 이를 악물고 대답했다.

"형님이 가시는 곳이라면 지옥 끝까지라도 따라가겠습니다."

유진호의 목소리가 너무 비장해서 진우는 그만 피식 웃고 말았다.

"오냐."

유진호는 D급 헌터.

D급 헌터가 A급 던전에 발을 들이는 것은 자살하겠다는 것과 다

릅이 없었다.

몇 번이나 거듭해서 말렸지만 유진호는 짐꾼을 자처했다.

결국 진우가 포기했다.

'뭐, 이 녀석 하나 정도는 충분히 지킬 수 있으니까.'

한번 A급 던전을 경험하고 나면 으레 알아서 떨어져 나가지 않겠냐 하는 생각과, 던전에서 말동무 하나 정도는 괜찮지 않을까 하는 마음이 공존했다.

"그럼 가 볼까?"

"예, 형님."

"가시죠."

뒤에서 들리는 목소리에 진우와 유진호의 고개가 동시에 돌아갔다.

거기에는 검은 양복 대신 장비를 겹겹이 껴입은 우진철이 서 있었다.

"가신 거 아니었습니까?"

진우가 물었더니.

"협회장님께서 성 헌터님의 레이드가 정말로 안전한가 지켜보고 오라는 말씀이 있으셨습니다."

훗날 또다시 진우의 솔로 레이드 문제가 부각됐을 때 우진철을 증인으로 내세우려는 고건희 협회장의 계획이었다.

"그래서 같이 가신다고요?"

갑옷이 익숙지 않은 것인지, 아니면 상황이 부끄러운 것인지 우진철이 얼굴을 붉히며 말했다.

"……같이 가 주시면 안 되겠습니까?"

다 먹고살자고 하는 짓인데 안 될 건 또 뭔가.

"마수만 안 건드리시면 됩니다."

"저희 과가 달리 감시과겠습니까? 가만히 지켜보기만 하겠습니다."

"좋습니다."

진우가 흔쾌히 수락하자 우진철이 고개를 숙였다.

"감사합니다, 헌터님."

"그럼…… 갑시다."

진우의 한마디에 유진호와 우진철이 게이트로 들어갔다.

진우 역시 그들을 따랐다.

그러자 익숙한 기계음과 함께 떠오른 시스템 메시지가 진우를 반겼다.

띠링.

[던전에 입장하였습니다.]

* * *

'지금쯤 레이드가 시작됐겠군.'

손목에 찬 시계를 내려다보던 고건희 협회장의 입가에 미소가 떠올랐다.

성진우 헌터의 레이드.

가능하면 직접 가서 지켜보고 싶었지만 여건상 도저히 불가능한 일이라, 가장 믿을 수 있는 직원을 대신 보내 놓았다.

우진철 과장이 무엇을 보고 올지 벌써부터 기대가 됐다.

'참, 내가 이럴 때가 아니지.'

고건희는 고개를 가로저어 상념을 떨쳐 냈다.

그의 책상에는 이선까지 없었넌 서류 더미가 산처럼 높게 쌓여 있었다.

이른바 서류의 탑.

학교에서 던전 브레이크가 일어난 이후부터 아무리 일과에 집중해도 탑의 높이는 줄지 않고 오히려 불어나고 있었다.

그만큼 눈코 뜰 새 없이 바쁜 와중에도 성 헌터에 대한 관심은 줄어들지 않았다.

몸만 성했다면 성 헌터와 함께 던전을 누비는 날도 있지 않았을까?

'나도 참 주책이군.'

또 한번 고개를 절레절레 흔든 고건희가 웃으며 업무를 시작했다.

얼마나 집중했을까?

똑똑.

노크 소리에 고개를 드니 잠깐 사이에 3시간이 흘러가 있었다.

"우진철입니다, 협회장님."

마침 기다리고 있었던 소식.

고건희는 지친 기색도 없이 환한 얼굴로 우 과장을 맞이했다.

"들어오게."

끼익.

조심스럽게 안으로 들어서는 우진철의 얼굴을 보고 고건희가 눈을 휘둥그레 떴다.

'아니?'

별일 없이 다녀올 줄 알았던 우진철이 초췌한 몰골이었던 것이다.

'다른 사람도 아니고 성진우 헌터와 같이 있었는데 어째서 우 과

장 얼굴이 저렇게……?'

의문이 든 것도 잠시.

"실례지만 잠시 앉아도 되겠습니까, 협회장님?"

간곡히 여쭤보는 우진철에게, 고건희는 얼른 소파를 권했다.

"물론 괜찮지. 어서 앉으시게."

그러고는 자신도 협회장석에서 일어나 우진철의 맞은편 소파에 엉덩이를 붙였다.

털썩.

우진철이 힘없이 주저앉았다.

두 손으로 얼굴을 쓸어내리는 그는 몹시 피로한 기색이었다.

대체 안에서 무슨 일이 있었던 걸까?

우진철이 입을 열기도 전에 궁금함을 참지 못한 고건희가 먼저 물었다.

"어떻게 된 일인가? 자네 얼굴이 왜……?"

"예? 제 얼굴에 뭐라도 묻었습니까?"

"지금 너무 피곤해 보이는 얼굴이라네. 며칠 잠이라도 설친 사람처럼."

"아……."

끄떡끄떡.

우진철은 납득했다는 듯 혼자서 말없이 몇 번 고개를 주억거렸다.

"아마 너무 놀라서 그런 걸 겁니다, 협회장님."

"놀라다니……. 자세히 좀 이야기해 보게. 자네, 성진우 헌터의 레이드를 지켜보러 갔던 것 아니었나?"

우진철은 시선을 내리깔고 고개를 천천히 가로저었다.

"그건 레이드가 아니라……."

"……아니라?"

고개를 든 우진철의 눈빛에는 아직도 두려움과 놀라움이 뒤섞여 있었다.

"대학살의 현장이었습니다."

감시과의 카리스마.

타고난 강심장으로 일컬어지는 우진철의 목소리가 조금씩 떨리고 있었다.

"대학살……?"

고건희는 침을 꼴깍 삼켰다.

자신의 표현을 부정할 생각이 없는 듯, 우진철은 단호하게 대답했다.

"예."

그것을 달리 무엇이라 표현할 수 있을까?

그야말로 학살이라고밖에 말할 수 없다.

우진철은 협회장의 부탁대로 보고 온 것을 하나도 빼놓지 않고 남김없이 털어놓았다.

"그 던전은 나가의 소굴이었습니다."

마수에 대한 기억을 더듬어 가는 고건희의 눈매가 가늘어졌다.

'나가라면…….'

인간과 바다뱀을 섞어 놓은 듯한 모습에, 습기 찬 곳을 좋아하며, 전투와 마법에 모두 능해 노련한 헌터들조차 애를 먹는다는 녀석들.

상급 마수면서도 항상 떼를 지어 다니기 때문에 상대하기가 쉽지 않은 마수로 알려져 있었다.

하지만.

'성진우 헌터 정도라면 나가 몇 마리쯤 뭉쳐 다닌다고 해서 곤란할 일은 없었을 텐데?'

고건희의 생각을 읽기라도 한 듯 우진철이 대답했다.

"……나가들이 불쌍하게 느껴질 정도였습니다."

"……!"

우진철은 당시를 회상했다.

30마리가 넘는 나가들이 떼를 지어 등장했을 때는 옆에 있는 사람이 누군지도 잊고 잠깐 긴장하기도 했었다.

나가는 그만큼 두려운 마수였다.

그러나.

"주위가 어두워졌었습니다."

정확히는 성진우 헌터의 발밑에서 검은 음영이 번져 나갔다고 해야 할까.

무언가 시작되고 있다는 느낌에 털이 곤두서던 그 순간, 그림자 속에서 머리를 드러낸 검은 병사들이 땅 위로 불쑥 올라왔다.

전투, 아니 학살의 시작이었다.

—끼아아악!

—키하악!

—키아아아—!

튀어 나간 성진우 헌터의 소환수들이 나가들을 인정사정없이 찢어발기기 시작했다.

"그나마 갑옷을 입은 인간형 소환수나 하이오크 얼굴을 한 소환수는 좀 나왔습니다. 하지만…….”

곰처럼 생긴 소환수와 개미 형태의 소환수들은 그야말로 짐승 그 자체였다.

“일부 개미들은 마수의 사체를 먹기까지 하다가 분노한 성 헌터님께 걷어차이더군요.”

우진철은 나가 사체의 머리를 한 입에 집어삼키려다 성 헌터에게 차여 그대로 벽에 처박힌 개미형 소환수를 떠올리고는 부르르 몸을 떨었다.

몸을 떨게 만드는 것이 그 끔찍한 소환수인지, 그 소환수를 망설임 없이 날려 버리는 진우였는지는 아직도 알 수 없었지만.

잔뜩 긴장해 있는 우진철의 눈빛을 보고 고건희까지 덩달아 긴장해 침을 꼴깍 삼켰다.

“소환수들은 강하던가?”

“강했습니다.”

두말할 나위 없이.

인간형 병사, 오크형 병사, 곰과 개미 형태의 병사.

어느 것 하나 약한 소환수가 없었다.

하지만 그중에서도 압권은.

“검은 투구에 붉은 갈기가 달려 있는 소환수였습니다.”

우진철이 잠시 숙였던 고개를 들고 고건희와 눈을 마주했다.

“소환수가 검을 휘두를 때마다 검에서 번개가 튀었다면 믿을 수 있으시겠습니까?”

“맙소사…….”

고건희는 경악했다.

전격 마법은 불 속성 마법의 파괴력과 빛 속성 마법의 빠르기를 동시에 가지고 있다.

그 탓에 꽤 수준 높은 마법 계열 헌터들만이 사용 가능한 스킬이었다.

그나마도 연속적인 사용은 힘들었다.

한데 그런 마법이 소환수가 검을 휘두를 때마다 튀어나왔다고?

고건희는 고개를 절레절레 저었다.

자신이 아끼는 부하의 입에서 나온 말이 아니었더라면 믿기 힘든 소리였다.

그런데 믿기 힘든 소리가 한 번 더 이어졌다.

"제 눈에는 그 소환수가 A급을 넘어선 수준으로 보였습니다."

"그게 정말인가?"

고건희의 목소리가 커졌다.

어떻게 일개 소환수가 S급에 가까운 능력을 가질 수 있단 말이지?

하지만 곧이어 A급 헌터들 중에서도 최상위에 속한 실력자인 우진철이 장담했다.

"일대일로 붙어도 제가 그 소환수를 이길 수 있을지…… 솔직히 자신이 없었습니다."

과연.

자존심이 강한 우진철의 입에서 그런 평가가 나왔다면 S급이라고 봐도 무방하리라.

"허어……."

고건희가 소파에 등을 기댔다.

성진우 헌터의 대단함이야 진즉 알고 있었지만 소환수 하나하나까지 그만한 실력을 지니고 있었을 줄이야.

직접 가서 보지 못하는 현실이 안타까웠다.

이렇게 편하게 앉아 이야기를 전해 듣는 것만으로도 놀라운데, 내내 그 자리에 있었던 우진철의 심정은 어떠했을까?

초췌해진 우진철의 모습도 이해가 갔다.

충격의 연속이었을 테니 말이다.

"그러나 더 놀라운 광경은 따로 있었습니다."

그것이 끝이 아니라는 듯 우진철이 말을 이었다.

"개미들이…… 일을 하기 시작했습니다."

기억을 더듬는 우진철의 눈동자가 흔들렸다.

아진 길드의 부사장이 메고 있던 짐 가방의 곡괭이를 나눠 받은 개미들이 동굴 벽면에 솟아나 있는 마석들을 캐기 시작했던 것이다.

캐낸 마석과 마수 사체를 옮기는 것도 모두 개미들의 몫이었다.

일사불란하게 움직이는 개미들의 작업 속도에 우진철은 눈을 뗄 수가 없었다.

'작업'의 화신들.

우진철은 감탄에 감탄을 거듭했었다.

"그건 1인 공격대 따위가 아니었습니다."

혼자서 던전 공략, 사체 수거, 광석 채굴이 모두 가능한 1인.

우진철은 확신했다.

성 헌터를 1인 공격대라 칭하는 것은 그에 대한 모독이라고.

"그는 길드 그 자체였습니다."

1인 공격대가 아닌 1인 길드.

엄밀히 말하자면 별 도움 되지 않는 부사장도 함께였으나, 있으나 없으나 다를 게 없어 보였으니 1인 길드라는 게 틀린 말은 아니었다.

고건희 협회장은 무릎을 탁 쳤다.

'역시 내 눈은 틀리지 않았군.'

그의 얼굴에서 미소가 떠나지 않았다.

처음 기대했던 대로 성진우 헌터가 대한민국 헌터계의 새로운 균형추 역할을 하는 것은 물론이고, 어쩌면 세계의 헌터 지도가 뒤바뀔지도 모르겠다는 생각이 들었다.

"그렇게 저희는 보스 방에 도착했습니다."

아직 이야기가 끝난 것이 아니었던가?

고건희는 다시 얘기에 집중했다.

우진철이 말했다.

원래 나가들의 몸집이 인간의 2, 3배에 달하는데, 보스 방에 있는 나가는 보통 나가들의 4배에 달하는 크기였으며, 위압감도 대단했다고.

"보스급 마수도 소환수들을 이용해서 금세 해치웠겠지?"

우진철은 고개를 저었다.

"오히려 작업 중인 개미들만 빼고 모든 소환수를 해제하시더군요."

"아니, 대체 왜?"

놀라는 고건희에게 우진철이 담담하게 대답했다.

"저도 궁금해서 물어봤습니다. 왜 보스를 앞두고 소환수들을 돌려보내시냐고 말입니다."

이야기에 너무 집중한 나머지 고건희는 저도 모르게 상체를 앞으로 기울였다.

"그랬더니?"

"성진우 헌터님께서 이렇게 말씀하시더군요."

기억을 건져내기 위함인지 약간의 뜸을 들인 우진철이 천천히 입을 열었다.

"소환수들에게 너무 의존하고 있으면……."

* * *

"감이 떨어집니다."

진우는 한 걸음 앞으로 나서며 '악마왕의 단검'을 양손에 불러냈다.

병사들을 이용할 필요도 없었다.

눈앞에는 보스급 마수 하나와 녀석을 지키는 나가 호위병 넷이 전부.

진우가 땅을 박차고 달려 나갔다.

'신속.'

호위들이 미처 반응할 틈도 없이 순식간에 거대한 나가와의 간격이 사라졌다.

'난도!'

수십 발의 은빛 섬광이 보스의 하체에 쏟아졌다.

두두두두-!

"크아아아악!"

보스가 비명을 지르며 몸부림치는 사이, 호위들이 진우에게 달려들었다.

진우는 호위 하나의 머리를 밟고 수직으로 뛰어올랐다.

탓!

한참 위에 있던 보스와 시선이 마주치는 순간, 진우가 단검을 내리그었다.

쉬익-!

"키악!"

보스의 머리가 세로로 잘려 나가며 메시지가 떴다.

띠링.

[던전의 주인을 처치하였습니다.]

[레벨이 올랐습니다!]

반가운 시스템 메시지에 진우의 표정이 밝아졌다.

'오!'

땅에 내려선 진우가 한 바퀴 빙글 돌자 사방에서 덤벼들던 호위들까지 일제히 쓰러졌다.

하지만 시스템 메시지는 거기서 끝난 것이 아니었다.

띠링, 띠링, 띠링……!

갑자기 기계음이 끝도 없이 이어졌다.

'뭐야?'

당황하는 것도 잠시.

[101레벨을 달성했습니다.]

[직업 전용 스킬들의 레벨이 상승합니다.]

[스킬 '그림자 추출'의 레벨이 상승하였습니다.]
[스킬 '그림자 저장'의 레벨이 상승하였습니다.]
[스킬 '군주의 영역'의 레벨이 상승하였습니다.]
[스킬 '그림자 교환'의 레벨이 상승하였습니다.]

진우는 주르륵 올라가는 메시지에 눈이 휘둥그레졌다.

* * *

'허……!'

그렇게 스킬을 써 대도 미동조차 없었던 직업 전용 스킬들의 레벨이 한꺼번에 올라가다니?

쿵쾅쿵쾅.

진우는 오랜만에 가슴이 뛰었다.

현재 보스 방에 같이 있는 사람은 유진호와 우진철 두 사람뿐.

두 사람 다 뭔가를 트집 잡을 이들은 아니기에 눈치 볼 것 없이 상태 창을 불러냈다.

'상태 창.'

띠링.

기계음과 함께 레벨에서부터 착용 아이템까지 현재 상태를 확인할 수 있는 모든 정보들이 떠올랐다.

진우의 시선이 멈춘 곳은 '직업 전용 스킬' 목록.

[직업 전용 스킬]

액티브 스킬 : 그림자 추출 lv.2, 그림자 저장 lv.2, 군주의 영역 lv.2, 그림자 교환 lv.2

'정말이다.'

사실을 아는 것과 사실을 보는 것은 다른 일.

진우는 다른 것보다 '그림자 교환'의 레벨이 올라간 걸 확인하고는 주먹을 불끈 쥐었다.

'좋았어!'

무궁무진한 스킬 활용도에 비해 대기 시간이 길어서 답답했던 스킬, 그림자 교환.

'대기 시간은 스킬 레벨에 따라 달라진다고 했었지.'

이걸로 그 답답함이 줄어들게 되었다.

오늘의 가장 큰 소득이었다.

한동안 정체되어 있었던 레벨이 움직인 것보다 그림자 교환 스킬이 향상된 것이 더 기뻤다.

'그럼 얼마나 달라졌는지 확인해 볼까?'

진우는 선물 상자를 개봉하는 마음으로 그림자 교환 스킬의 정보를 열었다.

띠링.

[스킬 : 그림자 교환 Lv.2]

직업 전용…….

……시전한 후에는 2시간의 대기 시간이 지나야 다시 사용할 수 있습니다.

대기 시간은 스킬 레벨에 따라 달라집니다.

'……!'

무려 1시간!

1레벨을 올린 것만으로도 3분의 1이나 되는 대기 시간이 사라졌다.

진우는 흥분을 감추지 못했다.

'1레벨에 1시간이 줄었다.'

단순하게 계산하면 다음 레벨에서는 대기 시간이 1시간으로 바뀔 가능성이 높았다.

그리고 거기서 레벨을 하나 더 올린다면?

'내가 어디에 있건 어머니나 진아가 곤경에 처할 일은 없어진다는 말…….'

그렇게 생각하자 짜릿한 전율이 일었다.

진우에게는 그 무엇보다 중요한 일이었으니까.

상기된 얼굴이 티가 났는지 유진호가 웃으며 물었다.

"형님, 무슨 좋은 일이라도 있으십니까?"

"응?"

진우는 그제야 유진호가 가까이 다가온 것을 알았다.

'얼마나 상태 창에 집중하고 있었으면…….'

유진호의 뒤로 이쪽으로 걸어오는 우진철 과장의 모습도 눈에 들어왔다.

진우는 피식 웃으며 상태 창을 닫았다.

아무리 책잡을 일 없는 두 사람이라고 해도 일부러 미친 사람처럼 보일 이유는 없으니까.

"그런 게 있어."
"예, 형님."
진우와 같이 다니기 시작하면서 눈치가 많이 좋아진 유진호가 더는 캐묻지 않았다.
대신 유진호의 관심은 옆으로 옮겨 갔다.
"와―."
유진호는 태어나서 처음으로 A급 던전 보스의 실물을 보았다.
상체는 사람의 형상이고 하체는 바다뱀인 괴물.
멀리서도 무지막지하게 컸지만 가까이서 보니 더 크고 흉측하게 생긴 놈이었다.
벌어진 입을 다물지 못하는 것도 어쩌면 당연했다.
'형님은 이전에도 상급 던전에 몇 번이나 갔다 오신 걸로 아는데…….'
그럴 때마다 이런 녀석들을 때려잡으신 건가?
꼴깍.
유진호가 마른침을 삼켰다.
새삼스럽게 오늘따라 진우가 더 대단해 보였다.
그리고 그런 진우의 옆에 다른 사람이 아니라 자신이 서 있다는 현실에 자부심이 느껴졌다.
"형님!"
"응?"
"존경합니다."
"뭐?"
"아닙니다."

실없는 녀석.

진우가 빤히 쳐다보자 유진호는 자기가 생각해도 민망했는지 고개를 돌렸다.

옆에 선 우진철도 적잖이 놀란 모양이었다.

'성진우 헌터의 실력이야 이미 알고 있었지만…….'

그래도 보스급 나가를 이렇게 간단히 해치울 수 있을 줄이야.

탱커, 딜러, 힐러가 전부 달려들어야 간신히 처치할 수 있는 다른 공격대들이 보면 자괴감에 머리를 쥐어뜯을 장면이었다.

'…….'

보스급 나가의 사체에 가까이 다가선 우진철은 녀석의 비늘을 톡톡 두들겨 보았다.

손끝에서 강철 같은 단단함이 느껴졌다.

나가의 비늘은 갑옷나 방패 같은 각종 방어구에 쓰일 만큼 견고함을 자랑한다.

'그런 비늘을 이렇게…….'

하체의 비늘 일부분이 마치 종이처럼 구겨지고 찢겨 있었다.

진우가 스킬 '난도'를 사용한 흔적이었다.

'고작 단검 두 자루에 이만한 파괴력이라니.'

사체를 살피던 우진철의 이마에 식은땀이 맺혔다.

그가 아군이어서 얼마나 다행인지 몰랐다.

그때.

등 뒤에서 진우의 목소리가 들려왔다.

"……좀 뒤로 물러나 주실래요?"

생각에 잠겨 있어 제대로 듣지 못했던 우진철이 당황하며 뒤를 돌아보았다.

"예?"

"소환수로 만들려는데 우진철 과장님이 너무 가까이 계셔서요."

"아."

어느새 멀찍이 물러나 있던 유진호가 우진철을 향해 손짓을 보냈다.

"죄, 죄송합니다."

눈치껏 사과한 우진철이 잽싸게 뒤쪽으로 빠졌다.

그러고는 기대감 어린 눈으로 지켜봤다.

오는 동안 내내 소환수가 만들어지는 과정을 봐 왔지만, 보스급은 처음이었다.

'설마 저 커다란 게 그대로 소환수가 되는 건가?'

유진호도 눈을 반짝이며 결과를 기다렸다.

두 사람의 뜨거운 관심 속에서 진우는 천천히 그림자 추출 스킬을 시도했다.

'일어나라.'

보스급 마수의 그림자가 주인의 부름에 응답했다.

키아아아—

그림자에서 솟아오른 손이 땅을 짚더니 이윽고 그림자 위로 몸을 끌어올렸다.

그런데.

소환수는 생각보다 형편없이 작았다.

평범한 나가에서 만들어졌던 소환수와 동급, 혹은 조금 더 큰 수준이었다.

'하하…….'

손바닥에 땀이 고일 정도로 긴장했던 우진철이 실소를 머금었다.

어찌 보면 당연한 결과였다.

죽은 마수의 힘을 빌려 만든 소환수가 어떻게 본체와 비슷할 수가 있을까?

힘이든, 크기든 딱 저 정도가 적당한 것이다.

우진철은 미니 사이즈로 나온 소환수를 보고는 왠지 모르게 마음이 놓였다.

'어쩌면 성진우 헌터의 능력은 한계가 명확한 것이 아닐까?'

그렇다고 해도 성 헌터 본인의 전투력이 상상을 초월하기 때문에 절대로 쉽게 볼 수는 없겠지만.

그러나 우진철의 생각과 다르게, 진우는 의외의 횡재에 속으로 쾌재를 부르고 있었다.

[군주의 목소리가 망자의 전의를 이끌어 냅니다.]

[그림자 강화에 성공했습니다!]

[그림자의 레벨이 13에서부터 시작됩니다.]

'좋았어!'

그림자 추출의 레벨이 올랐기 때문일까?

이그리트 이후 오랜만에 그림자 추출 과정에서 강화 성공 메시지가 떴다.

진우는 서둘러 병사의 정보를 확인했다.

[?? Lv.13]

정예 기사 등급

A급 던전의 보스인 만큼 어금니처럼 '정예 기사' 등급이 뜬 것은 그다지 놀라운 일이 아니었다.

하지만 13레벨!

진우는 레벨을 보고선 웃음을 참을 수가 없었다.

'레벨이 높아서 그런가? 본체와 힘이 비슷한 것 같네.'

여태까지의 병사들과는 달리, 이 녀석은 본체와의 능력치 차이가 거의 느껴지지 않았다.

작아진 몸 안에 숨겨진 강한 마력이 감지됐다.

다만 생전과 다른 크기가 좀 의아했는데, 한 가지 짐작 가는 바는 있었다.

'이게 원래 모습 아냐?'

하긴.

다 같은 나가인데 크기가 그렇게까지 다를 수 있을까.

하지만 어금니처럼 마법을 통해 자신의 덩치를 부풀리고 있었던 것이라면 충분히 말이 됐다.

어금니와 마찬가지로 자신의 마력을 컨트롤하고 있다는 점과, 어금니만은 못하지만 강한 마력을 지니고 있다는 점이 그 짐작을 뒷받침해 주었다.

그때.

[병사의 이름을 정해 주십시오.]

여느 때와 마찬가지로 병사의 이름을 정해 줘야 한다는 메시지가 떴다.

진우는 별생각 없이 '지마'라고 이름을 붙였다.

['지마'로 하시겠습니까?]

'그래.'

이로써 그림자 군단에 강한 마법사 하나와 그의 나가 군대가 추가되었다.

추출 과정이 끝나고, 진우는 지마를 자신의 그림자에 흡수시켰다.

마침 그때 주인 잃은 던전이 경고를 보내오기 시작했다.

드드드드-

바닥에서부터 미세한 진동이 올라왔다. 1시간 내 게이트가 닫힌다는 신호였다.

떨어져 있던 유진호가 금세 달려왔다.

"이제 나가셔야 합니다, 형님."

"그래."

마지막으로 주위를 둘러보던 유진호가 웃으며 아쉬운 듯 입맛을 다셨다.

"근데 이건 좀 아깝네요, 형님."

유진호의 시선은 보스급 마수의 사체에 고정되었다.

"요거 밖으로 가져가면 큰돈이 될 텐데."

던전의 보스가 제거되면 곧 게이트가 닫힌다.

그 말인즉 보스의 사체를 던전 밖까지 가지고 나가려면 상당한 위험을 감수해야 한다는 뜻이었다.

자칫 잘못해 갇혔다가는 영원히 던전의 미아가 된다는 소리니까.

그래서 보스급 마수의 사체는 좀처럼 보기가 드물었다. 일단 대체적으로 덩치가 커서 운반 자체가 어렵기 때문이었다.

물론 보기 드문 만큼 가격도 상당했다.

그러나 진우는 아쉬워하는 유진호에게 대수롭지 않게 말했다.

"가져가면 되지, 뭐가 문제야?"

"예?"

유진호가 눈을 동그랗게 뜨고 물었다.

"저건 가져가긴 너무 크지 않습니까, 형님?"

그러자 진우가 피식 웃었다.

"괜찮아."

힘은 얼마나 셀지 몰라도 일단 덩치는 저것보다 훨씬 큰 녀석이 이쪽에도 하나 있으니까.

'나와.'

진우의 명령이 떨어지자 검은 로브를 뒤집어쓴 하이오크 대주술사 출신의 병사 하나가 소리 없이 나타났다.

스르륵-

고개 숙여 인사하는 어금니에게 진우는 턱짓으로 사체를 가리켰다.

'실시.'

순식간에 자신의 몸을 거대화한 어금니가 자기 크기의 반 정도밖에 되지 않는 보스급 나가를 질질 끌고 보스 방을 나가 버렸다.

"헉!"

그 충격적인 장면에 우진철의 동공에 강한 지진이 일었다.

'방금 그건……?'

분명 놈은 얼마 전 헌터스의 레이드에서 진우가 쓰러뜨리는 걸 목격했었던 그 하이오크족 주술사였다.

그런데 그때보다 두 배는 더 커 보였다.

그냥 크기만 커진 게 아니다.

거대화하면서 확 풍겨 나왔던 마력은 전에 봤을 때보다 훨씬 더 무시무시했다.

우진철은 경악했다.

'뭐야? 마수가 소환수로 만들어질 때 약해지는 거 아니었나?'

그렇다면 방금 그 하이오크 주술사 소환수는 어떻게 설명할 수 있단 말인가?

A급 던전의 보스를 소환수로 만들 수 있는 데다 거기서 더 강화시킬 수도 있다고?

'이게 대체 말이나 되는…….'

입을 다물지 못하고 있는 우진철에게 진우가 물었다.

"우 과장님은 같이 안 가세요?"

"아……."

만약 놀라는 것만으로 수명이 줄어든다면 오늘 하루 만에 수명의 반은 날려 버린 듯했다.

물어보고 싶은 말들이 산더미였다.

하지만 진짜 물었다가는 어떤 대답이 돌아올지 무서워서 묻고 싶지 않기도 했다.

망설이던 우진철이 결국 피곤한 기색으로 대답했다.

"……가야죠."

* * *

진우가 게이트에서 나오자 슬슬 점심이나 먹으러 갈까 싶었던 기자들의 눈이 휘둥그레졌다.

"뭐야, 벌써 끝난 거야?"

"설마?"

A급 던전을 3시간도 안 돼서 클리어했다고?

기자들의 머릿속에 불이 팍 하고 들어왔다.

'대박 특종이다!'

카메라를 쥔 기자들이 행여나 진우를 놓칠까 싶어 너 나 할 것 없이 게이트 앞으로 달려들었다.

하지만 대기하고 있던 감시과 헌터들이 금세 그들을 저지했다.

"아, 좀 나와 봐요! 인터뷰 안 한다니까?"

"사진 한 방만 찍자고요! 아니, 나 사진 하나 못 건져서 잘리면 당신들이 책임질 거야?"

"사진 한 장 찍는다는데 왜들 이러실까!"

기자들과 감시과의 몸싸움이 치열하게 진행되던 그때.

쿵.

뭔가 묵직한 것이 지면을 딛는 소리가 울려 퍼졌다.

"어……."

기자 하나의 손에서 카메라가 떨어졌다.

콰직.

떨어진 카메라가 다른 기자들의 발에 밟히고 있다는 사실도 잊은 채 그는 게이트를 가리켰다.

"저, 저기……."

정확히는 게이트에서 튀어나온 엄청난 크기의 괴물을.

"도, 도망가! 아니, 찍어! 얼른!"

"저거 찍고 있지?"

"예, 예!"

몸싸움을 관두고 카메라를 들어 올린 기자들이 황급히 셔터를 눌러 대기 시작했다.

괴물이 공격할까 두렵기도 하련만 기자들은 무언가에 홀린 듯 정신없이 움직였다.

촤촤촤촤촤촤촤착—!

열심히 게이트에서 보스급 나가 사체를 끌어내던 어금니가 뒤쪽에서 꽂히는 시선들을 느끼고 천천히 돌아섰다.

'……?'

기자들뿐만 아니라 경찰, 협회 직원, 심지어 근처를 지나가던 행인들까지 발걸음을 멈추고 자신을 바라보고 있었다.

왠지 민망해진 어금니는 쑥스러운 듯 자신의 뒷머리를 긁적였다.

4. 멸망의 조짐

4. 멸망의 조짐

한 남자가 대형 병원 안으로 숨어들었다.

그가 유난히 주위를 두리번거리고 있는 이유는 하나.

손에 들린 기름통 때문이다.

좀처럼 의욕이라고는 찾아볼 수 없었던 그의 눈이 어쩐 일로 활기를 띠었다.

'나를 우습게 봤다 이거지?'

그는 죽음을 각오한 상태였다.

그리고 한참을 서성인 끝에 간신히 적당한 곳을 찾아냈다.

인적이 드문 병원의 복도에서 멈춰 선 그는, 가져온 휘발유를 조심스레 뿌리기 시작했다.

'내가 혼자 죽을 것 같아?'

일주일 전.

만취해 비틀거리던 그는 지나가는 행인에게 아무 이유 없이 시비를 걸었다가 그만 흠씬 얻어맞고 말았다.

결과는 병원행.

잠시 뒤 의식을 되찾은 그가 자신을 치료하고 있던 의사에게 말했다.

난 병원비가 없으니까 치료는 이쯤 하고 그냥 보내 달라고.

그때.

그는 보았다.

자신을 한심하다는 듯 내려다보는 의사의 눈빛을.

그 의사 놈.

지금은 얼굴도 잘 기억나지 않지만 며칠이 지나도 그 눈빛만은 잊히지가 않았다.

그래서 그는 다짐했다.

복수해 주마.

이렇게 자신이 실려 왔던 병원을 다시 찾은 데에는 그런 이유가 있었던 것이다.

어차피 오래 살 생각 없었던 목숨이었다.

병원 구석구석 휘발유를 뿌린 그는 마지막 남은 기름을 자신의 머리 위에 콸콸 부었다.

"다 같이 가는 거야."

그의 목소리가 악의에 찌들어 있었다.

물론 규모가 엄청난 병원이다 보니 이 정도로 전부 태우진 못할 거다.

그래도 몇 명은 데려갈 수 있겠지.

그 몇 명에 의사 놈이 포함되어 있으면 좋고, 아니면 뭐 어쩔 수 없고.

어차피 도박 빚으로 말아먹은 인생, 남들처럼 조용히 사라질 생각은 없었다.

텅텅 빈 기름통을 바닥에 내던지고.

여기저기를 뒤적거리던 그가 주머니에서 라이터 하나를 꺼냈다.

엄지에 닿은 부싯돌 휠을 돌리기만 하면 이 지긋지긋한 인생도 끝이었다.

"……."

그는 무표정한 얼굴로 엄지에 힘을 주었다.

그런데 그때.

서늘한 바람이 잠깐 스쳐 지나갔다.

'바람?'

이상함을 느낀 남자가 좌우를 살폈다.

창도 나 있지 않은 복도에서 어떻게 바람이 부는 걸까?

'뭐지?'

주변을 둘러보며 고개를 갸웃거리던 그가 문득 허전한 느낌에 손을 내려다보았다.

들고 있던 라이터가 어느새 사라져 있었다.

'……!'

귀신이 곡할 노릇.

혹시나 저도 모르는 사이 떨어뜨렸나 싶어 바닥을 살펴봤지만 헛수고였다.

'대체 이게 어디로…….'

의아해 하며 고개를 드는 그의 눈앞에, 크고 까만 무언가가 두 발로 서 있었다.

손과 발이 달린 벌레였다.

놀란 남자가 튀어나올 것 같은 눈으로 비명을 지르기 직전, 그 벌레가 손을 뻗어 입을 틀어막았다.

"읍!"

킥킥.

벌레는 반대쪽 손의 검지를 들어 올려 자기 입가에 붙였다.

"쉬-."

소란을 피울 수는 없지.

근처 병실에 왕께서 지키라고 한 인간 여자가 잠들어 있으니까.

남자는 몸부림쳤지만 손끝 하나 움직일 수 없었다.

"읍, 읍!"

그의 눈동자에 비치는 벌레, 아니 베르의 벌어진 입이 점점 커져만 갔다.

* * *

어째서 101레벨이었을까?

집으로 돌아가는 차 안에서, 진우는 오늘 갑작스럽게 업이 된 스킬들을 떠올렸다.

생각에 잠겨 있는 와중에도 핸들을 잡고 있는 손은 부드럽게 움직였다.

'100레벨도 아니고 말이지.'

레벨로 인해서 뭔가 변화가 생긴다면 100레벨에서가 아닐까 예상했었다.

하지만 예상은 빗나갔다.

직업 전용 스킬들은 모두 101레벨에서 한 단계 위로 업그레이드 되었다.

여러 가지 추측들이 스쳐 지나갔으나, 현재로써 가장 유력한 가능성은 두 가지였다.

첫째는 1이라는 숫자가 가진 의미 때문에.

1은 시작을 뜻한다.

그래서 전체 레벨이 101로 넘어가는 순간 스킬 레벨의 제한이 풀리고 업이 가능해진 것이 아니었을까?

'그게 아니라면…….'

진우의 표정이 굳어졌다.

개인적으로 이쪽은 좀 아니길 바라지만.

'내가 51레벨에 전직을 했기 때문에…….'

그로부터 딱 50레벨이 지난 지금 스킬 레벨이 올라갔을 가능성이 있었다.

그럼 다음 단계는 151레벨을 찍어야 가능해진다는 말이 된다.

'……싫다.'

최근 레벨업 속도를 생각하면 역시 이쪽은 가설로만 그쳐 줬으면 하는 바람이었다.

곧 길드 사무실 건물이 시야에 들어왔다.

진우는 지하 주차장으로 차를 몰았다.

아진 길드의 애마 '봉고'에 탑승해 있는 사람은 진우 혼자뿐.

유진호는 마무리를 하고 오겠다며 현장에 남았다.

레이드는 끝났지만 던전에서 획득한 전리품들을 중개업자에게 넘기는 과정이 필요했다.

중개업자들을 모두 자신이 불러들인 만큼 끝까지 책임을 지고 싶은 듯했다.

"맡겨 주세요, 형님!"

자신감 넘치던 유진호의 목소리가 아직 귓가에 생생했다.

'잘하려나?'

부사장이 의욕이 넘치는 건 좋지만, 역시 전문 직원들을 고용해야 하지 않을까.

진우는 곧 추가로 직원을 모집해야겠다고 생각하며 주차장을 빠져나왔다.

그런데.

'응?'

멀리서 길드 건물을 향해 다가오고 있는 낯익은 얼굴 하나가 보였다.

그 낯익은 얼굴도 곧 진우를 발견했다.

"아……."

우뚝 멈춰 선 그녀.

차해인은 놀란 얼굴로 천천히 뒷걸음질 치더니 이내 돌아서서 달아나기 시작했다.

'허?'

진우는 기가 막혔다.

사람을 보자마자 도망치는 이유는 둘째친다고 해도.

'달리면 도망칠 수 있을 것 같나?'

저 여자는 내가 누구라고 생각하는 걸까.

갑자기 오기가 생긴 진우가 '신속' 스킬을 사용해 전력으로 튀어나갔다.

느려진 시간 속에서 배경만이 빠르게 뒤로 지나갔다.

차해인과의 간격은 금방 줄어들고.

'뒤에서 잡거나 건들면 다칠 수 있으니까.'

가볍게 뛰어오른 진우가 공중에서 회전해 차해인이 달려오는 방향으로 착지했다.

'……!'

차해인의 눈이 커졌다.

도주로가 가로막힌 차해인은 진우에게 양쪽 어깻죽지를 모두 붙들렸다.

"꺅!"

이렇게 S급 헌터 두 사람의 추격전은 싱겁게 끝이 났다.

진우에게 잡히고 만 차해인은 시선을 마주치지 못했다.

의아한 눈빛으로 그녀를 바라보던 진우가 차분히 물었다.

"왜 사람을 보고 도망가요?"

"……."

아니, 한발 양보해서 도망갈 수도 있다고 치자.

"그럴 거면 우리 사무실 쪽으로는 왜 온 겁니까?"

그렇게 피하고 싶었다면 아예 근처에 얼씬도 하지 않았으면 될 일을.

진우가 그렇게 묻자 차해인이 모기만 한 목소리로 말했다.

"차가…… 주차장에……."

아.

어쩐지 못 보던 차가 며칠째 세워져 있더라니.

그날, 그녀가 길드에 들어오겠다며 찾아왔을 때.

길드 사무실에서 협회의 체육관으로 바로 이동한 이후, 차를 찾아가지 않고 계속해서 주차장에 세워 뒀었던 모양이었다.

'오늘 우리 길드가 레이드를 한다는 소리를 듣고 몰래 찾아가려 했나 보네.'

하지만 A급 게이트의 공략이 불과 2시간 남짓 만에 끝날 줄은 그녀도 예상하지 못했으리라.

그 결과 두 사람은 마주치게 됐고, 도주를 시도했으나 잡히고 말았다.

'……'

진우가 말없이 바라보자 차해인은 고개를 숙였다.

나직이 한숨을 내쉰 진우가 붙들고 있던 그녀의 어깻죽지를 놓아 주었다.

"도망 다닐 필요 없어요."

진우는 웃으며 말했다.

"생각이야 바뀔 수도 있는 거니까."

있던 관심이 사라질 수도, 없던 관심이 생겨날 수도 있는 것이 사람 마음 아닌가?

굳이 불편하게 서로를 피해 다닐 것까지야.

"……."

그러나 차해인은 대답 한마디 없이 여전히 숙인 고개를 들지 않았다.

'이야기할 기분이 아닌가?'

어쩌면 다짜고짜 붙잡아서 기분이 나빠진 건지도 모르고.

"그럼."

진우는 눈인사를 보내고서 돌아섰다.

아니, 돌아서려고 했다.

그런데 방향을 틀기 직전 차해인이 급히 소매 끝을 붙잡았다.

"저기……."

"……?"

진우의 표정에 물음표가 네다섯 개쯤 나타났을 때, 망설이던 그녀가 어렵게 입술을 뗐다.

"시간 좀 내주실 수 있나요?"

실컷 도망칠 때는 언제고 지금은 또 시간을 내달라니?

진우의 당혹감이 느껴졌는지 차해인이 급히 말을 이었다.

"실은 민병구 헌터님이 꼭 전해 달라는 이야기가 있었어요."

의외의 이름이 나오자 진우의 표정이 달라졌다.

"저한테요?"

끄덕끄덕.

차해인이 고개를 위아래로 움직였다.

"성 헌터님이 가진 능력에 대해서 해 줄 말이 있다고……."

그럴 리가.

진우는 민병구 헌터와 접점이 없었다.

처음이자 마지막 접촉이 죽은 그를 되살려 잠깐 그림자 병사로 만들었을 때였다.

그는 훌륭하게 임무를 완수했고, 덕분에 차해인은 목숨을 건졌다.

이렇게 두 사람이 마주 보고 이야기를 할 수 있는 것도 전부 그 덕택이었다.

하지만 언제 말을 남길 새가 있었단 말인가?

그 전에는 힘을 보인 적이 없었고, 힘을 썼을 땐 그가 죽고 난 뒤였다.

있을 수 없는 일이었다.

진우가 믿기 힘들다는 눈빛을 보내자 차해인이 천천히 말을 이었다.

"성 헌터님의 힘은……."

그녀가 거기까지 말했을 때 진우가 말을 잘랐다.

"잠깐만요."

그 이야기가 진짜든, 가짜든 아무래도 이렇게 길가에 서서 들을 만한 이야기는 아닌 듯했다.

주위를 둘러보던 진우가 말했다.

"어디 조용한 곳에 가서 이야기합시다."

* * *

유명한 회장은 김 비서가 전해 주는 자료들을 넘겨받았다.

"이건?"

"서울 일신 병원에서 조사해 온 자료입니다."

일신 병원이라면 성 헌터의 어머니가 입원해 있던 그 병원.

유명한은 눈빛이 예리하게 바뀌었다.

그는 말없이 문서를 읽어 내려갔다.

'간호사가 아침에 병실을 들렀더니 깨어나 있었다? 그런데 그 옆에는 성진우 헌터가 있었고?'

이상한 점은 또 있었다.

병원 측에서는 환자의 상태를 생각해 정밀 검사를 권유했으나, 성 헌터는 강력하게 퇴원을 요구했다고 한다.

유명한 회장은 무심코 고개를 가로저었다.

'그답지 않아…….'

그는 어머니의 병원비를 충당하기 위해 목숨을 걸고 레이드에 임했을 정도로 효심이 깊은 남자였다.

한데 어머니의 상태도 정확히 알지 못하면서 일방적으로 퇴원을 요구했다?

'그 반대겠지.'

성진우 헌터는 이때 어머니의 상태를 확신했다는 뜻이다.

하지만 어떻게?

병원에서 보내 준 자료를 읽는 유명한의 미간에 주름살이 점점 늘어 갔다.

성진우 헌터의 모든 것이 미스터리였다.

'이중 던전의 사고, 갑작스러운 재각성, 어머니의 쾌유, 거기다 무수한 소환수를 만들어 내는 정체불명의 능력까지…….'

우연이 계속되면 필연이라고 했던가.

무언가 있다.

분명히.

자신의 날카로운 감각이 그리 말하고 있었다.

유명한은 결심을 굳혔다.
"그를 만나 봐야겠네."
"오늘 중으로 사람을 보내겠습니다."
"그럴 필요 없네."
김 비서가 놀란 듯 물었다.
"회장님께서 직접 가신다는 말씀이십니까?"
"자네는 지금 내가 만나려는 사람이 누구라고 생각하나?"
"……."
그 한마디에 김 비서가 입을 꾹 다물었다.
그때.
위이잉-
김 비서의 핸드폰이 몸을 떨었다.
유명한 회장이 다시 자료로 눈을 돌리며 말했다.
"괜찮네."
잠깐 고개 숙였던 김 비서가 빠르게 핸드폰을 확인했다. 속보가 담긴 문자였다.
"회장님."
유명한 회장이 눈을 들었다.
"일본에서 속보가 날아왔는데 보시겠습니까?"
김 비서는 어지간한 일로 호들갑을 떠는 성격이 아니다.
그가 만약 뭔가를 보겠느냐고 묻는다면, 그건 보지 않으면 안 된다는 말과 같았다.
끄떡.
유명한은 고개를 움직였고, 김 비서는 기다렸다는 듯 벽에 걸린

대형 TV를 켰다.

–예, 박성우 특파원입니다. 지금 보시는…….

그러자 화면에서 일본 최고 번화가의 모습이 생중계로 흘러나오기 시작했다.

* * *

일본, 도쿄, 신주쿠.

일본의 심장부라 할 수 있는, 도쿄에서도 가장 활기를 띠고 있어야 할 거리에 어두운 그늘이 드리웠다.

단순한 비유가 아니다.

도로 위의 차, 자전거, 사람, 너 나 할 것 없이 모두가 그림자 속에서 움직임을 멈추었다.

탁.

멈춘 차에서 하나둘 사람이 내려섰다.

도로가 통제 불능으로 막혀 가는데도 누구 한 사람 경적을 누르거나 소리치는 이가 없었다.

마치 홀리기라도 한 것처럼.

그들의 시선은 전부 한쪽으로 향해 있었다.

"맙소사……."

"신이시여."

하늘을 가려 그늘을 만들 만큼 거대한 게이트.

사람들은 고층 빌딩에 맞먹는, 상식을 초월한 크기의 게이트를 보고 경악을 금치 못했다.

"……."

"……."

넘치는 사람들로 북적거리던 거리가, 구역질이 날 것 같은 거북한 정적에 서서히 잠식되고 있었다.

* * *

수상관저의 분위기도 심상치 않았다.

쾅!

분을 이기지 못한 총리가 리모컨을 던져 속보를 내보내던 TV를 부수었다.

"초, 총리님!"

보좌관들이 벌떡 일어섰으나 총리의 날카로운 눈빛에 아무 말도 못 하고 다시 앉았다.

"왜 헌터협회는 말이 없는 것이오?"

한국에 다녀온 뒤로 부쩍 수척해진 일본의 헌터협회장, 마쓰모토 시게오가 힘없이 고개를 떨어뜨렸다.

총리의 얼굴이 굳어졌다.

"빌어먹을……."

도쿄의 중심가에 저런 것이 나타났는데 책임을 져야 할 협회가 침묵하고 있다니!

"도쿄 도심 한복판에 S급 게이트가 나타났는데 협회에서조차 아무런 대책이 없다니 이게 말이나 되는 소리요, 이게!"

총리의 절규.

그러나 안에 있던 모두는 합심이라도 한 것처럼 굳게 입을 다물 뿐이었다.

세상의 고뇌를 전부 혼자서 짊어진 듯 인상을 찌푸리고 악을 써 대던 총리가 털썩 의자에 주저앉았다.

"솔직히 말해 보시오, 협회장."

그의 손가락이 금이 간 TV 화면을 가리켰다.

"저것이 터지면 어떻게 되는 것이오?"

"……끝장나고 말 겁니다."

역시나.

총리가 머리를 감싸고 중얼거렸다.

"그런가……. 고작해야 게이트 하나에 도쿄가 끝나 버리고 마는 건가."

"그게 아닙니다, 총리님."

"……?"

총리가 고개를 들어 올리자 마쓰모토 협회장이 감정 없는 목소리로 말했다.

"저는 일본 전체가 끝난다고 말씀을 드린 겁니다."

* * *

"조용한 곳이…… 요?"

주위를 둘러보는 차해인의 표정이 당혹감으로 물들어 갔다.

진우의 얼굴도 굳어졌다.

'어째 주변 건물들이 죄다…….'

남녀가 둘이서 들어가기에는 부적절한 곳들뿐인지.

어색한 시간이 길어지기 전에 진우는 말을 돌렸다.

"차도 찾아가셔야 하니 일단 사무실로 가실래요?"

"아, 네."

끄덕끄덕.

발그레해진 얼굴로 느릿하게 고개를 끄덕이는 그녀가 귀엽다는 생각도 잠시.

진우가 사무실 방향으로 돌아섰다.

"가시죠."

"네."

진우는 방금 그녀와 달렸던 거리를 함께 되돌아가면서 새삼 그녀가 S급 헌터라는 사실을 자각했다.

'참 멀리도 왔네.'

잠깐 뛰어다녔을 뿐인데, 일반인들의 걸음으로 10분도 넘게 걸어야 했다.

길드 사무실은 3층.

입구에 도착한 진우가 센서에 엄지를 대자 잠금이 풀리며 문이 열렸다.

진우는 곧장 회의실로 직행하려다가, 입구에 서 있는 차해인을 돌아보았다.

"……?"

안 들어올 거냐고 눈빛으로 묻는 진우에게 차해인이 되물었다.

"너무 어둡지 않아요?"

아.

그제야 진우는 안이 어두컴컴하다는 사실을 깨달았다.

웬만큼 어두워서는 시야에 지장이 없다 보니 가끔 이런 경우가 생기곤 했다.

차 헌터는 아직 어둠에 내성이 없는 모양이었다.

틱.

스위치를 누르니 실내가 아주 환해졌다.

밝아진 내부를 두리번거리던 차해인이 조심스레 물었다.

"사무실에 아무도 없어요?"

"부사장이 현장에 남겠다고 해서요."

"설마 길드에 직원이 두 사람뿐인 건……."

무슨 문제라도 있냐고 말하는 것 같은 진우의 표정을 보고서, 차해인은 재빨리 고개를 가로저었다.

"……아니에요."

눈앞의 남자에게는 세간의 상식이 통용되지 않는다는 사실을 남들보다 비교적 빨리 배워 나가고 있는 차해인이었다.

'가만.'

진우를 따라 회의실로 향하던 차해인의 걸음이 멈췄다.

'그럼 지금 길드 건물 안에 있는 사람이라고는 성진우 씨와 나 두 사람이 전부?'

차해인의 눈빛에 긴장감이 어렸다.

그리고 동시에 이런 긴장감이 정말 오랜만이라는 사실 또한 깨달았다.

'아마 각성자가 되고 나서는 처음…….'

S급 헌터, 그것도 S급들 중에서도 하이 레벨에 속하는 그녀를 긴장하게 만들 수 있는 남자가 세상에 몇이나 될까?

아까부터 '조용한 곳'이라는 단어가 이상하게 자꾸 뇌리에 남아 의식되는 바람에, 조금씩 가슴이 두근거리기 시작했다.

그녀는 자신이 S급 헌터에서 평범한 여자로 돌아간 것 같아 웃음이 나왔다.

쿡쿡.

웃음을 삼키는 차해인을 보며 진우는 고개를 갸웃했다.

'길드 직원이 두 사람인 게 그렇게 웃기나?'

하긴.

대한민국 최고의 길드인 '헌터스'의 일원인 그녀가 보기에는 어이가 없을 만도 하겠지.

진우는 대수롭지 않게 여기며 회의실로 들어갔다.

가까운 자리에 차해인을 앉힌 진우가 그 맞은편 의자로 가서 앉았다.

그리고 회의실 공기가 슬슬 코끝에서 익숙해질 무렵 말을 꺼냈다.

"어떻게 된 겁니까?"

그 한마디에 안의 분위기가 변했다.

"어떻게 민병구 헌터가 나에 대한 이야기를 차 헌터님께 남길 수 있었다는 거죠?"

진우의 눈빛이 진지해졌다.

진우는 차해인을 잘 알지 못했지만, 그녀가 관심받기 위해 허무맹랑한 거짓말을 늘어놓을 사람으로는 보이지 않았다.

그러니 신중해질 수밖에.

"……."

기억을 떠올리는 데 시간이 걸리는 건지, 아니면 어디서부터 말을 해야 할지 고민인 건지.

차해인이 입술을 떼는 데는 약간의 시간이 걸렸다.

"그날……."

고개를 든 차해인과 눈이 마주쳤다.

선해 보이는 눈동자가 물기를 촉촉이 머금고 있었다.

그걸 보고 진우는 이야기가 어디서부터 시작될지 알 수 있을 것 같았다.

차해인이 조용히 말을 이어 나갔다.

"목소리가 들렸어요."

* * *

심연으로 빨려 들어가는 차해인을 붙든 것은 위쪽에서 뻗어 온 민병구의 손이었다.

"민병구…… 헌터님?"

민병구가 천천히 고개를 끄덕였다.

전신을 검은 갑옷으로 둘러싼 그의 복장이 생소해 차해인은 몇 번이나 그의 모습을 확인해 보았다.

드러난 맨얼굴이 아니었다면 절대 그라는 사실을 알 수 없었으리라.

차해인이 물었다.

"여긴…… 여긴 어디죠?"

"저도 잘 모르겠습니다만, 이 손을 놓으면 어떻게 되는지는 잘 알고 있습니다."

차해인은 무심코 아래를 내려다보려고 했으나, 민병구가 급히 말렸다.

"안 돼요!"

"네?"

화들짝 놀라며 다시 고개를 치켜든 차해인.

민병구가 심각한 얼굴로 설명했다.

"아래를 내려다보면 다시는 올라올 수 없을지도 모릅니다."

그렇게 말하는 민병구의 눈빛에서, 차해인은 그리움과 비슷한 어떤 감정을 읽었다.

'설마…….'

그녀는 의식을 잃기 직전의 기억을 떠올렸다.

제주도 레이드.

여왕개미.

그리고 갑자기 나타난 끔찍한 괴물 개미 하나.

뭔가 무서운 것이 다가온다는 사실을 느낀 뒤엔 깊은 어둠이 내려앉았었다.

"제가…… 죽은 건가요?"

민병구는 고개를 저었다.

"아직은요."

"그럼 민병구 헌터님은?"

대답은 돌아오지 않았다.

민병구가 거기서 차해인의 말을 잘랐다.

"이제 시간이 없으니 꼭 필요한 말만 하겠습니다."

아마도 지금이 마지막 기회.

이 기회를 놓치면 영영 이 말을 전할 수가 없을 터.

민병구는 절박한 표정으로 말했다.

"성진우 헌터에게 전해 주세요."

'성진우……?'

갑작스럽게 튀어나온 이름에 차해인이 당황하는 것도 잠시.

민병구가 말을 이었다.

"자신이 가진 힘을 조심해야 한다고."

"무슨 뜻이죠, 그게?"

"눈치채셨겠지만 저는 한 번 죽었습니다. 저 밑으로 떨어졌었죠. 하지만 누군가가 저를 다시 끌어올렸습니다. 끝없는 어둠으로부터."

"설마 그 사람이……?"

"예, 성진우 헌터였습니다."

차해인의 눈동자가 흔들렸다.

성진우 헌터가 아무리 강하다지만 죽은 사람을 되살리다니?

하지만 민병구는 담담히 자신이 겪은 바를 들려주었다.

"하지만 되살아난 저는 제가 아니었어요. 자아와 의식은 있지만 그를 위해서는 어떠한 것도 할 수 있을 것 같은…… 오직 그를 위해서만 살아가는 맹목적인 노예가 된 기분이었습니다."

그가 누구인지는 물을 필요도 없었다.

차해인은 침을 꼴깍 삼켰다.

"그게 또 너무나 행복한 느낌이어서 더 두려웠죠."

민병구는 씁쓸한 표정이었다.
“성진우 헌터님께 알리세요.”
그의 얼굴이 진중하게 굳어졌다.
“그 힘은 너무 강력하고 무서운 것입니다. 그도 그걸 알고 있어야 합니다.”
하지만 더 끔찍한 것은.
민병구는 공포에 질린 얼굴로 방금 전의 기억을 떠올렸다.
성 헌터의 명령대로 그림자 병사가 되어 일어섰을 때, 그는 진우 뒤에 끝없이 도열한 검은 병사들의 환영을 보았다.
그 수는 수만, 아니 수백만.
수를 헤아릴 수 없이 많은 병력들이 군주의 명령을 기다리는 듯, 조용히 진우 뒤에서 숨을 죽이고 있었다.
그리고 그 군대의 선봉에 선 대장군과 눈이 마주쳤을 때.
의식이 사라지고 눈앞에는 차해인이 있었다.
민병구는 자신이 해야 할 일을 알고 있었다.
그리고 그에 더해 자신이 할 수 있는 일이 또 있다는 사실도.
바로 성진우 헌터에게 자신이 얼마나 무서운 힘을 품고 있는지 알려 주는 것.
그는 정신적으로 진우와 연결되었던 잠깐 동안 그 힘의 실체와, 그의 진짜 군대를 보았다.
시간이 없음을 직감한 민병구가 외쳤다.
“기억하세요! 성 헌터의 진짜 군대는…….”
그때.
위쪽에서 쏟아져 내려온 빛이 차해인을 감쌌다.

민병구의 얼굴이 경직됐다.

"그의 진짜 군대는……!"

그러나 그의 목소리는 공허한 메아리 속에 묻혀 아래로, 아래로 점멸해 갔다.

* * *

"……."

차해인의 기억은 거기까지였다.

그마저도 꿈을 꾼 것처럼 흐려졌다가 최근에야 간신히 돌아온 기억이었다.

모든 이야기를 다 들은 진우는 무거운 얼굴이 되었다.

'죽기 직전의 그녀와, 죽어서 그림자가 된 민병구 헌터의 의식이 만났다?'

믿기 힘든 소리였다.

혹시 죽음의 위기로 큰 충격을 받은 그녀가 주위에서 들은 이야기를 바탕으로 잘못된 기억을 만들어 낸 것은 아닐까?

진우가 그렇게 말했더니.

"저도 그럴 수 있다고 생각했어요."

차해인이라고 왜 그 생각을 못 했을까?

그래서 며칠을 고민한 끝에 지금에서야 말을 전하게 됐다는 것이었다.

진우는 알았다는 듯 고개를 끄덕였다.

그리고 핸드폰을 내밀었다.

"연락처를 드릴 테니 혹시 또 다른 기억이 떠오르시면 바로 연락해 주실래요?"

차해인은 고개를 끄덕였다.

"네. 또 그러면 바로 연락드릴게요."

그녀의 얼굴이 조금 밝아진 것 같은 기분이 들었다.

* * *

일본은 즉각 국제사회에 도움을 요청했다.

S급 전력의 절반 이상을 잃은 일본으로서는 피치 못한 선택이었다.

하지만 국제사회의 시선은 싸늘했다.

이웃 나라인 한국에서 벌어진 위기를 모른척하다 자기 발등에 불이 떨어지고 나서야 겨우 진화에 나섰던 일본이 아닌가?

국제사회는 이를 잊지 않고 있었다.

S급 헌터들을 절대 국외로 유출하지 않는 미국을 비롯하여, 아시아의 헌터 최강국 중국마저 등을 돌리자 일본은 망연자실했다.

『미국, 일본에서 손 떼.』

『중국은 일본의 멸망을 지켜만 볼 것인가?』

『도쿄 게이트, 벌써 이틀. 앞으로 남은 시간은…….』

『과연 한국의 선택은?』

세계의 시선이 일본으로 쏠리기 시작했고, 자극적인 기사들이 연

일 쏟아져 나왔다.

그때.

절망과 공포에 휩싸여 가는 일본에 구원의 손길을 내미는 유일한 헌터가 있었다.

유리 오를로프.

러시아 국적의 S급 헌터인 그가 일본 정부와 협상을 타진해 보기 위해 관계 인사들을 초대했다.

일본 헌터협회장 마쓰모토 시게오는 곧바로 러시아행 비행기에 몸을 실었다.

유리는 일본 측 인사들을 마중 나가지도 않은 채 궁궐 같은 자신의 집 거실에서 손님들을 맞이했다.

"마쓰모토 시게오입니다."

금발의 중년 백인 남성이 거만하게 인사했다.

"유리 오를로프요. 다들 잘 아시겠지만 보조 계열 헌터 중에선 이 몸이 최고로 불리고 있지."

간단한 소개가 끝난 후 두 사람은 머리를 맞대고 앉았다.

유리는 일본 측에 미리 부탁해 두었던, 게이트와 관련된 자료들을 넘겨받고서 찬찬히 검토를 시작했다.

얼마나 시간이 지났을까?

연신 고개를 끄덕이며 계산해 보던 그가 입을 열었다.

"하루에 100억. 돈만 제대로 넣어 준다면 원하는 시간까지 계속해서 게이트를 막아 주겠소."

하루에 100억?

말도 안 되는 가격에 일본 측 관계자들이 발끈했으나, 마쓰모토

만은 예외였다.

그가 손을 뻗어 제지하자 움찔했던 일본 쪽 헌터들이 다시 자리에 앉았다.

"당신은 말이 좀 통하는 모양이군."

유리는 금으로 덧씌워진 이를 드러내며 웃었다.

"1년에 3조 6천억. 그 돈이면 나라를 살릴 수 있어. 36조가 아니잖아. 어때? 하루 100억에 나라를 사겠나, 아니면 그 돈이 아까워 나라를 포기하겠나?"

공식적으로 알려진 세계 최고 부호의 재산이 100조를 조금 넘어가는 수준.

1년에 3조 6천억은 결코 적지 않은 돈이었다.

'그러나 일본이라는 나라와 비교했을 때는 하찮은 돈이다.'

결심한 마츠모토가 입을 열었다.

"돈은 지불해 드릴 수 있습니다."

"좋소. 그럼 당장 계약하고 일단 계약금부터."

"하지만 그전에 먼저……."

고용인에게 계약서를 가져오라고 지시하던 유리가 다시 마쓰모토를 바라보았다.

"……?"

그의 노골적인 시선 앞에, 마쓰모토가 정중히 말했다.

"당신의 실력을 한번 보여 주실 수 있겠습니까?"

통역에게서 그의 말을 전해 들은 유리가 배를 잡고 웃었다.

"으하하하하하핫!"

한참 숨이 넘어갈 듯 웃던 그가 눈물을 찔끔거리며 말을 이었다.

“지금 당신네들이 찬밥 더운밥을 가릴 처지인가? 내 구두를 핥으며 빌어도 모자랄 지경에?”

그때였다.

마쓰모토의 호위를 위해 러시아 땅을 밟았던 일본의 S급 헌터 두 사람이 더 이상의 모욕을 참지 못하고 벌떡 일어섰다.

“이보게들!”

마쓰모토가 급히 소리쳤지만, S급들의 눈에선 불꽃이 튀었다.

그런데.

쾅!

쾅쾅!

움직이려 했던 S급 헌터들이 뭔가 보이지 않는 벽에 가로막힌 것처럼 그 안에서 꼼짝도 하지 못했다.

흡사 유리병에 갇힌 생쥐 꼴로 눈빛을 교환하는 두 사람.

유리는 두 사람을 보고 또다시 낄낄 웃어 댔다.

“나올 수 있으면 나와 봐. 내 허락 없이는 거기서 한 발짝도 움직일 수 없을 테니까.”

결계 능력자 유리 오를로프.

그의 힘에 S급 헌터 두 사람은 물론이거니와 마쓰모토까지 경악을 금치 못했다.

유리는 입꼬리를 올리며 다시 제안했다.

“하루 100억에 S급 게이트를 틀어막아 주고 덤으로 저치들 목숨까지 얹어 주지. 어때? 이만하면 그쪽도 만족할 만한 거래가 아닌가?”

그의 이가 실내 조명을 반사하며 금빛으로 빛났다.

S급 헌터 둘을 아무렇지 않게 묶어 둘 수 있는 결계의 위력.

'지금으로서는 그를 믿어 보는 것이 최선인가…….'

마쓰모토가 고개가 천천히 위아래로 움직였다.

"잠깐 전화 좀 쓸 수 있겠습니까?"

"물론이오."

다음 날.

세계의 뉴스는 유리 오를로프의 이름으로 빼곡히 가득 찼다.

* * *

집으로 돌아온 진우는 상태 창을 불러냈다.

'상태 창.'

원하는 것은 스킬 정보.

아래로 내려가던 시선이 레벨, 직업, 칭호를 지나 스킬 창에서 멈췄다.

[스킬]

–패시브 스킬 : (알 수 없음) lv.max, 근성 lv.1, 단검의 대가 lv.max

–액티브 스킬 : 신속 lv.max, 살기 lv.2, 난도 lv.max, 단검 쇄도 lv.max, 은신 lv.2, 지배자의 손길 lv.max

스킬 창에 있는 많은 스킬들이 레벨 최대치를 찍고 최종 형태로 변하거나 최종 형태를 앞두고 있었다.

스킬 레벨의 최대치는 3.

3레벨에 도달하면 레벨이 'Max'로 변경되면서 그 위로는 더 이상 레벨이 오르지 않았다.

대신 그 상태에서 숙련도를 계속해서 쌓으면 최종 형태로 변하게 되는데, 최종 형태 스킬들은 그 전 단계였을 때와 효율 차이가 엄청났다.

스킬 '질주'는 '신속'으로.

스킬 '급소 찌르기'는 '난도'로.

'단검 투척'은 '단검 쇄도'로.

심지어 단검을 능숙하게 다루도록 만들어 주는 패시브 스킬 '상급 단검술'까지 '단검의 대가'로 바뀌었다.

덕분에 진우는 '악마왕의 단검'을 불러내 손 위에서 이리저리 움직여 보았다.

검지에서 빙글빙글 회전하던 단검이 손바닥 위로 올라가는가 하면, 손등에 밀착하여 부드럽게 미끄러지기도 했다.

묘기에 가까운 움직임이 매끄럽게 이어지다가.

착!

머리 위로 가볍게 던진 단검을 슬쩍 낚아챈 진우가 입맛을 다셨다.

'관객이 없는 게 아쉬울 정도네.'

마치 단검이 손의 연장처럼 느껴지는 감각.

모두 '단검의 대가' 스킬 덕분이었다.

진우는 단검을 던졌다 받았다 반복하며 다시금 스킬 창으로 시선을 옮겼다.

'아직 성장 가능성이 있는 건 살기와 은신 정도인가?'

아쉽지만 레벨 1에 머물고 있는 '근성' 스킬은 더 이상 발전의 여지가 없어 보였다.

그도 그럴 것이.

[스킬 : 근성 Lv.1]

패시브 스킬.

필요 마나 없음.

당신은 지치지 않는 근성을 가졌습니다. 체력이 30% 이하로 떨어지면 근성 스킬이 발동해 받는 피해가 50% 감소합니다.

근성은 체력이 무려 30퍼센트 이하가 됐을 때만 발동하는 스킬이었으니까.

고작 스킬 레벨을 올리자고 일부러 목숨이 아슬아슬한 상황을 만들 수는 없는 일 아닌가?

더군다나 진우는 근성 스킬을 얻은 뒤에도 알게 모르게 많은 위기를 겪어 왔다.

그럼에도 1레벨에서 올라가지 않는다는 건 웬만한 상황으로는 레벨을 올리기 힘들다는 뜻이었다.

진우가 너무 강해진 것도 문제였다.

이제 진우를 궁지로 몰아갈 만한 적이 어디 있겠는가?

그러니 '근성'은 넘기고.

스킬을 사용할 기회가 적어서 2레벨에 멈춰 있는 '살기'와 '은신'의 숙련도를 올려야겠다고 마음먹었다.

아무 데나 난사하기 힘든 '살기'는 몰라도 '은신'은 평상시에도 얼마든지 사용할 수 있으니.

그런데.

진우의 시선이 위쪽에 고정되었다.

'이건 대체 뭘까?'

패시브 칸에 있는 '알 수 없음'이란 스킬.

플레이어가 되고 나서 지금까지 가장 오랫동안 함께해 왔던 스킬이지만 여전히 최소한의 정보조차 공개되지 않고 있었다.

'시간이 지나면 어련히 밝혀질 줄 알았건만…….'

이 스킬에도 요구 조건 같은 게 있는 걸까?

처음부터 스킬 레벨이 최대치로 설정되어 있었기 때문에 어떤 스킬이 나올지 기대가 컸었는데.

시간이 꽤 흘러간 지금까지도 궁금증은 커져 가고만 있었다.

'…….'

잠깐 '알 수 없음' 스킬을 뚫어져라 바라보던 진우가 고개를 절레절레 저었다.

진짜 확인하고 싶었던 건 일반 스킬 창이 아니다.

바로 그 밑.

오늘 1레벨씩 올라간 직업 전용 스킬들이었다.

[직업 전용 스킬]

액티브 스킬 : 그림자 추출 lv.2, 그림자 저장 lv.2, 군주의 영역 lv.2, 그림자 교환 lv.2

'뭐가 얼마나 달라졌을까?'

진우는 레벨업이 되자마자 확인을 끝냈던 그림자 교환만 빼고 다른 스킬들의 정보 창을 전부 열람해 보았다.

[스킬 : 그림자 추출 Lv.2]

직업 전용 스킬.

필요 마나 없음.

생명이 다한 신체에서 마나를 뽑아내어 그림자 병사로 만듭니다.

대상이 가진 능력치, 대상의 사망 경과 시간에 비례하여 추출 실패 확률이 올라갑니다.

추출 가능 그림자 수 : 590 / 1,300

2레벨 효과 '고양' : 그림자의 강화 확률이 상승합니다.

어렵게 레벨이 올라간 보상인지 추출 가능 그림자 수가 대폭 늘어나 있었다.

'최대 그림자 수가 천삼백씩이나!'

주변에 추출 가능 대상만 충분하다면 아군을 원래 병력에서 두 배 이상으로 늘릴 수 있었다.

게다가 특수 효과까지 붙어 그림자를 추출하는 즉시 레벨이 오를 가능성이 높아졌다.

'역시…….'

보스급 나가였던 '지마'의 레벨이 13에서 시작될 수 있었던 것도 아마 이 '고양'이라는 효과 덕분.

우연이 아니었다.

'베르를 그림자 병사로 만들기 전에 고양 효과가 있었다면 어땠을까?'

그럼 더 무시무시한 괴물이 나올 수 있었을 텐데.

'사람 욕심은 끝이 없다더니.'

진우는 피식 웃으며 다른 직업 전용 스킬들까지 하나하나 확인해 보았다.

모든 스킬들의 성능이 대폭 향상되고 전에는 볼 수 없었던 효과가 하나씩 추가되어 있었다.

그림자 저장, 군주의 영역.

업그레이드된 스킬의 설명을 읽어 내려갈 때마다 진우의 입가에 미소가 떠올랐다.

'좋았어.'

진우는 만족스러운 얼굴로 상태 창을 닫았다.

성장이 느려진 것은 분명하다.

하지만 그럼에도 불구하고 조금씩 성장하고 있으며, 앞으로도 올라갈 곳이 더 남아 있다는 사실이 진우의 가슴을 뛰게 만들었다.

좀 더 올라가고 싶다.

'그 끝이 어딘지는 모르겠지만…….'

향상심을 채워 나갈 때마다 가슴 벅찬 희열이 밀려들어 왔다.

두근, 두근.

단검을 창고로 보낸 진우가 오른손을 가슴 위에 가만히 올렸다.

두근, 두근.

심장이 기분 좋은 소리를 내며 뛰고 있었다.

그러다 문득.

'……무서운 힘이라고 했었나?'

몇 시간 전, 차해인에게서 들었던 이야기가 떠올랐다.

민병구는 경고했다.

무서운 힘을 가지고 있으니 조심해야 한다고.

'시스템을 말하는 걸까?'

처음에는 진우 역시 자신에게 벌어지는 일들이 무서웠으며, 그 기현상을 불러일으키는 시스템이 두려웠다.

하지만 공포는 오래가지 않았다.

진우는 금방 시스템에 적응했고, 곧 시스템은 최고의 도구가 되었다.

다만 아직도 풀리지 않은 수수께끼가 너무 많을 뿐.

'…….'

진우의 시선이 아무것도 없는 허공을 향했다.

"너는 대체 뭐냐?"

대답은 없었다.

"이제 그만 말해 줘도 되지 않을까."

대답을 기다리는 듯 진우가 말없이 허공을 응시했으나 역시 돌아오는 목소리는 없었다.

'인벤토리.'

진우는 창고를 열어 반짝이는 검은 열쇠를 꺼냈다.

[아이템 : 카르테논 신전의 열쇠]

입수 난이도…….

……후에 공개됩니다.

남은 시간: 249시간 25분 07초

시스템이 보낸 초대장.

일주일의 시간이 훌쩍 지나가고 이제 남은 시간은 250시간으로 줄었다.

'여기서 나는 어떤 대답을 찾을 수 있을까?'

반은 기대감이었다.

그리고 나머지 반은 호기심.

잠깐 주춤했던 심장의 박동이 다시 거세졌다.

진우는 가슴에서 손을 뗐다.

남은 시간까지 할 수 있는 모든 것을 해 두자는 마음에는 변함이 없었다.

핸드폰을 집어 든 진우가 빠르게 전화를 걸었다.

-무슨 일이십니까, 형님?

명랑한 목소리의 주인은 유진호였다.

진우는 바로 본론으로 들어갔다.

"진호야."

-예, 형님.

"내일부터 이 근방의 상급 게이트를 싹 다 예약할 수 있을까?"

-같이 C급 레이드 할 때처럼 말씀하십니까, 형님?

"그래."

잠시 생각에 잠겼던 유진호가 곧 밝은 목소리로 대답했다.

-알겠습니다, 형님!

* * *

러시아의 S급 헌터, 유리 오를로프가 입국한 일본 공항은 꽉 들어찬 사람들로 발 디딜 틈 하나 없었다.

유리는 자신을 보기 위해 개미 떼처럼 몰려든 일본인들을 보고 한쪽 입꼬리를 올렸다.

반면 그를 데려온 일본 헌터협회 측 인사들은 죄지은 사람처럼 고개를 숙인 채 걸었다.

자국의 헌터들이 재난을 막을 실력이 안 되어 타국 헌터의 힘을 빌려야만 하는 나라.

불과 몇 주 전까지 일본이 한국을 욕하는 데 쓰였던 말이었다.

그런데 지금 같은 일을 일본이 되풀이하고 있었다.

마쓰모토 협회장을 비롯한 협회 측 인사들은 자신들의 과거를 떠올리며 고개를 들지 못했다.

'만약 제주도에서 헌터들을 잃지만 않았더라면…….'

마쓰모토는 아랫입술을 깨물었다.

"유리 오를로프!"

"유리다!"

유리를 발견한 세계 각국의 기자들이 셔터를 눌러 댔고.

촤촤촤촤촤촤촤촤촤악-!

유리는 그 앞에서 자신의 금니를 자랑이라도 하듯 입을 크게 벌리고 미소 지었다.

입국 수속이 번개처럼 끝나고.

유리가 처음 일본 정부에게 부탁받은 일은 국민들을 안심시키는 것이었다.

유리는 흔쾌히 승낙했다.

그의 별명은 '구원자'.

그동안 던전 브레이크가 일어나기 직전의 게이트들을 수없이 막아 왔기 때문에 붙은 별명이었다.

그리고 유리는 돈과 인기를 전부 거머쥘 수 있는 그 별명을 싫어하지 않았다.

"준비되셨습니까, 유리 씨?"

"물론."

당일 저녁, 그는 방송국으로 이동했다.

당연히 일본 전역의 시선이 TV 화면으로 몰렸다.

사회자가 그에게 물었다.

"어떻게 게이트를 막으실 생각입니까?"

"내가 늘 하던 방식이지."

유리의 얼굴에는 여유가 흘러넘쳤다.

그는 자신의 두 손을 이용해 허공에 크고 둥근 원을 그려 보였다.

"거대한 마법진을 그릴 거야. 이렇게, 게이트 주위에."

잠깐 화면이 반전되면서 신주쿠 게이트의 모습이 먼저 나오고, 뒤이어 마법진이 그려진 뒤의 예상도가 3D 화면으로 흘러나왔다.

"그리고 내가 거기에 마력을 쏟아부으면 끝. 그 게이트 안에 든 게 무엇이라도 빠져나올 수 없지."

하지만 그 정도 설명으로 일본인들의 불안감을 가라앉히기에는 역부족이었다.

사회자부터가 고개를 갸웃거렸다.

"저기…… 그런데 가능할까요?"

유리의 눈썹이 꿈틀거렸다.

"무엇이?"

사회자는 그의 눈치를 살피며 조심스럽게 다시 물었다.

"S급 헌터 한 명의 힘으로 S급 게이트를 막을 수 있다는 말씀이, 글쎄요…… 믿기가 어렵다고나 할까요?"

피식.

유리가 웃었다.

성미가 급해 보이는 그가 화를 내는 대신 실소를 터트리자 일단은 안심하는 사회자였으나, 다른 한편으로는 그의 심기를 거스른 것은 아닌지 더욱 불안해졌다.

하지만 유리는 미소를 유지했다.

"내가 내 마력으로만 결계를 유지한다면, 그래, 아무리 나라도 불가능한 일이지."

불가능하다?

꼴깍.

사회자가 마른침을 삼켰다.

일본의 S급 헌터들이 레이드 포기를 선언한 지금, 유리마저 손을 놓아 버리면 더 이상 해결책이 없었다.

유리는 경직된 사회자의 얼굴을 음미하듯이 찬찬히 들여다보다 말을 이었다.

"그러나 내 능력은, 내가 쓰는 결계 마법진은 주위의 마력을 흡수해 유지된다."

"……!"

일순간 사회자의 표정이 바뀌었다.

"그럼 처음에 본인의 마력이 필요하다고 하신 건……?"

"차에 시동을 거는 것과 비슷한 원리지. 일단 발동을 시작한 결계는 마력을 흡수하여 더욱 견고하고 거대한 성벽으로 변해 간다고."

설명을 들은 사회자나 방송국 스태프들의 얼굴에 한 줄기 광명이 내리비쳤다.

여유 넘치는 유리의 목소리에는 확신이 담겨 있었다.

마치 그의 자신감이 옮겨 오기라도 한 듯 듣는 이들의 불안감이 녹아 갔다.

그의 설명대로라면 주변의 마력이 강할수록 결계는 더욱 굳건해진다는 소리가 아닌가!

그리고 두말할 필요 없이 S급 게이트에서 흘러나오는 마력의 양은 어마어마하다.

그런데 그 결계가 S급 게이트를 둘러싼다면?

자신의 힘에 자신이 묶인다. 자승자박이라는 말이 이보다 더 잘 어울릴 수가 있을까?

그 결계의 강도는 아마 사상 최대가 될 터였다.

유리가 카메라를 손가락으로 가리켰다.

아마도 그 손끝은 불특정 다수의 시청자를 향하고 있는 것이리라.

그의 목에 핏줄이 섰다.

"나는 여러분들을 구한다! 그러니 여러분들은 누가 당신들을 살렸는지, 그것만 기억하면 돼!"

삑.

TV가 꺼졌다.

리모컨을 내려놓는 한국 헌터협회 고건희 협회장의 얼굴은 좋지 않았다.

옆에 서 있던 우진철이 물었다.

"어떻게 생각하십니까, 협회장님?"

"모르겠네."

고건희는 소파에 기대어 걱정스러운 눈빛을 보냈다.

그는 일본의 누구와 달리 이웃 나라의 불행을 비웃는 악인이 아니었다.

물론 그렇다고 해서 자국의 피해를 감수하며 도움을 줄 생각 또한 조금도 없었지만.

잠깐 생각에 잠겼던 그가 다시 입을 열었다.

"유리 오를로프가 S급 게이트를 막을 수 있을지, 없을지는 모르겠지만."

고건희 협회장의 눈빛이 사뭇 예리해졌다.

"그가 실패했을 경우 어떤 일이 일어날지는 잘 알고 있지."

"……다행이군요."

"……?"

고건희가 우진철을 올려다보았다.

그러자 오해를 샀다는 것을 깨달은 우진철이 급히 손을 내저었다.

"제 말은 일본의 상황이 잘됐다는 것이 아니라……."

잠시의 텀을 둔 뒤, 우진철이 말을 이어 갔다.

"일본과 달리 저희에게는 믿을 만한 헌터가 있다는 사실이 다행이라는 뜻이었습니다."

끄떡끄떡.

고건희의 고개가 크게 움직였다.

그 헌터가 누구인지는 굳이 콕 집어 말하지 않아도 알 수 있었다.

그의 존재만으로도 든든한 느낌이 들었다.

"참, 성진우 헌터님은 요즘 어떤가?"

우진철은 조용히 프린트된 종이 한 장을 내밀었다.

거기에는 최근 서울, 경기 일대에 생성된 상급 게이트들의 위치가 나열되어 있었다.

"갑자기 이건 왜……?"

"거기 빨간 동그라미들의 개수가 보이십니까?"

"던전 전체의 거의 반쯤 되는 듯하군."

우진철은 이마를 흐르는 식은땀을 닦으며 대답했다.

"그것들 전부 아진 길드에서 공략 허가를 요구해 온 게이트들입니다."

고건희의 눈이 휘둥그렇게 떠졌다.

"이걸…… 전부 다?"

"네, 그렇습니다."

우진철은 A급 헌터 중에서도 최상위에 속하는, 감시과의 핵심 전력.

협회 내에서 고건희를 빼고는 당할 상대가 없는 강자였다.

그런 우진철이 강함에 놀랐던 소환수들을 하나둘도 아니고 몇백 기 단위로 부리는 성진우 헌터다 보니, 이런 스케줄 정도는 아무것도 아닐지 모른다.

하지만 어째서 그는 이렇게 서두르는 걸까?

'흐음.'

고건희의 이마에 주름살이 패였다.

다른 헌터들이라면 도시락을 싸 들고 다니면서, 아니 매질을 해서라도 말려 놓겠지만…….

'성진우 헌터가 고작 A급이나 B급 던전에서 다치는 모습은 상상할 수가 없군.'

우진철의 표현을 빌리자면 '마수들이 불쌍해 보인다'였던가.

고건희는 피식 웃으면서 고개를 끄덕였다.

"별문제가 없다면 그가 원하는 대로 해 주게."

협회 입장에서 마수 토벌에 앞장서는 헌터가 있다는 사실은 고마운 일이었다.

하물며 그가 다칠 염려가 없는 강자라면야.

그러나 우진철이 말했다.

"문제가 있을 수도 있을 것 같습니다."

"다른 대형 길드들과 구역이 겹친다, 이거겠지?"

"예, 협회장님."

현재 수도권에서 활동하는 대형 길드는 모두 세 곳.

백호, 헌터스, 사신.

이 세 길드가 각자의 구역을 전담하여 생성된 상급 게이트를 처리하고 있었다.

거기에 불쑥 끼어든 아진이 이리 빠르게 세력을 넓히면, 굴러들어온 돌에 쫓겨나는 입장의 세 길드들 심기가 편하지만은 않으리라.

'마찰을 빚을 수 있다.'

이것이 우진철의 견해였으며 고건희도 그에 동의했다.

그런데 고건희의 입가에 미소가 떠올랐다.

'협회장님은 성 헌터님의 편이신 줄 알았는데?'

우진철이 의아한 시선으로 물었다.

"……무슨 좋은 일이라도 있으십니까?"

"아니, 그런 건 아닐세. 단지 길드원이라고는 세 사람, 그것도 전투원은 한 사람밖에 없는 신생 길드가 벌써 대형 길드와 맞먹는 수준을 넘어서 그들의 영역까지 넘보려 하고 있으니 웃음이 나와서 말일세."

"아……."

우진철도 납득했다.

"저도 그렇게 생각합니다."

여전히 입가에 미소를 띤 채 고건희가 물었다.

"아진 쪽에서 별다른 설명은 없었나?"

"사정이 있어서 그러니 딱 일주일만 인근 게이트들을 맡겨 달라고 하더군요."

"일주일이라……."

이번 제주도 레이드에서, 대형 길드의 마스터 세 명 모두가 성 헌터에게 목숨을 빚졌다.

일주일 정도라면 어렵지 않게 양보를 받아 낼 수도 있을 터.

'다만 의아한 점은…….'

어째서 성진우 헌터가 이리도 무리한, 적어도 남들의 시선에선 무리하는 것처럼 보이는 일정을 잡았느냐 하는 것이었다.

'돈은…… 아니겠지.'

돈을 원했다면 다른 방법도 있었다.

미국이나 중국과 협상했다면 천문학적인 금액을 손에 쥘 수 있었을 것이다.

하지만 성진우 헌터는 결국 한국에 남기로 했으며, 길드들과의 교섭도 일체 없었다.

'그럼 대체…….'

고건희의 시선이 옆을 지키고 선 우진철을 향했다.

그는 흘러가는 말처럼 물었다.

"자네는 성 헌터가 왜 이렇게 많은 던전을 공략하려 한다고 생각하나?"

우진철이 잠깐 생각해 보다가 입을 열었다.

"짐작 가는 점은 있습니다."

모르겠습니다, 글쎄요, 정도의 대답을 예상하던 고건희는 의외의 대답이 나오자 귀를 기울였다.

"그게 뭔가?"

"성 헌터님은 마수들을 사냥하면서 몹시 즐거워하는 듯 보였습니다."

"마수를 잡으며 기뻐했다?"

"예."

우진철은 조금 지나간 기억까지 끄집어내었다.

진우가 헌터스 길드를 도와 하이오크들과 싸우던 때에도, 그는 즐거운 얼굴로 경쾌한 움직임을 보여 주었다.

"보스급 마수를 잡았을 때는 특히나 더 기뻐하셨습니다."

"강한 마수를 잡으며 희열을 느낀다……."

고건희는 예전 진우에게 그 비슷한 말을 들었던 기억이 있었다.

"저는 마수들과 싸우고 싶습니다."

그리고 그는 이후로도 착실히 자신이 한 말을 지켜 나가고 있었다.

'참 재미있는 친구로군.'

그 이상으로 대단한 친구기도 하고.

그때 협회장실의 전화기가 요란하게 울렸다.

─협회장님.

수행원의 연락이었다.

"무슨 일인가?"

─미국 헌터관리국에서 온 연락입니다.

"미국?"

그것도 헌터관리국에서?

고건희가 고개를 갸웃거렸다.

'헌터관리국이 헌터협회장인 내게 연락을?'

미국씩이나 되는 나라에서 우리에게 협조를 요청할 일은 없을 텐데, 무슨 일일까?

"연결해 주게."

전화는 곧바로 연결됐다.

수화기 너머의 목소리가 다른 사람으로 바뀌는 데는 1, 2초가 걸리지 않았다.

─헌터관리국의 애덤 화이트입니다.

"한국 헌터협회 고건희입니다."

사업자의 기본은 영어.

고건희의 입에서 유창한 영어 발음이 흘러나왔다.

어린 시절 맛만 본 수준의 일본어보다는 이쪽에 더 자신이 있는 그였다.

"미 헌터관리국에서 저희에게 무슨 용무십니까?"

애덤 화이트는 망설임 없이 본론을 꺼냈다.

-다음 달 초에 저희 헌터관리국에서 전 세계 굴지의 헌터님들을 초청하는 행사를 열 계획입니다.

"……그리고요?"

-거기 한국 대표로 성진우 헌터님을 모시고 싶습니다.

* * *

본격적인 레이드를 시작하기에 앞서, 진우는 먼저 적당한 길드를 물색했다.

상급 던전에서 수확할 수 있는 여러 부산물들을 원활하게 처리해 줄 길드가 필요했다.

'레이드를 며칠 만에 한 번씩 한다면 모를까…….'

빡빡하게 잡은 레이드 일정을 소화하려면 초짜 부사장 혼자서는 역부족이었다.

그리고 길드 입장에서 따져 봤을 때도 중간 업체에 처리를 맡기는 것보다 파트너 길드를 하나 정해서 같이 일하는 편이 훨씬 이득이었다.

'문제는 어디와 하느냐인데.'

그간 왕래가 잦았던 백호 길드나 차해인이 있는 헌터스 길드가 떠올랐으나, 최종적으로 선택한 곳은 기사단이었다.

이유는 하나.

전에도 한 번 같이 일해 봤기 때문이다.

각각 서울과 부산에 위치해 있어 두 길드의 활동 영역이 겹치지 않는다는 점도 한몫했다.

진우가 전화를 건 시각은 이른 저녁이었다.

자택 소파에 누워 TV를 보며 낄낄거리던 기사단 길드의 사장 박종수.

우우웅- 우우웅-

그는 머리맡 소파 팔걸이 위에서 진동하는 핸드폰을 별생각 없이 집어 들었다.

'응?'

_성진우 헌터님.

발신인을 확인한 그의 눈이 커졌다. 벌떡 일어난 그가 전화를 받았다.

"헌터님?"

-아진의 성진우입니다.

"아, 예. 기사단의 박종수입니다."

-잠깐 시간 좀 내주실 수 있겠습니까?

"얼마든지요."

진우의 설명을 듣던 박종수의 얼굴이 점점 환해졌다.

사실 규정이 바뀌는 바람에 진우와 긴밀한 관계를 구축하려던 계획이 어긋나 버린 박종수는 맥이 빠져 있었다.

기사단 길드의 노하우와 성진우 헌터의 저력은 개뿔…….

일이 틀어지자 부사장 정윤태도 은근히 실망하는 눈초리였다.

그런데 이게 웬일?

기대하지도 않던 전화가 먼저 걸려온 것이 아닌가?

강한 길드, 아니 강한 헌터와 유대를 형성하는 것은 길드의 입장에서 무엇보다 중요한 일.

"네, 네. 문제없죠."

전화를 받는 내내 박종수의 얼굴에서 미소가 지워지지 않았다.

"맡겨만 주세요."

던전 부산물들을 처리하는 일은 오랜 노하우를 지닌 기사단 길드에게는 어려운 작업이 아니었다.

레이드가 없을 때는 그냥 놀리고만 있어야 하는 처리팀을 이런 데라도 써먹는 것이 어딘가?

박종수는 얼굴 한가득 미소를 지으며 말했다.

"그럼 내일 뵙겠습니다!"

* * *

어머니가 싸 주신 도시락은 맛있다.

도시락을 먹는 장소가 설령 마수들이 우글우글한 던전 안이라고 할지라도.

유진호가 우물거리며 고개를 들었다.

"이러고 있으니까 예전에 같이 C급 던전 돌 때가 생각나네요, 형님."

진우는 대답 대신 피식 웃었다.

"입에 넣은 거나 다 삼키고 말해."

"아, 죄송합니다, 형님."

하지만 유진호의 기분을 이해 못 하는 것도 아니었다.

눈에 보이는 게이트란 게이트는 전부 예약하고, 눈코 뜰 새 없이 바삐 레이드를 이어 가던 나날.

단지 대상이 C급 이하의 던전들에서 B급 이상의 상급 던전들로 달라졌을 뿐이다.

굳이 그때와 달라진 점을 또 찾는다면.

'…….'

진우와 눈이 마주친 이그리트가 정중하게 고개를 숙였다.

'밥 먹을 때 경계를 봐 주는 녀석이 생겼다는 것 정도?'

사실 없어도 무방하긴 하지만.

감각 스탯 덕분에 진우는 딱히 집중하고 있지 않아도 던전 내부의 움직임을 훤하게 읽을 수 있었다.

근처로 다가오는 마수쯤은 눈 감고도 대처가 가능하다는 소리.

다만 식사를 방해받는 것이 싫었고, 진호의 불안감도 덜어 줄 겸 식사 중에는 이렇게 보초를 세웠다.

진우가 반대편을 바라보았다.

'…….'

마찬가지로 진우와 눈이 마주친 아이언이 맡겨 달라는 듯 자신의 넓은 가슴을 세차게 두들겼다.

쾅, 쾅.

동굴 안에 쇳소리가 울려 퍼졌다. 진우가 절레절레 고개를 저었다.

'저 녀석은 의욕이 너무 앞서는 게 문제라니까.'

소리가 난 쪽을 바라보던 유진호가 문득 진우에게 물었다.

"형님."

"응?"

"형님 소환수들은 알아서 움직일 수 있지 않습니까?"

"그런 셈이지."

민병구 헌터가 말했었다.

그림자 병사들에겐 각자의 '자아'가 있다고.

'그 말을 어디까지 믿어야 할지는 모르겠다만.'

어쨌든.

유진호가 이어 물었다.

"그럼 지금처럼 밥을 먹는다거나 직접 움직이기 힘들 때는 소환수들에게 레이드를 맡기면 안 됩니까, 형님?"

"그건 안 돼."

거리가 벌어지면 획득할 수 있는 경험치가 줄어드니까.

하지만 유진호에게 경험치니 뭐니 설명하기는 귀찮고 해서, 진우는 일부러 근엄하고 진지한 표정을 지어 보였다.

"이 녀석들, 내가 안 볼 때 무슨 짓을 할지 모르거든."

"히익!"

유진호의 밥맛이 떨어지는 소리가 실시간으로 들리는 듯했다.

농담은 여기까지 하기로 하고.

'이걸 한 번 써 볼까?'

식사를 끝낸 진우가 얌전히 수저를 내려놓았다.

[스킬 : 그림자 저장 Lv.2]

직업 전용 스킬.

소모 마나 없음.

그림자 병사들을 시전자의 그림자 속에 흡수하여 저장해 둡니다.
저장한 병사들은 시전자가 원하는 때 언제든지 소환이나 재흡수가 가능합니다.
저장해 둔 그림자 수 : 840 / 840
2레벨 효과 '감각 공유' : 저장해 둔 그림자 병사 하나를 지정하여 감각을 공유할 수 있습니다.

그림자 저장 스킬에 붙은 특수 효과 '감각 공유'.
그림자 병사가 느끼는 감각을 시전자에게 전송해 주는 독특한 능력이었다.
멀리 떨어져 있는 그림자 병사를 선택하여 그쪽 상황을 살피는 것도 가능해서 꽤 유용하게 쓰였다.
이를테면.
가만히 눈을 감았다.
'감각 공유.'
던전 외부, 한국 각지로 흩어져 있는 그림자 병사들의 신호가 잡혔다.
'많이도 뿌려 놨네.'
진우는 별생각 없이 그중 하나를 선택했다.
우연하게도 차 헌터에게 숨겨 둔 그림자 병사였다.
그러자.
쏴아아—
바닥에 물이 떨어져 부딪치는 소리가 들려왔다.
'비도 안 오는데 웬 물소리가……?'

그런 의문도 잠시.

수증기에 둘러싸인 새하얀 나신이 시야에 들어오는 순간 진우의 눈이 번쩍 떠졌다.

유진호도 덩달아 놀랐다.

"형님? 잠깐 잠이라도 주무셨습니까?"

"……아니다."

진우는 고개를 저었다.

언제 한번 사과하는 의미로 차 헌터에게 식사라도 대접해야겠다고 생각하는 진우였다.

"참, 형님, 이야기 들으셨어요?"

"뭘?"

"일본 신주쿠에 나타난 S급 게이트 말입니다. 그거 던전 브레이크 예상일이 내일이랍니다."

시간이 벌써 그렇게 됐나?

진우가 고개를 끄덕였다.

'우리가 상급 던전 레이드를 시작한 지도 벌써 6일이 지났다는 말이네.'

그 6일 동안 진우도 제자리에 머물지만은 않았다.

경험치는 느리지만 확실하게 쌓여 갔다.

그 결과 101이었던 레벨이 103까지 올라갔다.

만사를 제치고 레벨업에 집중한 보상이었다.

진우는 창고에 넣어 둔 검은 열쇠를 불러왔다.

스르륵.

손바닥 위에 검은 열쇠가 놓였다.

[아이템 : 카르테논 신전의 열쇠]

입수 난이도…….

……후에 공개됩니다.

남은 시간: 26시간 51분 49초

'앞으로 하루.'

진우는 열쇠를 조용히 움켜쥐었다. 이걸 볼 때마다 가슴이 떨려왔다.

"움직이지 마."

"예?"

진우의 말을 들은 뒤부터 유난히 아이언과 이그리트를 흘깃거리며 숟가락을 뜨던 유진호가 화들짝 놀라 어깨를 들썩거렸다.

"너한테 한 말 아냐."

움직이려 했던 그림자 병사들이 진우의 지시를 듣고서 일제히 동작을 멈춘 상태였다.

"크르르르르……."

"크르르륵."

동굴 저편에서 낫이나 장검 같은 무구를 든 짐승들이 이빨을 드러내며 걸어 나왔다.

진우가 녀석들을 응시하며 천천히 자리에서 일어났다.

아직 하루.

'하루의 시간이 더 있다.'

창고에서 불러낸 '악마왕의 단검'을 손에 쥐며, 진우는 미소를 지었다.

* * *

던전 브레이크 전날 밤.

유리 오를로프의 지시대로 도쿄 신주쿠에는 거대한 마법진이 그려졌다.

유례를 찾아볼 수 없는, 어마어마한 규모였다.

주변 주민들은 모두 대피시켰지만 유리는 현장에 남아 마지막까지 결계를 점검하고 있었다.

일본인 관계자들은 침 한번 삼킬 생각도 못 하고 그를 주시했다.

그의 말 한마디, 동작 하나하나가 전부 주시 대상이었다.

턱을 만지작거리며 연신 인상을 찌푸리던 유리가 입을 열었다.

"……이상하단 말이야."

통역이 눈을 동그랗게 떴다.

"예? 뭔가 착오라도 있습니까?"

"아니, 그건 아닌데."

마법진은 완벽했다.

이번 작업은 자신의 인생 최대의 걸작이 될 것이 분명했다.

이상한 건 결계가 아니었다.

"주위에 누군가 있는 거 같다고."

"예?"

그렇지 않으면 이렇게 심장이 떨려 올 리가 없지 않은가?

눈을 크게 뜬 유리가 주변을 두리번거리며 악을 써 댔다.

"넌 누구냐? 어디 있어?"

그러나 돌아오는 대답은 없었다.

텅 빈 거리에는 그의 목소리만이 메아리쳐 울릴 뿐이었다.

"……."

일본 측 관계자가 이마의 식은땀을 훔치며 억지 미소를 쥐어짜냈다.

"던전 브레이크가 내일인데 거리에 남아 있는 간 큰 사람이 있을 리 없지 않습니까?"

그러자 유리가 콧방귀를 꼈다.

"사람이라고 안 했는데?"

"예?"

안색이 창백하게 질려 가는 관계자를 한심하게 바라보던 유리가 또 한 번 고개를 갸웃거렸다.

"착각이었나……."

그러나 멀리 떨어진 빌딩 위에서 그들을 내려다보는 인영이 하나 있었다.

'감이 좋은 남자군.'

하긴.

유리의 힘이 어디에서 나오는 것인가를 생각하면 하등 이상할 것은 없었다.

그보다.

남자의 시선이 S급 게이트로 옮겨 갔다.

기분 나쁠 정도로 고요한 기운이 S급 게이트 주변을 맴돌고 있었다.

'……'

남자는 얼굴을 가리고 있던 후드를 벗었다.

삼십 대 후반의 동양인 얼굴.

정리하지 못해 덥수룩한 수염이 그가 누구인지를 말해주었다.

성일환.

그는 안타까운 눈빛으로 거대한 게이트를 응시하다 다시 후드를 뒤집어썼다.

'드디어…… 시작되는가.'

모든 것이 예정대로 흘러가고 있었다.

5. 들어가는 자와 나오려는 놈들

5. 들어가는 자와 나오려는 놈들

전 세계의 기자들이 일본을 찾았다.

특이한 점은 그들 대다수가 전장을 취재하는 종군기자라는 사실이었다.

이번 일이 전쟁터에 발을 들이는 것만큼 위험하다는 증거였다.

게이트 주변의 경비는 삼엄했다.

기자들은 카메라를 들었다.

빌딩만큼이나 거대한 게이트를 감싸고 있는 결계와, 그걸 포위하듯 둘러싼 군대.

주위에는 전쟁 직전에서나 볼 수 있는 긴장감이 가득했다.

영국의 저명한 종군기자 윌리엄스 벨의 보조 기사는 긴장감에 침을 꼴깍 삼키며 물었다.

"마수들에겐 현대 화기가 통하지 않는데, 군대는 왜 와 있는 걸까요?"

윌리엄스는 비장한 군인들의 얼굴을 하나하나 카메라에 담으며 대답했다.

"시간을 끌려고."

"예에?"

"시선을 끌어서 일선 헌터들이 공격에 대비할 시간을 버는 거지. 겸사겸사 우리나 저기서 구경하고 계신 높으신 분들이 대피할 동안 미끼 역할도 하고."

찰칵.

그가 다음으로 사진기에 담은 얼굴은 결계 근처에 있는 마쓰모토 일본 헌터협회장이었다.

그는 심각한 얼굴로 관계자들과 무언가 대화를 나누고 있었다.

'하긴 이런 상황에서 웃을 수 있을 수는 없겠지만.'

찰칵.

"과연……."

현장 경험이 많지 않은 보조 기사는 긴장된 눈빛으로 말했다.

"총알받이…… 라는 거군요."

"이봐, 남의 일처럼 말하면 곤란하지."

"네?"

"나한테 무슨 일이 생길 거 같으면 네가 내 앞을 막아 줘야지."

"예에?"

어린 보조 기사가 놀라서 돌아보자 윌리엄스가 팔꿈치로 그의 옆구리를 살짝 찔렀다.

"그렇게 굳어 있으면 도망갈 새도 없이 죽어. 긴장을 풀고 있으라는 뜻이다."

그가 한쪽 눈을 찡그리는 걸 보고 겨우 농담이라는 걸 알아챈 보조 기사가 가슴을 쓸어내렸다.

'벨 씨…… 이런 상황에서도 농담이 나오시다니.'

대선배다운 관록이 묻어나는 여유에 보조 기사의 긴장도 조금 누그러졌다.

그러나 보조 기사는 알고 있었다.

윌리엄스 벨이 웃고 있을 때야말로 가장 긴장해야 하는 순간이란 걸.

보조 기사의 시선이 하늘 높이 솟은 게이트로 향했다.

"저기서 뭐가 나올까요?"

사진을 찍던 손을 잠깐 멈추고, 윌리엄스도 같은 곳을 바라보았다.

크다.

크기에 압도당할 정도로.

지구에 게이트가 나타나기 시작한 이후 종군기자의 두 번째 전장은 게이트가 되었다.

그만큼 여태껏 본 게이트가 한둘이 아니었다.

심지어 던전 브레이크의 현장을 직접 취재했던 적도 있었지만…….

눈앞의 게이트는 그야말로 차원이 달랐다. 올려다보는 것만으로 식은땀이 흘러내렸다.

'이러니 정찰대조차도 파견이 안 됐겠지.'

던전 안을 살펴보고 나오겠다 나서는 상급 헌터들이 없어, 안에 뭐가 있는지조차 모르는 게 작금의 현실이었다.

일자로 다물고 있던 윌리엄스의 입술이 떨어졌다.

"저기서 뭐가 나올지는 모르겠지만……."

그러고는 씁쓸히 웃었다.

"그게 뭐든지 간에 유리 오를로프의 결계가 튼튼하기만을 바라야겠군."

그의 카메라가 마지막으로 향한 곳은 결계를 점검하는 유리 오를로프였다.

유리는 활짝 웃고 있었다.

"완벽해. 아주 좋아."

유리는 결과물에 자신감이 가득했다.

자신의 결계는 훌륭했다.

어디 그뿐일까?

국민들의 반발을 걱정한 마쓰모토 협회장이 쉬쉬하는 바람에 자신이 자원봉사를 하러 온 줄 아는 일본인들이 기부금을 잔뜩 보내줬다.

그 덕분에 막대한 돈이 모였다.

거기다 저기를 보라.

이 위험한 곳까지 몰려든 수많은 기자들이 자신을 찍고 있지 않은가.

돈과 명성.

유리가 환장하는 모든 것들이 한 번의 수고로 동시에 굴러들어왔다.

그는 다시 한번 더 강조했다.

"완벽해!"

오늘 자신은 세계 최초로 S급 게이트를 혼자서 틀어막은 남자로 기록될 터였다.

'기왕이면 S급 게이트를 혼자서 처리한 남자라는 말을 듣고 싶지만…….'

아쉽게도 그 표현에 훨씬 더 적합한 헌터가 먼저 나온 탓에 욕심을 부릴 수는 없게 됐다.

하지만 뭐 어떤가?

그는 전투 계열이고, 자신은 보조 계열이다.

각자의 위치에서 최고로 이름을 날리면 되는 것이다.

'암, 암.'

한껏 도취된 유리가 안주머니에서 손바닥만 한 수통을 꺼내 뚜껑을 열었다.

안에서 알싸한 보드카 냄새가 올라왔다.

"유, 유리 씨! 술은……!"

그를 담당한 협회 직원이 기겁하고 말리려 들었으나, 유리는 오히려 눈을 부라렸다.

"축배를 드는 거야, 축배를. 긴장 풀라고. 내가 최고의 쇼를 보여줄 테니."

"그…… 그래도."

"너도 한 모금 마셔 볼래? 긴장이 싹 풀린다니까."

직원에게 술을 권하며 어깨동무하는 유리를 멀찍이서 바라보던 마쓰모토 협회장이 눈살을 찌푸렸다.

'우리 일본의 미래가 저런 남자에게 달려 있다니.'

들리지 않게 혀를 차던 그가 옆의 수행원에게 물었다.

"S급 헌터들은 몇 명이나 대기하고 있나?"

"모두 세 명입니다."

"세 명이라……."

10명이 넘는 S급 헌터 중 단 셋만이 협회의 호출에 응했다.

마쓰모토의 주름이 한층 더 깊어졌다.

제주도 레이드가 일본 헌터계에 재앙을 가져다준 이후 그의 영향력은 바닥을 기고 있었다.

일각에서는 마쓰모토가 욕심에 눈이 멀어 S급 헌터들을 사지로 몰아넣었다는 말까지 나오는 상황.

이미 S급 헌터 다수는 그에게 등을 돌렸다.

그가 협회장으로 있는 동안에는 협회의 지시를 따르지 않겠다는 강경책까지 내놓았다.

'고토 군만 곁에 있었다면…….'

주먹을 쥔 그의 손이 부르르 떨렸다.

고토의 죽음은 그를 오른팔로 이용했던 마쓰모토에게 너무나 뼈아픈 손실이었다.

'하나 그렇기 때문에.'

오늘이 더욱 중요했다.

헌터협회의 노력으로 S급 게이트를 무사히 막아 낸다면, 다시 한 번 비상을 노려볼 수 있었다.

'고건희…… 그리고 성진우.'

그러다 보면 자신의 앞길을 망쳐 놓은 이들에게 치욕을 돌려줄 기회가 오는 날도 있으리라.

'반드시…….'

그렇게 되어야만 한다.

마쓰모토 협회장은 엄숙한 표정으로 게이트를 응시했다.

시계를 확인하던 수행원이 귓속말을 전했다.

"던전 브레이크 3분 전입니다."

"알겠네."

마쓰모토가 고개를 끄덕였다.

게이트를 향한 그의 시선에 수많은 생각들이 담겼다.

2분, 1분, 59초, 58초…….

긴장된 시간이 쏜살같이 흘러갔다.

이윽고 게이트를 막고 있던 검은 막이 희미해지기 시작했다.

기자들이 소리쳤다.

"어, 어?"

"게이트가 열렸어!"

"나…… 나온다!"

* * *

"아들."

슬쩍 일어나려던 진우가 다시 얌전히 앉았다.

"응."

TV를 보던 어머니가 진우를 뒤돌아보았다.

뉴스에선 아까부터 계속해서 일본의 S급 게이트에 대한 속보가 흘러나오고 있었다.

던전 브레이크까지 앞으로 몇 분이 남았느니 하는 그런 이야기들이었다.

"또 어디 가려는 거 아니지?"

어머니의 감은 때론 상급 헌터들의 감각보다 예리하다.

진우는 뜨끔했지만 아무렇지도 않은 척 대답했다.

"약속이 있어서요."

"약속? 이런 날에 말이니?"

"예전에 한 약속이어서요. 어차피 저 게이트는 일본에서 열리니까 영향 없을 거 같아서 취소 안 했어요."

어머니는 여전히 미심쩍어 하는 눈빛이었다.

하지만 거짓말은 아니었다.

'어떻게 보면 이것도 시스템과의 약속이니까.'

물끄러미 진우를 바라보던 어머니가 다시 물었다.

"엄마가 걱정 안 해도 되는 거지?"

진우는 자신 있게 대답했다.

"네."

그러기 위해서 얻으려고 노력했던 힘이다.

진우의 자신감 있는 눈빛을 마주한 어머니는 그제야 미소를 지으셨다.

"조심해서 다녀오렴."

진우도 싱긋 웃었다.

"다녀오겠습니다."

자리에서 일어난 진우가 집을 빠져나왔다.

진우의 집은 9층.

아래로 내려가는 엘리베이터가 이렇게 느린지 오늘 처음 알았다.

검은 열쇠가 열어 줄 던전이 어떤 곳일지 기대되어 괜스레 조바심이 일었다.

팅.

1층에서 문이 열리고.

처음 보는 아저씨가 무심코 고개를 들다 진우와 눈이 마주쳤다.

S급 헌터가 이 아파트에 사는 것을 모르는 사람이었는지, 그는 진우를 알아보고는 두 눈을 동그랗게 떴다.

"어?"

그를 지나쳐 간 진우는 윗옷에 달린 후드를 눌러썼다.

마음이 급해서인지 걸음도 빨랐다.

금방 아파트 단지를 벗어나 거리로 나온 진우는 주위를 둘러보았다.

'일본의 게이트 때문인가?'

거리 전체가 한적했다.

덕분에 진우는 주변을 신경 쓰지 않고 느긋하게 검은 열쇠를 살펴볼 수 있었다.

[아이템 : 카르테논 신전의 열쇠]

입수 난이도 : ??

종류 : 열쇠

'요구 조건이 충족되었습니다.'

카르테논 신전으로 들어갈 수 있는 열쇠입니다. 지정된 게이트에서 사용할 수 있습니다.

지정된 게이트의 위치는 일정 시간이 지난 후 공개됩니다.

남은 시간: 0시간 01분 02초

남은 시간은 1분.

'……됐다.'

수면 아래에서 차갑게 가라앉아 있던 심장이 조용히 요동치기 시작했다.

쿵쾅쿵쾅.

진우는 가만히 심장의 박동에 귀를 기울이며 남은 1분을 기다렸다.

시계 따윈 확인할 필요조차 없었다.

극한으로 단련된 육체의 생체시계는 세상 어느 시계보다도 정확했다.

'……3, 2, 1.'

정확히 1분이 지난 후 진우가 감았던 눈을 떴다.

틱.

[남은 시간 : 0시간 0분 0초]

[열쇠를 사용할 수 있는 게이트의 위치가 공개됩니다.]

진우의 눈이 커졌다.

'여긴……?'

시스템 메시지에 떠오른 게이트의 위치는 여기서 멀지 않은 곳이었다.

낯익은 장소.

진우는 헌터폰의 기능 중 하나를 이용해 협회 사이트에 들어가 게이트 정보를 검색했다.

아니나 다를까.

얼마 전 협회에서 게이트가 생성되었다고 고지했던 곳이었다.

그런데 이곳이 열쇠를 사용할 수 있는 장소였을 줄이야.

얻어맞기라도 한 것처럼 뒤통수가 얼얼해졌다.

'착각이었다.'

확실히 열쇠의 설명이 틀린 건 아니었다.

시스템은 게이트의 정보가 이 시간에 공개된다고 했지, 이 시간에 게이트가 생성된다고는 하지 않았다.

당했다.

진우의 손이 바빠졌다.

게이트 정보를 조회해 보니 이미 던전을 공략하고 있는 길드가 있었다.

게이트 등급은 C.

'등급은 높지 않지만…….'

그 안에 뭐가 숨겨져 있을지 모른다는 게 문제다.

'그나마 멀지 않은 곳이라 다행인가.'

차로는 10분 거리.

전력으로 달리면 60초 내로 도착할 수 있다.

은신으로 몸을 감춘 진우가 있는 힘껏 달리기 시작했다.

스킬 '신속'이 추진력을 더했다.

목적지는 진아가 다니던 고등학교의 운동장.

오크 사건 이후로 휴교가 아직 풀리지 않아 민간인이 다칠 염려는 적겠지만.

'던전을 공략하고 있다는 공격대가 위험하다.'

진우는 처음 지하 신전을 방문했을 때를 떠올렸다.

아찔한 순간들.

몇 번이고 죽음의 위기가 스쳐 지나갔던 것이 기억났다.

그런데 왜일까?

분명 아찔하고 무서운 기억이었을 텐데, 그때를 떠올리면 지금도 가슴이 뛰었다.

그 신전에서, 진우는 처음 자신이 살아 있음을 느꼈다.

당시의 그는 무능력한 E급 헌터가 아닌, 불가능에 대항하는 도전자였다.

순식간에 몇 개의 골목을 돌자 익숙한 학교의 모습이 눈에 들어왔다.

정말로 초 단위로 학교에 도착했다.

정문을 들어서니 운동장 한쪽에 덩그러니 남아 있는 게이트가 보였다.

게이트 주위는 협회 직원과 길드 관계자 몇 명이 지키고 서 있었다.

아직 큰일이 터졌다는 소식이 들려오진 않았는지 그들은 조용한 분위기였다.

그 평온은 진우의 등장으로 깨졌다.

진우가 근처에서 은신을 풀었다.

"어, 어?"

다가오는 진우를 뒤늦게 발견하고서, 길드 관계자가 앞을 막아섰다.

"여기 오시면 안 됩니다."

진우는 후드를 벗고 맨얼굴을 드러냈다.

그러자 옆에서 헉 소리가 터져 나왔다.

"당신!"

진우를 알아본 협회 직원이 소리를 높였다.

전에 도로에 생긴 B급 게이트를 처리했을 때 마주친 적 있었던 안경 낀 여직원이었다.

진우는 이쪽이 길드 직원보다 말이 더 잘 통할 것 같아, 막아서는 직원을 무시하고 바로 그녀에게 말했다.

"지금 당장 레이드를 중단해야 합니다."

"예?"

그녀가 당황하며 말했다.

"하지만 측정 결과로는 겨우 C급……."

진우는 고개를 저으며 다시 말했다.

"지금 안 멈추면 다 죽습니다."

"……!"

진우는 고개를 들어 게이트를 바라보았다.

이들에겐 느껴지지 않는 걸까?

게이트 안에서는 소름이 돋을 정도로 불길한 기운이 스멀스멀 흘러나오고 있었다.

"안에 들어간 지 얼마나 됐어요?"

진우가 급히 물었다.

시간이 오래됐을수록, 안으로 깊이 들어갔을수록 헌터들이 무사히 돌아올 가능성은 낮아진다.

협회 여직원이 얼떨결에 대답했다.

"두 시간 정도요."

2시간.

금방이라고 말하기에도, 오래 다고 말하기에도 애매한 시간이었다.

그때.

"당신 뭐야? 협회 사람이야?"

길드 직원이 진우의 어깨를 덥석 잡고 뒤돌아 세우려고 했다.

난데없이 와서 자신들을 무시한 것도 모자라 재수 없는 소리들을 하는 게 마음에 들지 않았던 모양이다.

어깨를 쥐는 힘은 보잘것없었지만 진우는 순순히 돌아봐 주었다.

지금 같은 상황에서는 구구절절한 백 마디 말보다 자신의 얼굴 한 번 보여 주는 게 더 효과적일 수 있으니까.

"사람이 물었으면 대답을……."

그렇게 진우와 시선을 마주하게 된 길드 직원이 하던 말을 멈추었다.

'잠깐만, 이 사람 어디서 많이 본 얼굴인데…….'

어디서였더라?

기억을 더듬다 어렵게 이름 하나를 떠올려 낸 직원이 믿기지 않는다는 듯 더듬더듬 물었다.

"서, 성진우 헌터?"

C급 게이트 앞에서 S급 헌터와 마주치게 될 줄이야.

그런데 그런 그의 어깨를 잡고 노려봤단 말인가?

깜짝 놀란 그가 자신도 모르게 손을 들어 올리고는 뒤로 두세 걸음 물러섰다.

"죄, 죄송했습니다."

"……."

이 순간에도 시간은 간다.

길드 직원에게 시간을 낭비할 여유가 없었다. 진우가 다시 여직원에게 시선을 옮겼다.

"제가 그 사람들 데리고 나오겠습니다."

여직원은 당혹스러웠다.

B급 게이트가 레드 게이트로 변했을 때도 그 안에서 웃으며 나왔던 남자다.

그런데 지금은 평범한 C급 게이트를 앞에 두고 다급한 눈빛으로 사람들이 위험하다 말하고 있었으니 말이다.

"도대체 무슨 일인데 그러세요? 뭐라고 설명이라도 좀 해 주시면."

"그럴 시간 없습니다."

진우는 딱 잘라 말했다.

사실 은신을 하고 바로 안으로 들어갈 수도 있었다.

이들의 시선을 따돌리고 게이트 안으로 들어갈 방법이야 수를 헤아릴 수 없이 많았다.

하지만 그렇게 하지 않았던 이유는 안에서 무슨 일이 일어날지 모르기 때문에, 쓸데없는 시비에 휩쓸리지 않기 위해 최소한의 절차를 밟은 것이었다.

여직원의 입술이 달싹거리다 멈추길 몇 번째.

그녀는 고민했다.

한 길드가 정식으로 허가를 받고 공략하고 있는 게이트에 아무런 증거도 없이 다른 헌터를 난입하게 둬도 괜찮은 걸까?

원래라면 있을 수 없는 일이었다.

하지만 진우의 눈빛을 보니 차마 막을 수가 없었다.

"……가세요."

"이따 뵙죠."

진우는 짧게 고개를 끄덕이고는 게이트 안으로 뛰어들었다.

[던전에 입장하였습니다.]

던전 안에는 마정석이 제거된 마수 사체들이 여기저기에 널려 있었다.

사체 자체가 돈이 되는 상급 던전과 달리 하급 던전에서는 그다지 얻을 만한 부산물도 없고, 마정석만이 유일한 돈줄이니까.

익숙한 광경이었다.

진우는 눈을 감고 집중해 봤다.

어째서인지 공격대의 기척을 찾을 수가 없었다.

'설마 벌써?'

진우는 고개를 저었다.

본래 죽은 지 얼마 되지 않은 시체에서는 마력이 흘러나온다.

그런데 그 마력조차 느낄 수 없었다.

가만히 내부를 둘러보던 진우는 문득 기시감을 느꼈다.

어째 익숙하다는 느낌.

어디선가 본 적 있는 던전이었다.

'아.'

기억이 정확하다면 처음 능력을 얻게 됐던 던전과 형태가 비슷했다.

'그렇다면…….'

진우는 그때 이중 던전의 입구를 발견했던 곳으로 가 보았다.

역시나.

던전 안에 또 하나의 입구가 있었다.

'그때와 같다.'

그제야 왜 공격대 헌터들의 기척이 느껴지지 않는지 감이 잡혔다.

'이 던전…… 터무니없이 넓었었지.'

그때도 그랬다.

아무리 하급 헌터들의 걸음이라지만 거의 1시간 가깝게 걸어서야 이상한 문 앞에 도착할 수 있었다.

이 던전이 그때와 같은 구조라면 헌터들과의 거리가 꽤 벌어져 있는 것은 당연한 일.

마력도 얼마 없는 하급 헌터들의 기척을 찾기는 불가능에 가깝다.

진우가 동굴 안쪽을 바라보았다.

길은 하나.

그때 당시처럼 통로는 칠흑같이 어두웠다.

그러나 걱정할 필요는 없었다.

극한까지 끌어올린 감각 스탯이 어둠 속에 숨어 있는 길을 열어주었다.

진우의 눈이 밤의 짐승들처럼 서슬 퍼렇게 빛을 냈다.

'보인다.'

어둠에 적응한 눈이 사물을 하나하나 담아냈다.

후우-.

짧게 호흡을 끊어 쉰 진우가 총탄처럼 쏘아져 나갔다.

배경들이 순식간에 뒤로 밀리고, 또 밀렸다.

긴 거리였다.

그래도 워낙 속도가 빨라서 오래 걸리진 않았다.

'여길 1시간이나 걸었다니…….'

처음 이 길을 걸었을 때를 떠올리면 비약적인 발전이었다.

어느새 기척이 느껴지기 시작했다.

공격대 헌터들이다.

모두들 한곳에 멈춰 서 있었다.

처음엔 전투 중이거나 다 죽은 것은 아닌가 싶었지만 그건 아니었다.

다가가니 목소리가 들려왔다.

"그럼 여기까지 와서 그냥 가자고?"

탓.

지척에서 멈춰 서자 어디선가 들어 본 적 있는 것 같은 말이 들려와 그만 헛웃음이 나왔다.

다행이었다.

이들은 아직 안에 발도 들이지 못한 듯했다.

만약 그랬다면 이렇게 한가롭게 잡담이나 하고 있었을 시간은 없었을 테니까.

이번엔 여자의 목소리였다.

"그럼 어떡해요? 마법을 쏟아부어도 끄떡없는 문인데."

"차라리 나가서 대형 길드랑 쇼부를 보는 게 낫지 않겠어요?"

"제 생각에도 그게 좋을 거 같은데."

그들은 열리지 않는 문을 앞에 두고 옥신각신 다투고 있었다.

이해는 간다.

이중 던전을 발견하고서 일확천금의 꿈에 부풀어 있었을 텐데 1시간 가까이 걸어 빈손으로 돌아가긴 싫겠지.

하지만 여기, 그곳에서 살아남은 증인이 있었다.

진우는 자신 있게 말할 수 있었다.

"그거 함정입니다."

진우가 다가올 때까지 알아차리지 못했던 헌터들이 갑자기 옆에서 들려오는 목소리에 펄쩍 뛰었다.

"어매, 깜짝이여!"

"뭐, 뭡니까, 댁은?"

진우가 전에 한 번 본 적 있는 거대한 철문을 턱짓으로 가리키며 말했다.

"이중 던전 생존잡니다."

이중 던전 생존자?

헌터들은 자기들끼리 눈빛을 교환하며 수군거렸다.

안이 어두웠기 때문에 그들이 진우의 얼굴을 알아보는 데는 약간의 시간이 필요했다.

"어?"

"왜?"

"저 사람 혹시 성진우 헌터 아냐?"

"뭐?"

그 말을 꺼낸 헌터에게 모두의 시선이 향했다.

그들의 시선이 다음으로 향한 곳은 당연히, 진우의 얼굴이었다.

"그, 그러고 보니……."

"진짜네?"

"아니, S급 헌터분께서 여기까지 웬일로?"

진우는 문을 향해 성큼성큼 걸어갔다.

문을 둘러싸고 있던 헌터들이 자연스레 길을 터 주었다.

진우가 문에 가볍게 손을 대며 말했다.

"이 너머에 뭐가 있는지 저는 알고 있습니다."

오랜만에 다시 이 문 앞에 서게 된 진우는 감회가 새로웠다. 그러나 감상에 빠져 있을 시간은 없었다.

이곳은 시스템이 자신을 초대한 장소.

헌터들을 위해서라도, 그리고 자신을 위해서라도 불청객들을 남겨 둘 수는 없었다.

뒤로 돌아선 진우가 헌터들을 둘러보며 무거운 목소리로 말했다.

"여긴 끔찍하게 위험한 곳입니다. 여기서부터는 제가 맡을 테니 여러분들은 돌아가 주세요."

웅성웅성.

주위가 소란스러워졌다.

진우가 워낙 얼굴이 알려진 S급 헌터였으니 망정이지, 금방이라도 불만이 폭발할 것 같은 얼굴들이었다.

그중에 한 명.

여기까지 와서 빈손으로 돌아갈 수 없다던 사내가 기어코 앞으로 나섰다.

"저기요, 성 헌터님."

이번 공략을 추진한 중소 길드의 마스터였다.

"이 던전은 저희 용기 길드 공격대가 공정하게 허가권을 사서 레이드를 하게 된 곳입니다. 헌터님이 우리를 나가라고 할 권리는 없어요."

"맞아요! S급 헌터면 답니까?"

헌터들의 항의에 진우는 일자로 입을 다물었다.

'……'

그들을 도우려는 것은 선의에서 비롯된 행동이었다.

하지만 그렇다고 해서 사람들을 모아 놓고 하나하나 설명해 가며 설득할 생각은 없었다.

'그래야 할 의무도 없고.'

할 만큼은 했다.

그래서 진우는 그들에게 선택을 맡기기로 했다.

과거, 진우가 포함된 협회의 말단 헌터들이 같은 곳에서 자신들의 선택으로 어떤 대가를 치러야 했는지 알고 있기에 웬만하면 이렇게까지 하고 싶지는 않았지만.

진우는 다시 문 쪽으로 돌아서 손잡이를 잡았다.

덜컹!

진우가 손에 힘을 줘 봤지만 진우의 근력으로도 문은 움직이지 않았다.

'마법이 걸려 있나?'

그렇지 않다면 고작 철문 따위가 움직이지 않을 리가 없었다.

그때.

'띠링' 하고 시스템 메시지가 떴다.

[현재 카르테논 신전의 문은 잠겨 있습니다.]

[열쇠를 사용하십시오.]

'이래서 열쇠가 필요했군.'

진우가 검은 열쇠를 불러냈다.

열쇠 구멍에 열쇠를 집어넣자마자 자동으로 문이 열렸다.

철컹.

문이 얼마나 단단하게 잠겨 있는지 확인을 끝냈었던 용기 길드 공격대는 눈을 동그랗게 떴다.

'헉!'

'뭐야? 어떻게 열었대?'

진우는 그들의 속삭임을 무시하고 차갑게 말했다.

"말리진 않겠습니다. 들어가고 싶은 사람이 있다면 얼마든지 들어가세요."

물론 경고도 잊지 않았다.

"다만 들어가신 분들은 살아 나오기 힘들 겁니다."

그 한마디가 헌터들을 얼어붙게 만들었다.

S급 헌터의 충고.

누가 과연 우습게 여길 수 있을까?

하지만 용기 길드의 마스터는 길드의 이름값을 하려는 건지 앞으로 나섰다.

"제가 가 보죠."

"……."

진우는 아무 말도 하지 않았다.

선택은 그들의 몫.

결과도 그들에게 맡길 참이었다.

길드장은 문 쪽으로 걸어가며 공격대원들을 돌아보았으나, 다들 눈치만 살필 뿐 동행할 사람은 나오지 않았다.

길드장은 괘씸하다는 듯 동료들을 흘겨보다가 문 앞에 섰다.

진우는 그가 들어가기 쉽도록 닫히지 않게 잡고 있었던 문을 살짝 벌려 주었다.

쿠웅-!

육중한 문이 움직였다.

잠깐 진우와 눈이 마주쳤던 길드장의 얼굴에 비장함이 어리었다.

망설이던 기색도 잠시.

용기를 낸 그가 안으로 한 걸음을 내디뎠다.

그때.

진우의 눈앞에 메시지가 주르륵 떠올랐다.

띠링, 띠링, 띠링!

[열쇠를 소지하지 않은 이가 신전에 출입했습니다.]

[출입을 불허합니다.]

[지시를 따르지 않을 경우 문지기가 공격을 시도합니다.]

굉장히 위험하고 중요한 메시지들이었으나 플레이어가 아닌 헌터들의 눈과 귀에는 보이지도, 들리지도 않았다.

오직 진우만이 시스템의 경고를 들었다.

아무것도 모르는 길드장이 결국 한 걸음을 더 내딛었고.

쉬익-!

그의 머리 위에 망치가 떨어져 내렸다.

쿵!

내리꽂힌 망치가 바닥의 석판을 부숴 버렸다.

"컥!"

진우가 급히 길드장의 뒷덜미 옷깃을 잡아 밖으로 끌어내지 않았다면 그의 머리가 그렇게 됐으리라.

"으, 으악!"

문지기 석상들이 뻗는 손에 질겁하던 길드장을 문 밖으로 던져낸 진우가 빠르게 문을 닫았다.

"안에 있는 건 전부 저런 것들입니다."

진우가 헌터들에게 돌아섰다.

"그래도 꼭 들어가셔야겠습니까?"

바닥에 주저앉은 길드장이 고개를 미친듯이 저었다.

길드원들이 급히 그를 부축해서 끌고 나갔다.

헌터들이 모두 떠나는 걸 확인한 후, 진우가 안으로 들어섰다.

띠링.

[열쇠의 소지자가 입장했습니다.]

쿵.

문이 닫혔다.

거대한 방의 규모. 벽면을 가득 채우고 있는 석상들. 그리고 가장 안쪽에 위치한 어마어마한 크기의 신상.

모든 것이 기억과 동일했다.

'다시…… 돌아왔다.'

가슴이 격하게 뛰었다.

하지만 그때와 다른 점도 분명히 존재했다.

바로 자기 자신.

달라진 진우의 눈에 그들의 실체가 보이기 시작했다.

'이 석상들은 마수도, 생명체도 아니다.'

그저 누군가에게 이어져 있는 꼭두각시들일 뿐.

이 방에서 마력을 뿜어내는 존재는 하나였다.

그것도 마력을 최대한 숨기고 있어서 직접적으로 감지하기가 불가능해 불길한 느낌만이 전해질 뿐이었다.

진우는 천천히 녀석에게 걸어갔다.

"진짜는 너였구나."

진우가 말을 걸었음에도 녀석은 아무 반응을 보이지 않았다.

"그렇게 나오시겠다?"

진우가 입꼬리를 올렸다.

순식간에 속도를 높인 진우가 녀석의 가슴에 단검을 꽂아 넣었다.

그러나.

콰직!

공격은 놈이 들고 있던 석판에 막혔다.

단검은 석판에 박혔다.

석상들 중 유일하게 석판을 들고 있었던 녀석.

"마침내."

여섯 장의 날개를 지닌 석상이 석판 너머로 진우를 내려다보며 싱긋 웃었다.

"여기까지 왔구나."

* * *

도쿄, 신주쿠.

고층 빌딩처럼 높이 솟아 있는 게이트에서 마수들이 하나둘 걸어

나오기 시작했다.
쿵.
쿵.
"헉……."
"저, 저게 무슨……!"
거인들이었다.
최상위 A급 게이트의 보스로 종종 등장하는 마수들이 쏟아져 나오고 있었다.
"거인!"
"거인들이다!"
지켜보던 이들 모두 겁먹고 뒷걸음질 치는 가운데, 유리만이 침착하게 술병을 들이켰다.
'이 정도면 문제없다.'
보기만 해도 등골이 오싹해지는 마수들이었지만, 유리는 자신의 결과물에 자신감이 있었다.
"와라!"
그의 예상은 맞아떨어졌다.
쾅!
쾅!
거인들이 게이트 주위를 둥글게 감싸고 있는, 보이지 않는 벽을 두들겼으나 벽은 끄떡도 하지 않았다.
쾅! 쾅!
어깨로 밀어 보고, 온몸을 던져 부딪쳐도 봤지만 유리의 결계 마법은 완벽했다.

"으하하하하핫!"

유리가 거인들을 비웃으며 웃음을 터트렸다.

그러기를 30분가량.

결계를 깨려고 발버둥 치던 거인들이 지쳤는지 다시 게이트 안으로 들어가기 시작했다.

그 장면을 지켜보고 있던 사람들이 기함을 내질렀다.

"맙소사!"

"던전 브레이크로 나온 마수들이 다시 게이트 안으로 들어간다고?"

있을 수 없는 일이었다.

듣도 보도 못한 경우.

연륜 많은 기자들조차 처음 보는 광경에 신들린 듯 셔터를 눌러댔다.

마지막 남은 거인 하나가 게이트로 도로 들어갔을 때, 마쓰모토 협회장이 벌떡 일어나 박수를 쳤다.

짝, 짝, 짝, 짝!

곧 박수 소리는 하나에서 여러 개가 되고, 탄성이 되었으며, 탄성은 얼마 지나지 않아 함성이 되었다.

와아아아아-!

관계자들의 열렬한 성원을 받으며 유리가 기자들을 향해 돌아섰다.

"이건 나밖에 할 수 없는 일이야. 내가 S급 게이트를 막았다고."

그의 목에 힘줄이 섰다.

"그깟 개미 몇 마리 잡은 놈과 저 거인들을 게이트 안으로 밀어 넣은 나! 누가 더 대단한지는 굳이 설명할 필요도 없겠지?"

취기로 달아오른 얼굴을 숨기지 않고, 그는 기자들을 향해 자신의 금니를 드러내며 웃었다.

그런데 그때.

쿵!

땅이 울렸다.

쿵!

배치해 놓았던 탱크가 들썩거렸다.

'……?'

그제야 유리는 기자들이 자신을 보고 있지 않다는 사실을 깨달았다.

그들의 시선은 게이트를 향해 있었다.

유리도 천천히 뒤를 돌아보았다.

그리고…… 들고 있던 술병을 떨어뜨렸다.

툭.

'맙소사…….'

유리의 눈이 커졌다.

방금 전 게이트에서 나왔던 거인들이 왜소하게 보일 만큼, 거대한 거인이 게이트에서 나와 몸을 일으켰다.

몸을 일으키다가…….

유리는 자신이 보고 있는 것이 현실이 맞는지 의심스러워 몇 번이나 눈을 껌벅거렸다.

'어떻게…… 어떻게…… 몸을 숙여야만 저 크기의 게이트를 통과할 수 있을 정도로 큰 놈이 있을 수가 있지?'

굳이 설명하는 사람이 없어도 모두들 직감했다.

저 녀석이 보스라는 사실을.

고개를 꼿꼿이 세운 괴물 거인은 주위를 둘러보다가 결계에 몸을 부딪치기 시작했다.

쿠웅—!

전과 다른 묵직한 소음이 울려 퍼지며 땅이 심상치 않게 흔들렸다.

쿠웅—! 쿠웅—! 쿠웅—!

유리의 눈에는 똑똑히 보이고 있었다.

자신만이 볼 수 있는 마력의 결계에 거미줄처럼 금이 가고 있는 장면이.

'이럴 수가…….'

다리가 후들거리기 시작했다.

벽에 어깨를 들이밀던 괴물 거인은 이만하면 됐다고 생각했는지 뒤로 멀찌감치 물러났다.

그러고는 전력으로 달려서 결계에 몸을 던졌다.

바로 그 순간!

퍼엉—!

뭔가가 폭발하는 굉음과 함께 마법진을 밝히던 빛이 사라져 버렸다.

"으, 으아아악!"

유리가 비명을 내지른 것도 마침 그즈음이었다.

덥석.

괴물 거인은 결계를 부수자마자 결계에 마력을 불어넣고 있던 유리를 움켜쥐고 들어 올렸다.

거인의 손에 붙들린 유리는 온몸이 아스러지는 고통에 울부짖으며 발버둥 쳤다.

"으아아아악! 으아아아아아악!"

그러나 거인이 다시 입을 벌렸을 땐 더 이상 그의 비명을 들을 수 없었다.

그리고.

유리를 삼켜 버린 괴물 거인의 뒤로, 게이트로 다시 들어갔었던 거인들이 쏟아져 나오기 시작했다.

* * *

드드드득.

관절에서 기괴한 소리를 내며 석상이 움직였다.

진우가 놈을 노려보았다.

놈과 다른 석상들의 차이점은 여러 가지가 있었지만, 그중에서도 날개가 달려 있다는 점이 가장 컸다.

천사상.

놈만이 유일하게 천사를 표현한 석상이었다.

그것도 등 뒤에 날개를 여섯 장이나 단.

앉아 있던 천사상이 똑바로 일어서며 구부리고 있던 등을 펴니 장장 3미터에 달하는 크기가 되었다.

팟!

진우는 빠르게 물러나 다른 한 손에도 단검을 쥐고 자세를 낮추었다.

일단 싸우기로 마음먹자 온몸의 신경이 올올이 일어나며 마음부터 육체까지, 전투에 최적화되었다.

'…….'

그런데 분명 천사상은 진우의 전의를 느끼고 있을 텐데도 입가에 떠올라 있는 미소를 지우지 않았다.

소름 끼치도록 징그럽고 부자연스러운 미소였다.

잠깐 고개를 숙여 단검 자국이 난 석판을 내려다보던 천사상이 아무렇지 않게 석판을 뒤로 던져 버렸다.

당연히.

콰직!

바닥과 부딪힌 석판은 여러 조각으로 부서졌다.

조각난 석판을 본 천사상이 딱딱하게 웃었다.

"하하."

진우의 눈매가 가늘어졌다.

'처음부터…….'

처음부터 아무런 의미가 없었다는 사실을 알았다.

저 석판도, 저 석판에 적혀 있던 규율이란 것들도.

'그렇지 않다면 저렇게 함부로 취급하지는 않았겠지.'

그럼 이곳은 뭘 위한 장소였을까? 그리고 놈은 뭘 원한 것이었을까?

'그리고…….'

퀘스트, 레벨업, 열쇠 던전 등. 여기서 빠져나간 이후 생긴 기현상들은 무엇을 의미하는 것일까?

이 모든 질문의 답을 찾을 기회가 왔다.

그런 생각이 든 순간.

두근, 두근, 두근!

심장이 가슴을 때렸다.

항상 차분히 뛰던 심장이 지금 이 순간만큼은 그 어떤 엔진보다 더 거칠게 몸부림쳤다.

'놈은 알고 있다.'

진우가 경계를 조금도 늦추지 않고, 낮은 목소리로 물었다.

"나를 부른 게 너냐?"

너와 시스템은 무슨 관계가 있냐고, 진우는 그렇게 물었다.

"그래."

천사상은 손가락 끝을 움직여 보더니 말을 이었다.

"용케도 여기까지 왔구나."

그다음은 목.

놈이 목을 좌우로 빙글빙글 돌렸다.

드드득.

드득.

놈은 몸을 풀고 있었다.

무엇을 위해서 몸을 푸는지는 어렵지 않게 예상할 수 있었다.

보통 이런 경우에 진우는 선공을 놓치지 않았다.

그러나 이번만큼은 예외.

싸움으로 대화를 날려 버리기에는 천사상에게 묻고 싶은 것들이 너무도 많았다.

진우가 다시 물었다.

"너는 마수인가?"

천사상의 마력 파장은 마수들의 것과 분명 달랐다.

하지만 마수란 단어의 정의는 어차피 인간들이 편의를 위해 만들어 낸 것에 불과하다.

그게 괴물을 뜻한다면 놈이야말로 진짜 마수였다.

말을 하고 움직이는 석상.

세상 어디에 이보다 더 괴물 같은 괴물이 존재할 수 있을까?

단지 진우가 알고 싶은 것은 놈이 마수라 불리는 그 괴물들과 동류인가 하는 점이었다.

드드드득.

드드득.

허리를 숙이고 몸을 풀던 천사상이 상체를 일으켰다.

"질문이 잘못되었군."

"……?"

"내가 누구인지를 물을 것이 아니라, 네가 누구인지를 물었어야지."

멈칫.

잠깐 순간적으로 경직된 진우였으나, 당혹감은 오래가지 않았다.

짝!

천사상의 손뼉이 마주치는 소리가 상념을 지웠다.

"자, 이제 마지막 시험이다."

몸풀기를 끝낸 천사상의 얼굴에서는 이미 미소가 사라져 있었다.

"시험이 끝난 뒤에도 네가 서 있을 수 있다면 모든 것을 알려 주마. 그것이."

천사상이 손가락을 퉁기자 석상들의 눈동자에 붉은빛이 새겨졌다.

"내가 주는 상이다."

그 순간.

내부에 빽빽하게 세워져 있는 모든 석상들의 고개가 일제히 진우를 향했다.

쿵.

모든 석상들이 받침대에서 내려왔다.

착.

모든 석상들이 자신의 무기를 들어 올렸다.

진우는 신전의 석상들을 한 바퀴 둘러보았다.

꼭두각시들이라고는 하지만 강력해 보이는 놈들이었다. 실제로 이전에는 몇 번이나 죽을 뻔했었고.

진우는 침착하게 그림자 병사들을 불러냈다.

'나와라.'

그런데.

띠링!

[최후의 시험을 위해 직업 전용 스킬들이 제한됩니다.]

[물약, 상점 사용 또한 금지되며, 레벨업과 퀘스트 완료 보상을 이용한 상태 회복도 불가능합니다.]

[최후의 시험이 끝나기 전까지 퇴장할 수 없습니다.]

'뭐?'

띠링, 띠링 귓가를 울리는 기계음에 진우의 미간이 구겨지는 것도 잠시.

석상들이 진우를 덮쳐 오기 시작했다.

조용하면서도 빠른 움직임.

전에 전직 시험에서 자신을 향해 달려오던 수백 기의 기사들과는 전혀 다른 느낌이었다.

'이렇게 나온다 이거지?'

갖가지 포션이나 퀘스트 보상 등, 혹시나 해서 준비해 온 비장의 카드들이 한순간에 물거품이 되어 버렸다.

그동안 긴 시간을 함께했던 만큼 시스템은 진우를 너무도 잘 알고 있었다.

'그렇다면 내 힘만으로 돌파해 주마!'

각오한 진우가 단검의 손잡이를 굳게 쥐었다.

가장 쉽게 위기를 벗어나는 방법은 석상들을 움직이는 실체를 제거하는 것이었다.

천사상.

하지만 놈을 죽이면 원하는 것을 얻지 못한다.

그것은 최후의 수단.

일단은 놈이 말하는 '시험'이란 것에 응한다.

'그러기 위해서…….'

성장을 멈추지 않았다.

어떤 상황에서도 흔들림 없이 원하는 바를 취하기 위해 쉬지 않고 갈고닦은 레벨이었다.

후욱—!

진우의 코와 입에서 더운 숨이 확 뿜어져 나왔다.

이곳에 처음 발을 들였을 땐 보이지 않던 것들이, 전혀 볼 수 없었던 것들이 눈에 담기기 시작했다.

예전에는 마치 순간이동처럼 보였던 석상들의 움직임을 눈으로 좇을 수 있게 되었다.

'왼쪽.'

왼쪽에서 날아온 석상의 창을 단검이 막아 냈다.

캉!

'다시 왼쪽.'

창을 들고 있던 석상의 어깨를 밟고 뛰어오른 석상이 도끼를 내려쳤다.

위에서 아래로 떨어지는 공격을 정면으로 막는 것은 비효율적인 방법이기에, 진우는 몸을 반 바퀴 틀면서 공격을 흘려보냈다.

쾅!

도끼에 박살 난 바닥에서 돌조각이 튀었다.

진우는 도끼를 든 석상의 얼굴을 있는 힘껏 찼다.

투쾅!

발에 맞는 순간 녀석의 머리가 박살 나 버렸다.

그러나.

쉭-!

진우가 상체를 뒤로 숙여 피한 화살이 반대편 벽 쪽으로 날아가 박혔다.

한 놈을 처치했다고 기뻐할 시간도 없이 본격적인 공격이 시작됐다.

'오른쪽.'

이번엔 검.

쉬익-!

캉!

진우는 막아 낸 석상의 검을 완력으로 밀어냄과 동시에 반대편 손의 단검을 사선으로 내리그었다.

툭!

팔이 잘린 석상은 고통이라도 느끼는 것처럼 몸부림치며 나가떨어졌다.

왼쪽, 오른쪽, 오른쪽, 왼쪽, 앞, 앞, 오른쪽, 왼쪽.

'된다.'

싸움에 깊이 집중하면 집중할수록 석상들의 움직임은 점점 느려지고, 반대로 자신의 움직임은 점점 더 빨라졌다.

그때, 목 뒤쪽에서 섬뜩한 감각이 느껴졌다.

'뒤!'

뛰어오른 진우가 뒤쪽에서 다가오던 석상의 머리 위를 넘어가며 놈의 머리를 잘랐다.

스걱!

사각에서의 접근은 감각 스탯의 힘으로 커버한다.

하아!

터져 나온 숨.

극한까지 단련한 신체가, 몸의 세포 하나하나가 전부 석상들의 움직임에 반응하고 있었다.

진우의 안광이 번들거렸다.

집요하게 이어지는 석상들의 공격을 쳐 내며, 막아 내며, 뿌리치며 석상들의 숫자를 빠르게 줄여 나간다.

'마치 이 순간을 위해서…….'

오직 지금만을 위해 손에 쥐인 것처럼 악마왕의 단검들은 돌로 이루어진 적들의 신체를 가볍게 베어 냈다.

몸이, 정신이, 세포가, 단검이 하나가 되는 감각을 느끼며 진우는 정신없이 움직이고 또 움직였다.

진우의 움직임을 주의 깊게 지켜보던 천사상은 전율에 몸을 떨었다.

'인간의 몸으로 잘도 저기까지…….'

천사상의 얼굴에서 잠깐 사라졌었던 미소가 다시 떠올랐다.

선택은 옳았다.

하지만.

이대로 시험을 끝내기에는 아직 한참 일렀다.

천사상이 뒤를 돌아보았다.

그러자 거대한 의자에 앉아 때를 기다리고 있던 신상의 눈에도 붉은빛이 들어왔다.

의자의 양쪽 팔걸이 끝을 손으로 강하게 움켜쥔 녀석이 그 어마어마한 몸뚱이를 느릿하게 일으켰다.

쿠구구구구구구구궁-!

워낙에 거대해서 그런지 단지 보는 것만으로도 간담이 서늘해지는 장면이었다.

쿵.

신상이 첫발을 내딛자 넓은 공동 전체가 울렸다.

쿵, 쿵, 쿵.

신상은 워낙 보폭이 넓어 몇 걸음 걷지 않고 진우의 지척까지 다가설 수 있었다.

진우 주위에는 벌써 석상들의 잔해가 산을 이뤄 가고 있었다.

그 앞에 멈춰 선 신상이 오른팔을 들었다.

석상들과 뒤엉켜 무아지경으로 싸우고 있었던 진우가 이변을 감지한 것도 바로 그즈음이었다.

문득 어두워지는 주위를 보고 진우가 고개를 들어 올렸다.

'……?'

거대한 손바닥이 시야를 덮어 오고 있었다.

신상은 진우를 포위한 석상들의 안위는 신경 쓰지 않는다는 듯 거침없이 바닥을 내리쳤다.

쿠웅-!

급히 몸을 날려 손바닥의 범위를 벗어난 진우가 바닥을 데굴데굴 구르다 몸을 일으켰다.

신상을 바라보는 진우의 얼굴이 굳어졌다.

'그래. 저놈이 있었지.'

산 넘어 산이라더니.

진우의 시선이 다시 아래로 내려왔다.

아직도 목숨이 끊어지지 않은, 족히 백은 될 것 같은 석상들이 자신을 향해 질주해 오고 있었다.

석상들은 금방 코앞까지 도착했다.

끔찍한 속도로 날아드는 철퇴를 단검 끝으로 살짝 건드려 궤도를 바꾸고, 미끄러지듯 앞으로 스윽 지나치며 철퇴를 든 석상의 목을 잘랐다.

툭.

석상의 목이 떨어지는 것이 신호라도 되는 것처럼 그 뒤를 따라오던 석상들이 덮쳐 왔다.

하지만 정말로 위험한 것은 석상들 따위가 아니었다.

온몸의 털이 곤두서는 감각.

진우가 흠칫 놀라며 급히 고개를 쳐들었다.

'……!'

아니나 다를까.

신상의 두 눈에 섬뜩한 붉은빛이 뭉치고 있었다.

'피하기는…… 늦었나?'

잘못 움직였다가는 석상들에게 퇴로가 가로막혀 광선에 녹아 버릴지도 모른다는 가능성이 뇌리를 스치고 지나갔다.

'그렇다면.'

진우는 왼손의 단검을 놓는 동시에 자신을 덮쳐 오는 석상들을 향해 왼손을 내뻗었다.

'지배자의 손길!'

지배자의 손길에 묶인 석상 다섯이 공중에서 겹쳐졌다.

띠링!

[스킬 '지배자의 손길'이 최종 형태 스킬 '지배자의 권능'으로 상향됩니다.]

'좋아!'

하지만 기쁨을 즐길 여유 따위는 눈곱만큼도 없었다.

진우는 석상들로 만든 방패를 신상의 시선이 향할 경로로 이동시켰다.

지이이이잉-!

예상했던 대로, 신상의 양쪽 눈에서 붉은 광선이 쏟아져 나왔다.

치지지직-!

석상들을 뭉쳐 만든 방패가 녹는 데는 불과 1초도 걸리지 않았지만, 진우는 그 찰나를 이용해 광선의 공격 범위를 무사히 빠져나왔다.

'지배자의 손길'을 거두어들이자 석상이었던 잔해들이 바닥으로 떨어졌다.

투두둑.

진우는 석상들까지 흔적 없이 증발시키는 신상의 힘을 확인하며 전략을 수정했다.

'역시 신상을 처리하는 게 우선이다.'

목표가 정해졌다.

신상의 눈에서 두 번째 광선이 쏟아지기 직전, 진우의 다리가 바닥을 박찼다.

'신속!'

타다다다다닷-!

그렇지 않아도 빠른 진우의 움직임이 신상의 인식 가능 범위를 아득히 초월한 속도로 변했다.

순식간에 석상의 발밑까지 도달한 진우가 두 다리에 힘을 주었다.

낮아진 자세에서 엄청난 도약력이 응축되었다.

기회는 한 번.

아무래도 자유로운 움직임이 불가능해지는 공중에서는 무시무시한 속도로 날아드는 붉은 광선을 피하기가 더욱 어려워진다.

그러나 이미 배우지 않았던가?

어느 정도 위험을 감수하지 않으면 기회 또한 오지 않는다.

‘그러니까.’

입을 일자로 굳게 다문 진우가 바닥을 있는 힘껏 박찼다.

진우의 신형이 로켓처럼 쏘아졌다.

‘이만 부서져라!’

6. 설계자

6. 설계자

진우는 단숨에 신상의 눈높이까지 도약했다.

낙하운동이 일어나기 직전의 최고점. 진우는 마치 주변의 모든 것들이 멈춰 버린 것처럼 느리게 느껴졌다.

뛰어오를 때 튕겨 나간 땀방울의 반짝임이 보였다.

땀방울은 조금씩이지만 이쪽에서 멀어지고 있었다.

초고도의 집중 상태.

한 번만 실수해도 목숨을 잃을 수 있다는 위기감이 진우의 모든 능력치를 극한으로 끌어올렸다.

'이것이 민첩 스탯의 진정한 힘…….'

지금 민첩 스탯의 끝을 보고 있는 것일지도 모른다는 생각에 쿵쾅쿵쾅 가슴이 뛰었다.

하지만.

그간의 성과를 만끽하고 있을 여유 따위는 없었다.

신상의 시선은 느리지만 분명하게 자신에게로 움직이고 있었다.

놈의 눈동자에 맺혀 가는 붉은빛을 이렇게 가까이서 접하니 온몸에 소름이 돋았다.

스치기만 해도 그걸로 끝.

아찔한 감각을 느낌과 동시에 정신이 또렷해졌다.

'침착하게…….'

단검을 쥐고 있지 않은 왼손을 길게 내뻗었다.

'지배자의 권능!'

한 단계 더 업그레이드된 '지배자의 손길'이 신상의 어깨를 끌어당겼다.

물론 어마어마한 무게의 신상이 쉽게 움직일 리가 없으니, 자신이 당겨지리라는 계산에서였다.

우웅!

그런데 예상을 깨고 신상의 상체가 조금이지만 앞으로 움직였다.

'……!'

엄청난 인력(引力).

'지배자의 손길'이 '지배자의 권능'으로 바뀌면서 스킬의 성능이 전보다 배는 더 좋아진 듯했다.

덕분에 보다 수월하게 신상의 어깨에 안착한 진우가 고개를 들었다.

지잉-!

맹렬히 터져 나온 붉은 광선이 아까 자신이 위치해 있던 공간을 정확하게 훑고 지나갔다.

'좋았어.'

이제 몇 초는 신상의 광선 공격으로부터 안전하다.

진우는 아무런 부담 없이 신상의 어깨 위를 전력으로 질주해 놈의 목 옆에 도착했다.

진우의 오른손이 '악마왕의 단검' 손잡이를 꽉 움켜쥐었다.

'난도!'

여러 갈래의 은빛 섬광이 산탄총처럼 쏟아졌다.

두두두두두두두두!

목을 향해 쏟아진 수십 발의 일격.

하지만 타격은 없었다.

어느 것 하나 치명상을 주지 못하고 피부 겉면에 흠집을 만드는 데만 그쳤을 뿐이었다.

'단검이 안 먹혀?'

보스급 나가의 강철 같은 비늘도 걸레짝으로 만들었던 '악마왕의 단검'이 초라하게 느껴지는 순간이었다.

그때.

진우는 자신에게 쇄도해 오는 거대한 손을 발견했다.

손이 자신을 움켜쥐기 전에, 진우는 한발 먼저 신상의 뒷목을 타고 반대편 어깨로 건너갔다.

그러면서 잠깐 아래를 내려다보니 높이가 아찔했다.

진우의 고개가 다시 신상의 옆얼굴을 향했다.

신상이 처음이라면 모를까, 날붙이가 통하지 않는 상대쯤은 이미 숱하게 상대해 봤다.

'뚫을 수 없다면, 부수자!'

괜히 근력 스탯에 많은 포인트를 투자했던 게 아니다.

진우의 눈에 힘이 들어갔다.

가볍게 뛰어오른 진우가 신상의 관자놀이에 왼손을 내질렀다.

콰직!

왼쪽 손가락 다섯 개가 겉면을 파고들어 갔다.

'됐다!'

진우는 왼손을 꽉 움켜쥐었다.

그러자 암벽등반 전문가가 한 손으로 절벽에 매달리는 것처럼 진우도 신상의 얼굴에 단단히 고정되었다.

여기까지가 준비 과정.

이제부터가 진짜였다.

진우의 오른쪽 등과 어깨, 팔이 비정상적으로 팽창하기 시작했다. 무시무시한 마력이 진우의 오른팔을 감싼 결과였다.

일단은 한 방.

투쾅-!

단검으로는 끄떡도 않던 신상의 머리가 흔들렸다.

'……!'

그 장면을 보고 천사상이 소스라치게 놀랐다.

위쪽에서 퍼져 나오는 강대한 마력에 신전 전체의 공기가 떨리고 있었다. 위를 올려다보던 천사상은 격한 흥분을 감추지 못했다.

저런 식으로.

자신의 야심작을 저런 방식으로 상대할 줄이야.

천사상의 눈빛에 더 큰 기대감이 어리었다.

투쾅-!

다시 진우의 주먹이 신상의 얼굴을 강타했다.

비틀.

잠시지만 신상이 균형을 잃었다.

공격은 먹히고 있었다.

하지만 신상도 가만히 당하고 있지만은 않았다.

부웅!

신상은 얼굴에 붙은 모기를 때려잡는 것처럼 거대한 손바닥으로 자신의 얼굴을 내리쳤다.

쿵–!

손바닥을 피해 신상의 어깨에 내려선 진우가 히죽 웃었다.

이래서야 자신이 자신의 뺨을 후려친 꼴이었다.

손바닥이 떨어지기가 무섭게, 진우는 다시 신상의 얼굴에 매달렸다.

그리고.

쾅! 투쾅! 쾅! 쾅! 투쾅!

끔찍한 굉음이 쉴 새 없이 공동 안을 울렸다.

콰직. 콰지직.

신상의 얼굴에 생겨난 금이 점점 거미줄처럼 사방으로 번져 나갔다.

비틀거리며 중심을 유지하려 애쓰던 신상이 이윽고 동공의 벽을 향해 달리기 시작했다.

쿵, 쿵, 쿵!

놈의 거대한 다리가 바닥을 광폭하게 밟았다.

벽에 돌진해 자신에게 달라붙어 있는 진우를 터트리려는 모양이었다.

'하지만 그 전에…….'

그 전에 끝을 내자.

진우의 주먹이 더 빠르게, 더 강하게 신상의 얼굴을 자비 없이 강타하기 시작했다.

쾅! 쾅! 쾅! 쾅!

쿵! 쿵! 쿵!

신상의 속도가 빨라지며 벽과의 거리가 금세 줄어들었다.

흘깃.

남은 거리를 눈대중으로 재 보던 진우가 최후의 일격을 위해 온몸의 힘을 오른팔에 실었다.

부풀어 오른 근육에 힘줄이 솟으며 끔찍할 정도의 마력이 맺혔다.

'……좋아.'

103레벨의 힘.

진우는 그 모든 것을 이 한 방에 쏟아부었다.

그렇게 벽에 부딪치기 직전.

투콰앙-!

콰직!

잘 익은 수박 깨지는 소리와 함께 머리 한쪽이 반파된 신상이 무릎을 꿇었다.

쿠웅!

동공 전체가 흔들렸다.

신상의 그 거대한 몸이 힘없이 바닥을 향해 기울어졌다.

쿠우웅-!

육중한 돌덩이가 맨땅에 충돌하니 자욱한 먼지가 뿌옇게 피어올랐다.

안개처럼 내부를 뒤덮은 먼지들을 헤치고 진우가 걸어 나왔다.

"후우."

진우는 나직이 숨을 내쉬었다.

두근, 두근, 두근.

아직도 심장이 뛰는 소리가 세차게 고막을 때리고 있었다.

처음 봤을 때는 그냥 마주 서 있는 것만으로도 오금이 저리던 신상이 지금, 눈앞에 고꾸라져 있었다.

다른 누가 한 게 아니다.

자신이 만든 결과였다.

'……할 수 있다.'

그게 무엇이든.

이곳에서 목숨을 잃었던 여러 헌터들의 얼굴이 떠오르며 벅찬 감정이 밀려들어 왔다.

그러나 감상에 빠질 시간은 주지 않겠다는 듯, 남아 있는 석상들이 빠르게 움직였다.

진우를 둥글게 에워싸고 포위망을 좁혀 오던 녀석들이 뛰어들려는 순간.

자신의 두 손을 내려다보던 진우가 고개를 들었다.

"지배자의 권능."

쿵-!

일제히 바닥에 머리를 처박은 석상들 전원의 움직임이 멎었다.

보이지 않는 손, '지배자의 권능' 스킬이 지닌 힘이었다.

진우는 다시 자신의 양손을 내려다보았다.

'오늘 싸움으로 난 한층 더 강해졌다.'

쥐었던 주먹을 펴고, 편 손을 다시 쥐어 본다.

강력한 힘이 이 두 손에, 아니 전신에 넘쳐흐르고 있었다. 힘의 흐름이 느껴졌다.

가슴의 떨림이 멈추지 않았다.

목숨이 경각에 달린 전투를 통해 내 안에 있는 무언가가 깨어나는 것 같은 기분이었다.

그때였다.

짝, 짝, 짝, 짝, 짝.

느린 박수 소리.

진우가 소리의 방향을 향해 고개를 들어 올렸다.

천사상이 예의 그 징그러운 미소를 지으며 두 손을 크게 움직여 과장된 박수를 보내고 있었다.

"훌륭하다."

하지만 입에서 나오는 말과 달리 천사상의 눈에서 흉흉한 기운이 흘러나오고 있었다.

진우가 말했다.

"먼저 약속한 게 있을 텐데?"

최후의 시험인지 뭔지가 끝날 때까지 서 있을 수 있다면 질문의 답을 알려 주겠다고 녀석이 말했었다.

진우는 그 대답이 듣고 싶었다.

그러나 놈은 쉽게 말해 줄 생각이 없는 듯 기계처럼 딱딱하게 웃었다.

"하하."

그러면서 한 걸음 가까이 다가왔다.

"시험은 끝나지 않았다."

그리고 다시 한 걸음.

"여기."

또 한 걸음.

성큼성큼 거리를 좁혀 오던 천사상이 결국 진우의 앞에 섰다.

"내가 있지 않나?"

드드득, 드드드득!

천사상의 등에 달린 길쭉한 날개들이 뒤틀리고 엉키더니 전부 팔로 변했다.

어깨에서 뻗은 두 개의 팔과, 등에서 뻗은 여섯 개의 팔. 모두 여덟 개의 팔이 주먹을 움켜쥐었다.

"내가 마지막 시험이다."

진우가 눈살을 찌푸렸다.

하지만 진우의 입이 열리기도 전에 천사상이 먼저 말을 잘랐다.

"내 목숨을 걱정할 필요는 없다."

흠칫.

진우의 눈이 커졌다.

자신이 무슨 말을 할지 녀석은 정확하게 알고 있었다.

너를 죽여 버리면 대답을 들을 수 없지 않나, 진우는 짜증을 담아 그렇게 물으려고 했었다.

"놀라운가?"

천사상이 손 하나를 움직여 자신의 머리를 가리켰다.

"너에 대한 정보는 모두 여기에 있다."

설마?

진우의 이마에 식은땀이 맺혔다.

"역시 눈치가 빠른 인간이군."

하하.

천사상이 다시 기계처럼 딱딱한 웃음소리를 냈다.

그러고는 말을 이어 갔다.

"그래도 네가 나를 죽이지 않기 위해 힘을 조절한다면 제대로 실력을 재기가 힘들겠지."

그 순간 천사상의 입술이 빠르게 움직였다.

하지만 목소리는 천사상의 입이 아닌 다른 곳에서 흘러나왔다.

['긴급 퀘스트'가 발생했습니다.]

[정해진 시간 내에 적을 쓰러뜨리지 못하면 당신의 심장은 정지하게 됩니다.]

[남은 시간 : 10분 00초]

퀘스트 메시지를 읽음과 동시에 남은 시간에서 1초가 사라졌다.

틱.

[남은 시간 : 9분 59초]

천사상을 바라보는 진우의 눈동자가 흔들렸다.

"그래."

[그래.]

천사상이 말을 할 때마다 시스템의 목소리가 같이 들려오고 있었다.

잠시 평정을 찾았던 심장이 다시 쿵쾅거리며 미친 듯 날뛰기 시작했다. 숨이 빨라지고, 손끝이 떨려 왔다.

천사상은 진우의 반응을 지켜보며 진우가 물어 왔던 첫 질문, '너는 누구냐'의 답을 말해 주었다.

"내가 시스템의 설계자다."

[내가 시스템의 설계자다.]

* * *

"지금 일본은 던전 브레이크로 난리들인데, 김 기자님이 여기 계셔도 됩니까?"

우진철이 귀찮다는 듯 말했다.

김 기자는 하품하며 구레나룻 근처를 긁적거렸다.

"거긴 이미 기자들 천지잖아요. 저 하나 더 간다고 뭐가 달라지겠습니까? 감시과에서 대기하다가 특종 하나 물어 가는 게 낫지."

"……."

하품을 하든지 머리를 긁든지 둘 중 한 가지만 하라고 말하려던 우진철이 그냥 속으로 한숨을 내쉬었다.

다들 협회의 비리니 헌터들의 사생활이니 자극적인 기사만 써 대려고 안달 난 마당에, 거의 유일하게 협회를 호의적인 관점에서 다루는 기자가 그였기 때문이다.

'아군을 굳이 적으로 만들 필요는 없겠지…….'

그래서 우진철은 감시과에 들른 김 기자를 상대해 주고 있었다.

늘어지는 하품을 끝내고, 김 기자가 도리어 물었다.

"그러는 우 과장님이야말로 나라 전체가 떠들썩한데 여기 앉아 계셔도 되는 겁니까?"

우진철은 작성하던 서류를 덮고서 한숨을 내쉬듯 조용히 대답했다.

"누구 한 사람은 자기 자리를 지키고 있어야 하니까요."

오.

눈을 동그랗게 뜬 김 기자가 손바닥만 한 수첩과 펜을 꺼내며 말했다.

"그 말 멋지네요. 토씨 하나 안 틀리고 정확하게 적어 가고 싶은데, 죄송하지만 다시 한번."

"김 기자님, 당신 정말……."

발끈하려던 우진철의 핸드폰이 때마침 울려 댔다.

'음?'

신고 센터의 연락이었다.

감시과로 걸려 오는 전화가 아니라 본인의 핸드폰으로 직접 오는 연락이라면 대개 보통 일이 아니라는 의미인데.

우진철이 급하게 전화를 받았다.

"감시과 우진철 과장입니다."

-과장님, 여기 신고가 접수됐는데요. 아무래도 한번 가 보셔야겠습니다.

우진철의 눈매가 날카로워졌다.

"무슨 일입니까?"

-전에 오크들이 나왔던 학교 있지 않습니까?

"거기서 또 무슨 일이……?"

-아직 일이 생긴 것까진 아닌 분위기인데, 그 학교 운동장에서 생성된 게이트에서 이중 던전이 발견됐답니다.

'이중 던전?'

우진철의 눈이 커졌다.

-그런데…….

신고 접수 직원은 뭔가 더 할 말이 있는 듯했다.

우진철의 목소리가 급해졌다.

"그런데요?"

-거기 성진우 헌터가 들어가셨답니다.

*　*　*

놀랄 틈도 없이.

천사상의 공격이 시작됐다. 단단하게 말아 쥔 커다란 주먹이 섬광처럼 날아들었다.

피하기에는 너무 가깝고 공격 속도 또한 빠르다. 전투로 숙련된 두뇌가 빠른 결론을 내렸다.

진우는 급히 팔을 세워 막았다. 틀린 판단은 아니었지만, 그렇다고 정답도 아니었다.

투콰-!

어찌나 강한 힘인지 주먹이 강타하는 순간 두 다리가 붕 뜬 진우가 벽까지 날아가 처박혔다.

콰직-!

부서진 벽의 잔해들이 후두둑 아래로 떨어져 내렸다.

'크윽.'

진우는 신음을 삼켰다.

예상치 못한 일격에 예상을 뛰어넘는 충격을 받았다.

그러나 천사상은 정비할 시간을 주지 않겠다는 듯, 어느새 진우의 코앞까지 다가와 있었다.

쾅!

진우가 고개를 옆으로 틀어 피한 천사상의 주먹이 벽에 커다란 구멍을 만들었다.

그것은 시작.

벽을 등지고 선 진우에게, 퇴로를 원천 봉쇄한 천사상이 여덟 개의 주먹을 무자비하게 내질렀다.

한 번의 공격으로도 상급 헌터를 즉사시킬 수 있는 일격이 쉴 새 없이 쏟아졌다.

두두두두두두두두두두두두!

천사상의 눈이 커졌다.

'공격을…… 막고 있다?'

여덟 개의 팔에서 폭격처럼 이어지는 공격들을 단 두 개의 팔로 막고, 비틀고, 흘리고 있었다.

그 움직임이 너무 빨라 잔상처럼 느껴질 정도였다.

천사상은 속으로 감탄했다.

애초부터 이 싸움은 결말이 예정되어 있었다.

하나의 과정일 뿐이었다.

본인의 의지와 관계없이 진우를 마지막으로 점검해 보는 과정.

원래라면 지루함을 느끼는 것이 당연했다.

그런데.

'재미있군.'

인간과의 싸움에서 흥미를 느끼게 될 줄이야.

인간 따위가 자신의 상대가 될 수 있으리라고는 긴 여생 동안 단 한 번도 생각해 보지 못했다.

그렇게 생각한 순간 빛이 번쩍였다.

아니, 빛이 아니다.

인간이 내지른 주먹이었다.

투콰!

점프한 진우에게 얼굴을 얻어맞은 천사상이 꼴사납게 바닥을 굴러다니다가 벌떡 일어섰다.

미소를 유지하고 있던 얼굴에 작은 금들이 새겨졌다.

[하하.]

이 얼마만의 즐거움인지.

얼마 남지 않은 시간이 아까워서 몸서리쳐질 만큼, 천사상은 흥분해 있었다.

"후우-."

천사상에게 보기 좋게 한 방을 먹인 진우가 기뻐하는 기색도 없이 거친 숨을 내쉬었다.

'강하다.'

여태까지 상대해 왔던 그 어떤 적보다 강했다.

시스템의 설계자.

놈은 자신을 그리 소개했다.

어째서 시스템을 설계했고, 자신이 왜 플레이어로 선택받았으며, 지금 이 세계에 무슨 일이 일어나고 있는지.

묻고 싶은 것들이 산더미처럼 쌓여 있었다.

'그러려면…….'

일단 '저것'을 때려눕히는 것이 우선이었다.

진우가 주먹을 꽉 움켜쥐었다.

그런데 그때.

주르륵.

얼굴에서 뭔가 끈적하고 따뜻한 액체가 느껴졌다.

피였다.

피는 찢어진 이마에서 흘러내리고 있었다.

'다 피하진 못했나?'

완벽하게 피했다고 생각했는데 놓친 공격이 있었던 모양이다. 하필이면 피가 한쪽 눈으로 스며들어 시야를 방해했다.

그에 반해 적은 건재한 상태.

빈말로도 좋은 상황이라 표현하기가 힘들었다.

'근접전은 불리하다.'

당연한 결론.

적은 덩치가 몇 배는 더 크고 팔도 여섯 개나 더 달려 있었다.

다양한 경로로 들어오는 빠른 공격을 모두 피하거나 막기는 현실적으로 불가능에 가까웠다.

이마의 상처가 증명하듯이.

'그렇다면.'

전투의 양상을 조금 바꿔 보자.

진우가 그렇게 마음먹은 순간, 쏜살같이 날아온 천사상이 크게 주먹을 휘둘렀다.

콰과광!

허공을 가른 주먹이 벽을 때리자, 벽이 와르르 무너져 내렸다.

천사상의 고개가 옆으로 움직였다.

진우는 천사상이 인지하기 전에 벌써 멀찌감치 물러나 있었다.

'속도는 지지 않는다.'

그러니까 거리를 유지하면서 타격을 가하면…….

진우는 자신에게 돌아서는 천사상을 향해 '지배자의 권능'을 사용했다.

퍽!

위에서 아래로 찍어 누르는 강한 일격!

개미왕 베르를 때려잡을 때 사용했던 기술이 천사상의 머리 위를 덮쳤다.

그런데.

'……?'

진우는 눈을 의심했다.

그 거대한 신상의 상체마저 기울어지게 만들었던 그 스킬이, 천사상의 목을 약간 까딱이게 만드는 수준에서 그쳤다.

뭔지는 모르지만 놈은 보이지 않는 무언가를 이용해 스킬을 방어했다. 그렇게 생각할 수밖에 없었다.

'뭐지?'

의문은 오래가지 않았다.

[재밌구나, 재밌어.]

언젠가부터 천사상의 낮은 목소리와 시스템의 여성적인 목소리가 겹쳐져서 들려왔다.

그 부자연스러운 조합이 계속해서 귀를 거슬렸다.

[즐겁단 말이지.]

놈이 여덟 개의 팔을 사방으로 뻗자 석상들이 쥐고 있던 무기가 흔들리기 시작했다.

'저건……?'

진우의 눈이 커졌다.

곧 석상들의 무기가 일제히 떠오르더니 천사상에게 날아갔다. 천사상은 한 손에 하나씩 여덟 개의 무기를 한꺼번에 움켜쥐었다.

'지배자의 손길.'

천사상 역시 '지배자의 손길' 스킬을 사용할 수 있었다.

진우 자신이 쓰던 것보다는 레벨이 떨어져 보이지만, 어쨌든 놈이 어떻게 이쪽의 스킬을 막았는지 알았다.

역시 보통 상대가 아니었다.

틱.

문득 진우의 시선이 위로 향했다.

[남은 시간 : 6분 19초]

이제 남은 시간은 대략 6분.

'빨리 끝을 봐야 해.'

원거리 공격이 통하지 않는다는 걸 알았다.

진우는 작전을 변경하고 '악마왕의 단검'을 불러냈다. 아까 던져놨던 하나는 어디로 갔는지 보이지 않았다.

'여덟 개의 무기를 상대로 단검 하나라.'

두근, 두근.

싸움이 궁지로 몰릴수록 심장의 박동이 거세져 갔다.

탓.

천장에 닿을 듯 높이 뛰어오른 천사상이 진우의 앞에 내려섰다.

콰직!

낙하의 충격을 견디지 못한 바닥의 석판이 부서지며 돌조각이 튀었다.

진우는 발목에 부딪히는 미세한 돌조각들을 느끼며 단검을 앞으로 내밀었다.

'할 수 있다.'

나는 할 수 있다.

진우는 천사상과 시선을 마주하며 차분하게 호흡을 가다듬었다.

오싹한 한기가 등줄기를 스치고 지나갔다.

아니나 다를까.

검, 창, 도, 도끼, 망치 등 여덟 개의 무기가 각자 생명을 지닌 것처럼 무섭게 쇄도해 왔다.

후-

뜨거운 숨을 훅 내뱉은 진우가 눈을 부릅떴다.

밝지도 어둡지도 않은 내부의 불빛 아래서, 진우의 움직임에 따라 안광이 길게 꼬리를 그렸다.

콰과곽콰콰콰과과곽!

무수히 날아오는 총알을 전부 마주 쏜 총알로 막아 내면 이런 소리가 날까?

굉음들이 끝없이 부딪치며 진우와 천사상의 공방이 찰나의 시간 무수하게 이어졌다.

느려진 세상 속에서 오직 둘만이 시간의 흐름에 역행하듯 격하게 몸부림쳤다.

위도 아래도 없는, 막상막하의 진검 승부.

하지만…….

'느껴진다.'

진우의 어깨가 살짝 움직였다.

천사상의 검이 눈으로는 짐작하지 못할 미세한 차이를 두고 그곳을 스치고 지나갔다.

쓰지 못하게 된 한쪽 눈은 이제 신경 쓰이지 않았다.

극한마저 넘어 새로운 지평으로 발돋움한 감각이 보지 않아도 보고 있는 것처럼 무기들의 궤도를 읽어 주었다.

천사상의 공격을 아슬아슬하게 피해 가면서 하나하나 역공을 적중시킨다.

놈의 몸에 상처가 늘어나고 있었다.

천사상의 속도는 그대로인 반면 진우의 속도는 점점 빨라졌다.

천사상은 경악했다.

"……!"

시험을 위해서라면 이렇게까지 할 필요도 없었다. 하지만 이 인간은 자신의 전력을 끌어내고 있었다.

말 그대로 전력(全力).

온 힘을 다하는 자신과 대등하게 맞설 수 있는 인간이라니?

천사상은 의혹 어린 눈빛으로 진우를 들여다보았다.

그리고 그 이유를 알게 되었다.

'조금이지만…… 섞여 있다.'

흠칫.

천사상이 어깨를 떨었다.

그래서 이만한 힘을 자유자재로 다룰 수 있게 된 것인가.

그러나 그것 또한 자신이 바라던 일.

천사상의 얼굴에 들뜬 희열이 떠올랐을 때, 깔끔하게 절단된 팔 하나가 공중으로 솟구쳐 올랐다.

천사상의 고개가 위로 향했다.

무기를 놓쳐 버린 저 팔은…… 자신의 오른손이었다.

[크아아아아아악!]

가짜 육체라고 해도 통증은 전해진다.

순식간에 팔 하나를 잃은 천사상이 비틀거리며 물러섰다.

[인간 따위가!]

천사상의 눈이 붉어졌다.

잠자고 있던 본성이 본분을 잊게 만들었다.

[감히!]

그가 소리치자 쓰러져 있던 석상들이 동시에 일어났다.

쿵!

머리가 반파된 신상까지 땅을 짚으며 몸을 일으켰다.

진우는 움직이기 시작한 적들을 감지하면서도, 당황하지 않고 천사상에게 덤벼들었다.

캉!

천사상의 손 네 개가 단검 하나를 막는 데 쓰였다.

그런데도 주르륵 발끝이 뒤로 밀렸다.

민첩, 감각, 근력, 체력.

모든 능력치가 천사상의 예상을 넘어서고 있었다.

[크악!]

천사상의 짐승 같은 외침에 석상들이 진우를 덮쳤다.

신전의 모든 적과 진우 하나의 싸움이 시작됐다.

틱.

[3분 02초]

그 와중에도 시간은 점점 줄어들고 있었다.

진우의 단검이 또다시 천사상의 팔을 잘랐다. 여섯 개의 날개를 변형시켜 만든 팔 중 하나였다.

[크아아아악!]

그러나 되살아난 석상들의 저항도 만만치 않았다.

둘러싼 석상들의 숫자가 워낙 많아서 공격을 전부 피해 내기는 무리였다. 치명상이 될 공격들만 피하고, 나머지는 무시한 채로 천사상을 공격하는 데 집중한다.

체력이 가파르게 깎여 내려갔다.

푹!

석상 하나가 내려찍은 방패에 왼쪽 어깨가 찍혔다.

'크!'

진우가 놈을 돌아보았다.

방패를 든 석상이 또다시 내려찍을 준비를 하고 있었다. 진우의 얼굴이 구겨졌다. 다른 녀석들은 몰라도 이놈만큼은 용서할 수가 없었다.

그제야 천사상에서 떨어진 진우가 단검을 들지 않은 왼손 팔꿈치로 놈의 머리를 찍었다.

콰직!

마력이 실린 내려찍기에 놈의 머리가 박살 났다.

그사이 석상들이 잽싸게 진우를 둘러싸고 몸을 날렸다. 그러나 진우는 스킬로 놈들을 밀어냈다.

'지배자의 권능!'

쾅!

한 무리의 석상들이 폭발의 중심에서 밀려 나가는 것처럼 뒤로 튕겨 나갔다.

"하아, 하아."

그러나 진우가 한숨을 돌리기도 전에 신상이 진우의 머리 위에서 주먹을 내리쳤다.

진우는 가볍게 옆으로 점프해 신상의 공격을 피했다.

부웅-!

거대한 주먹이 진우 근처의 석상 수십을 쓸어버렸다.

진우는 자신을 덮쳐드는 석상들을 따돌리기 위해 크게 원을 그리듯 달리며 천사상에게 접근했다.

천사상이 잔뜩 찡그린 얼굴로 진우를 맞이했다.

그 표정은 분노였다.

다시 한번 진우와 천사상, 그리고 석상들이 뒤엉켰다.

진우의 땀과 피가 사방으로 튀었다.

그러나 그것도 잠시.

곧 땀과 피가 열기에 증발해 진우의 어깨 위로 붉은 수증기가 피어오르기 시작했다.

석상들이 우르르 밀려나고, 신상이 주먹을 내리꽂고, 천사상의 손들이 바삐 움직였다.

그 중심에 진우가 있었다.

[크아아아악!]

또 하나의 팔이 날아갔을 때.

진우의 단검이 마침내 천사상의 목에 닿았다.

둘의 머리 위에서는 신상이 깍지 낀 거대한 두 손을 내려치고 있었다.

진우는 침착하게 천사상의 목에 들이밀고 있던 단검에 힘을 주었다.

그 순간 천사상이 항복을 선언했다.

[졌다.]

동시에 신상과 석상들의 움직임이 멈추었다.

[시험은 끝났다.]

틱.

종료를 알리는 천사상의 발언과 함께 끊임없이 돌아가던 타이머가 거짓말처럼 정지했다.

[남은 시간 : 2분 11초]

진우의 전신에서 수증기가 모락모락 피어올랐다.

정지한 타이머를 확인하고서, 진우는 고개를 떨어뜨렸다. 시선은 천사상에게 고정되었다.

"묻고 싶은 게 있다."

[뭐든지. 내가 아는 한에서라면 무엇이든 답해 주마.]

무표정한 얼굴의 천사상이 의외로 순순히 요구를 받아들였다.

'…….'

진우는 조용히 생각했다.

처음 천사상에게 '네가 누구냐'라고 물었을 때 천사상은 질문이 잘못됐다고 비웃었다.

하지만 녀석의 정체를 듣고 나니 의문이 풀리기는커녕 더 많은 의문이 생겨났다.

그래서 진우는 녀석이 해 준 충고대로 제대로 된 질문을 던졌다.

"나는 누구냐?"

* * *

감시과 헌터들이 현장에 도착했다.

상급 헌터 일곱 명.

당장 동원할 수 있는 협회의 최고 정예들을 모조리 긁어서 왔다.

하지만 우진철은 알고 있었다.

겨우 이 정도 전력으로는 성 헌터에게 도움이 되지 않는다는 사실을.

'그래도 최악의 경우…….'

감시과 헌터들은 성 헌터가 도주할 시간을 번다.

그럴 각오로 현장을 찾았다.

"저기입니까, 과장님?"

"그런 거 같다."

승합차에서 내려선 감시과 헌터들이 학교 운동장 안으로 발을 들였다.

신고 후 대기 중이던 용기 길드 헌터들이 감시과 헌터들을 발견하고는 환한 얼굴이 되었다.

“이쪽입니다, 감시과분들!”

길드 마스터가 달려가 감시과 헌터들을 마중했다.

그러나 우진철의 시선은 여전히 게이트에 머물러 있을 뿐이었다.

심상치 않은 기운.

우진철이 부하 직원들을 돌아보며 지시를 내렸다.

“서두르자.”

“예.”

감시과 헌터들의 발걸음이 빨라졌다. 운동장을 가로질러 금방 게이트 앞까지 다다랐다.

그런데.

우뚝.

우진철의 발걸음이 멈췄다.

“과장님?”

“선배님?”

우진철을 뒤따르던 부하 직원들의 걸음도 멈추었다.

우진철은 선글라스를 조심스레 벗었다. 선글라스를 들고 있는 손끝이 가늘게 떨리고 있었다.

‘이게…… 이게 대체……?’

끔찍한 마력의 폭풍.

게이트에서 새어 나오는 마력이 얼마나 흉포한지 게이트 근처의 공간이 일그러져 가는 것처럼 보였다.

돌연 그가 흠칫 놀라 한 발짝 뒷걸음질 쳤다.

착시일까, 흉조일까?

언뜻 게이트 위에 시커먼 장막이 드리운 듯했다.

언젠가 본, 죽음의 그림자였다.

뒷머리가 쭈뼛 섰다.

우진철은 본능적으로 알았다.

안에서 어떤 싸움이 벌어지고 있건, 자신들이 낄 자리가 아니라는 것을.

새파랗게 질려 가는 우진철의 얼굴을 보고 깜짝 놀란 부하 직원들이 물었다.

“과장님, 괜찮으십니까?”

“…….”

우진철은 대답 대신 질문을 던졌다.

“이 근처에…… 레이드 대기 중인 대형 길드가 있나?”

잠시 검색해 보던 부하 직원이 얼른 답했다.

“예. 헌터스 길드가 레이드 대기 중입니다.”

“S급 헌터 두 분은?”

“최종인 헌터님, 차해인 헌터님 두 분 모두 레이드에 참여하시는 것으로 되어 있습니다.”

최종인과 차해인.

그 두 사람이라면 어떻게든 할 수 있을지 모른다.

우진철의 고개가 다시 게이트 쪽으로 향했다. 손끝에서 시작된 작은 떨림이 점점 전신으로 퍼져 갔다.

꼴깍.

마른침이 절로 넘어갔다.

우진철은 떨리는 목소리를 힘겹게 가다듬고서 말했다.

"헌터스 길드에…… 긴급 협조 요청 넣어."

* * *

물었다.

천사상이 지적한 대로 질문을 바꿔, '네'가 누구냐고 묻는 대신 '내'가 누구냐고 물었다.

그 짧은 순간.

가쁜 숨을 고르던 진우는 금방 원래의 호흡을 되찾았다. 조금 전까지 격렬한 전투를 치렀다고는 믿기 힘든 숨소리였다.

위아래로 들썩거리던 어깨도 차분해졌다.

[…….]

천사상의 대답이 늦어지는 듯하자 진우가 단검을 들이밀었다. 단검의 칼날이 석상의 목을 파고들어 갔다.

사람이었다면 벌써 피부가 베여 피가 줄줄 흘러내릴 만한 상처.

석상이어서 피가 흐르지는 않겠지만 이대로 목을 잘라 버리는 데는 아무런 문제도 없었다.

천사상도 그 사실을 알고 있는 것일까?

뒤늦게 입술을 뗐다.

[이제야.]

가까이서 들으니 더 기괴한 목소리였다.

[제대로 된 질문을 하였구나.]

그러면서 미소를 지었다.

여러 개의 팔이 잘려 나가고 턱밑에 칼이 드리워져 있음에도 그다지 두려워하는 기색은 보이지 않았다.

'어딘가에 진짜 본체가 있는 건가?'

하지만 진우의 뛰어난 기감이 주변을 훑어도 느껴지는 기운은 없었다.

만약 정말로 다른 곳에 본체가 따로 있다면 얼마나 수준 높은 기술인지 감히 지금은 짐작조차 할 수 없었다.

얼굴에 여전히 미소를 머금고서, 천사상이 말했다.

[답은 네 안에 있다.]

'내 안에?'

허튼수작을 부릴까 봐 경계하고 있던 진우의 눈빛이 날카로워졌다.

오랫동안 하급 헌터로 지내며 진우는 자신을 죽일 수 있는 강한 적들과 수없이 대치해 왔다.

최하급으로 분류되는 E급 헌터가, 그것도 E급에서도 가장 밑바닥에 속하던 진우가 무려 4년 동안 던전들을 돌아다니며 살아남는다는 것은 쉬운 일이 아니었다.

몇 번이나 생사의 경계를 넘나들며 갈고닦아진 감각이, 최악의 상황에서 항상 차선을 선택할 수 있게 만들어 주었기에 가능했던 것이다.

그 예리한 감각이 무언가 달라진 분위기를 예고했다.

아니나 다를까.

띠링!

갑자기 튀어나온 기계음과 함께 늘 들려오던 시스템의 목소리가 들려왔다. 천사상의 목소리와는 다른, 확실한 여성의 음성이었다.

[메모리에 저장된 데이터를 불러들입니다.]

[수락하시겠습니까?] (Y/N)

목소리뿐만 아니라 메시지 화면까지 떠올랐다.

예스 혹은 노우.

알파벳 Y와 N이 대답을 기다리고 있다는 듯 진우 눈앞에서 천천히 깜박이기 시작했다.

'이게 대체…….'

또 무슨 수작을 부리려는 것일까?

진우의 시선이 메시지 화면을 떠나 천사상을 향했다.

어느새 얼굴에서 미소가 사라진 천사상은 감정이 전혀 담겨 있지 않은 얼굴로 말했다.

"선택은 네게 맡기지."

방금 전과 달리 목소리는 시스템과 분리되어 있었다. 기계처럼 딱딱한 남성의 목소리가 고막을 건드렸다.

진우는 입을 꾹 다물었다.

'메모리에 저장된 데이터라…….'

흔히 게임에서 그러는 것처럼 세이브 파일이라도 모셔 놓고 있었다는 건가?

그리고 지금 그 파일을 확인해 볼 수 있다고?

'……'

길지 않은 시간 동안 수없이 많은 생각들이 머릿속을 교차했다.

그러나 대답은 정해져 있었다.

어쩌면 처음이자 마지막으로 진실을 확인할 기회를 얻었는데 여기서 물러설 수는 없지 않은가?

만약 이것이 시스템의 함정이라면 이렇게 번거로운 과정을 거칠 필요조차 없었다.

진우의 심장이 언제 멎을 것인지 시간까지 정할 수 있는 것이 시스템의 권한이니까 말이다.

'천사상의 말대로 이 모든 과정이 시험이었다면…… 데이터를 확인해 볼 수 있는 자격을 얻은 거다.'

문득 싸움이 시작되기 전, 천사상이 했던 말이 뇌리를 스치고 지나갔다.

"시험이 끝난 뒤에도 네가 서 있을 수 있다면 모든 것을 알려 주마. 그것이 내가 주는 상이다."

아마도 그 상이란 자격을 뜻하는 것이리라.

결론이 나왔다.

마음의 결정을 내린 진우의 입술이 서서히 열리었다.

"……예스."

그러자 순식간에 어둠이 찾아왔다.

띠링.

익숙한 기계음이 귀청을 때린 후, 시스템의 목소리가 들려왔다.

[데이터를 불러오는 데 성공했습니다.]

＊ ＊ ＊

끝도 없이 긴 터널을 무한에 가까운 속도로 통과하는 기분이었다.

어둠으로 가득 찬 공간을 순식간에 지나쳐 저 멀리 새어 들어오던 빛에 몸을 부딪쳤다.

잠깐의 눈부심이 거쳐 간 후.

눈앞에, 아니 아래에 펼쳐져 있는 광경에 진우는 속으로 신음을 내뱉었다.

'맙소사…….'

수를 다 헤아릴 수 없을 만큼 많은 마수들의 군대가 끝이 보이지 않을 정도로 늘어서 있었다.

이쪽 끝에서 저쪽 끝까지.

마수들은 발 디딜 틈 하나 없이 땅을 덮고 있었다.

실로 끔찍한 광경이었다.

여기 모여 있는 마수들이 한꺼번에 게이트에서 뛰쳐나온다면 인류에게 승산은 없었다.

보고 있는 것만으로도 얹힌 것처럼 속이 답답해졌다.

'가만…… 여기는 어디지?'

분명 지구는 아니었다.

식물이라고는 하나도 찾아볼 수 없는 적갈색의 메마른 평원 위에는, 괴이한 생김새의 길고 얇은 바위들이 하늘을 향해 삐죽삐죽 솟아 있었다.

생전 처음 보는 이질적인 풍경.

눈에 보이는 것이라곤 적갈색 땅과 바위들, 그리고 온 땅을 뒤덮은 마수 대군뿐이었다.

진우는 마수들에게로 시선을 옮겼다.

하급 던전에서 흔히 보이는 잔챙이들부터, 하이오크, 백귀, 거인들처럼 상급 던전에서만 만날 수 있는 강력한 놈들까지.

등급과 종류를 막론하고 새까맣게 모여든 마수들이 위를 올려다보며 무언가를 기다리고 있었다.

'어디를 보고 있는 거지?'

그 눈빛들을 따라 진우의 시선도 자연스레 위를 향했다.

그리고 발견했다.

'……!'

저 하늘 높은 곳에 고요히 떠 있는 검은 호수를.

아니, 그건 호수가 아니었다.

거대한 호수라고 착각해 버릴 정도로, 규모를 짐작하기도 힘든 게이트가 아래를 내려다보고 있었다.

검은 구멍이 보랏빛 하늘을 가리고 있었다.

'보랏빛 하늘…….'

존재할 수 없는 하늘의 색을 보고서 이곳이 지구가 아니라는 사실에 더더욱 확신이 생겼다.

지구가 아닌 곳에서 마수들과 게이트 사이에 무슨 일이 벌어지려 한다.

침이 꼴깍 넘어갔다.

정적 속에서 시간에 비례해 긴장감도 높아져 갔다.

고오오오-

저기서 뭐가 나올까?

진우는 내심 마수들이 게이트를 통해 지구의 땅을 밟은 것처럼, 저 게이트에서 인간의 병기들이나 인류로 구성된 군대가 나오지 않을까 기대했다.

그러나.

쩌억!

갈라진 게이트 입구에서 쏟아져 나온 것은 등에 날개를 달고 있는 은빛 갑옷의 병사들이었다.

은빛 갑옷의 병사들은 마치 벌집을 건드렸을 때의 벌 떼들처럼 우수수 떨어져 내렸다.

마수들이 땅을 뒤덮었듯이 이번엔 병사들이 하늘을 뒤덮었다.

장관이었다.

진우는 속으로 연신 감탄을 터트렸다.

그러나 마수들의 생각은 달랐는지 녀석들은 하늘을 까맣게 채워 가는 병사들을 보고는 괴성을 지르며 흥분해 날뛰기 시작했다.

무슨 일이 일어날지는 보지 않고도 예상할 수 있었다.

전쟁이었다.

쏴아아아-!

병사들은 은빛 빗줄기가 되어 아래로 쇄도했다.

게이트는 하나가 아니었다.

몇 개나 되는 게이트에서 병사들이 꼬리에 꼬리를 물고 쏟아졌다.

땅의 마수들과 하늘의 병사들!

서로를 향해 적의를 불태우던 두 집단은 이윽고 지상에서 격돌했다.

어마어마한 규모의 싸움이었다.

우워어어어어!

마수들의 함성이 지축을 뒤흔들었고.

부우우-

은빛 병사들이 부는 뿔피리가 웅장히 울려 퍼졌다.

무기와 무기가 부딪치고 갑옷이 부서지는 소리가 요란했다. 함성은 곧 비명과 신음이 되었으며, 땅이 붉게 물들어 가기 시작했다.

우세는 금방 점쳐졌다.

은빛 병사들은 강했다.

상급 헌터들을 찢어발길 수 있는 마수들의 목을 어렵지 않게 베어 넘기는 놈들이었다.

그런 놈들이 저만한 무리를 이뤘으니 마수들이 쓸려 나가는 것은 당연한 일.

승부는 기울었다.

그러나 그럼에도 불구하고 게이트는 아직 은빛 병사들을 끊임없이 쏟아 내고 있었다.

해일처럼 밀려들기 시작한 은빛 병사들의 물결은 평원에 남아 있던 마수들의 흔적을 삽시간에 지워 나갔다.

크아아아악!

키에에엑!

처음의 격돌은 전쟁이었으나 이제는 살육으로 볼 수밖에 없었다.

진우 자신이 마수들에게 그러했듯 병사들의 검과 창에도 자비심은 없었다. 덕분에 마수들의 숫자는 아주 가파르게 줄어 갔다.

그 끔찍하던 괴물들이 덧없이 쓸려 나가는 장면을 보면서 진우는 영문을 알 수 없는 복잡한 감정을 느꼈다.

'이런 놈들에게 희생당한 사람들이 안타까운 건지, 사람들이 저런 힘을 갖지 못한 것이 아쉬운 건지…….'

그러나 잡생각도 잠시.

이변은 바로 그다음에 일어났다.

마수들의 전멸이 멀지 않은 때.

파죽지세로 적을 몰아붙이던 하늘의 병사들이 하나둘 움직임을 정지하기 시작했다.

'왜지?'

이제 와서 새삼스럽게 측은한 마음이라도 든 것일까?

아니, 그럴 리가.

만약 그랬다면 무기를 틀어쥔 손에 저리도 힘을 주고 있지는 않았겠지.

어찌나 힘을 주고 있는지 무기를 쥔 손이 부르르 떨려 왔다.

더구나 그들의 얼굴에 가득한 감정은 측은지심 따위가 아니었다. 그건 분명히 겁에 질린 표정들이었다.

그들의 시선은 어느 한곳을 향하고 있었다.

뒤쪽.

진우는 직감했다.

지금 자신의 뒤쪽에서 뭔가 상황을 뒤바꿀 수 있을 정도의 이변이 일어나고 있었음을.

하지만 진우의 시선은 뒤가 아니라 아래를 먼저 향했다.

바닥.

적갈색의 대지에 음영이 번져 나가고 있었다.

음영은 땅을 붉게 물들인 피와 쌓인 사체들을 지나 빠르게 퍼져 갔다. 음영이 사체들의 밑을 지나갈 때마다 영문 모를 비명 소리가 들려왔다.

어디서 들려오는 것인지 알 수 없는 비명 소리들.

진우는 이것과 매우 흡사한, 아니 똑같은 스킬 하나를 알고 있었다.

'군주의 영역…….'

등줄기에 소름이 쫙 돋아났다.

진우는 천천히 아주 느릿하게 뒤를 돌아보았다.

거기에는.

머리부터 발끝까지 흑색의 갑주로 무장한 기사가 하나 있었다.

기사와 기사가 타고 있는 말에서는 오오라 같은 검은 기운이 쉴 새 없이 올라왔다.

어째서일까?

누가 알려 준 것도 아닌데 그를 보고 떠오르는 단어는 단 하나뿐이었다.

'……그림자 군주.'

그의 앞에 서 있는 것만으로도 숨이 멎을 것 같은 무거운 압박감과 대면해야 했다.

하늘의 병사들이나 지성이 있는 마수들은 물론이거니와, 지성이 존재하지 않는 마수들까지 숨을 멈추고서 그림자 군주를 주시했다.

전장의 모든 시선이 그림자 군주에게 모였다.

[…….]

하늘의 병사들을 노려보던 군주는 무언가를 움켜쥘 것 같은 모양의 손을 앞으로 내밀었다.
흠칫.
하늘의 병사들이 움찔거리며 뒤로 물러서는 광경이 눈에 들어왔다.
숨이 턱턱 막히게 하는 정적이 하늘 아래에 있는 모든 존재들의 어깨를 찍어 눌렀다.
이윽고.
군주의 근엄한 목소리가 정적을 깨부쉈다.
[일어나라.]

두근.
심장이 뛰었다.
일어나라.
그 한마디에서 시작된 거대한 파문이 무서운 속도로 번져 나가며 그림자들을 일으켰다.
마수들의 피로 붉게 변했던 전장에 검은 물결이 출렁였다.
으아아아아아-!
바닥에서 튀어나온 그림자 병사들은 함성인지 비명인지 모를 괴성을 내지르며 검게 변한 눈을 적에게 돌렸다.
그들의 눈빛에서 더 이상 적에 대한 공포심은 찾아볼 수 없었다.
이들을 상대해야 하는 하늘의 병사들로서는 간담이 서늘해질 만한 광경.
그러나 군주의 힘은 거기서 그치지 않았다.
[워어어어-!]
군주가 하늘을 향해 묵직한 포효를 쏟아 냈다. 그 포효는 고막이

아니라 심장을 뒤흔들었다.

심장이, 다리가, 대지가 흔들리는 함성이었다.

땅이 울고 있었다.

함성이 무엇을 위한 행위였는지 알게 되는 데는 그다지 오랜 시간이 걸리지 않았다.

함성을 들은 그림자 병사들이 무기를 쳐들고 공명했기 때문이다.

워어어어어어어어어-!

포효 한 번에 그림자 병사들은 전혀 다른 존재로 변했다.

이쪽 땅끝에서 저쪽 땅끝까지.

마수들은 그림자 병사들로 새로이 재편성되었다.

그 과정을 처음부터 숨죽여 지켜보던 진우는 그림자 병사들의 포효에 전율을 느꼈다.

두근.

또다시 가슴이 뛰었다.

만약 이것이 그림자 군주 클래스의 정점을 보여 주고 있는 것이라면, 앞으로 자신이 가야 할 길이 얼마나 먼지 실감할 수 있었다.

드디어.

잠시 주춤했던 하늘의 병사들이 다시 움직이기 시작했다.

하늘로 떠오른 은빛 병사들이 한데 뭉치더니 마치 벌 떼들처럼 검은 병사들을 향하여 쇄도했다.

그러나 그림자 병사로 새로이 태어난 마수들은 전처럼 호락호락하게 당해 주지 않았다.

무기와 무기가.

병사와 병사가.

은빛 군단과 검은 군단이 지상에서 뒤엉켰다.

굉음이 터지고 지축이 울렸다.

분명 일방적인 학살로 끝났어야 할 전투가 도로 전쟁이 되었다.

단 한 명의 등장이 모든 걸 뒤바꾸어 놓았다.

무서운 힘이었다.

어째서 이 장면을 보여 주는지 알 수 없었지만, 진우는 단 한시도 눈을 뗄 수가 없었다.

격돌.

첫 번째 전투와는 비교되지 않을 만큼 격렬한 싸움이 펼쳐졌다.

목숨이 붙어 있을 때는 하늘의 병사 하나를 감당하지 못했었던 마수들이, 그림자가 되어서는 전혀 밀리지 않는 기세를 보여 주었다.

하지만 그림자 병사들의 진짜 무서운 점은 그들의 기세나 전투력이 아니다.

하늘의 병사들은 강력한 힘과 뛰어난 무구로 그림자 병사들을 몰아붙였다. 죽음을 불사하는 그림자 병사들의 용맹함도 힘의 격차를 넘어서지는 못하였다.

전투의 우위는 얼핏 하늘의 병사들이 가져가는 듯 보였다.

그러나 그림자 병사들은 파괴되기가 무섭게 곧바로 원래의 모습을 되찾았다.

크아악!

하늘의 병사가 쥔 창에 몸이 꿰뚫린 그림자 병사가 사지를 비틀며 비명을 내지른다.

승리를 예감한 하늘의 병사는 창대를 놓고 허리에 찬 검을 뽑아 그림자 병사의 머리를 날려 버렸다.

스걱!

그런데 머리가 날아간 직후.

'……!'

바닥으로 떨어지던 그림자 병사의 머리와 목 아래가 전부 연기로 변하더니 두 걸음 뒤쪽에서 다시 하나로 합쳐졌다.

하늘의 병사가 움찔하는 사이 그림자 병사는 쥐고 있던 검으로 적의 가슴을 찔렀다.

콰직!

갑옷을 부수고 안쪽으로 들어간 검이 등을 뚫고 밖으로 나왔다.

힘없이 쓰러진 하늘의 병사.

털썩.

눈에 초점을 잃어 가는 그의 귓가에 누군가의 위엄 어린 목소리가 들려왔다.

[일어나라.]

어느 순간, 하늘의 병사는 자신의 손아귀에 검은 창이 들려 있음을 발견했다.

그에게 찾아온 것은 죽음이 아니라 새로운 시작.

검게 변한 눈자위가 방금 전까지 동료였던 하늘의 병사들을 향했다.

흠칫.

눈이 마주치자 어깨를 떠는 동료들이 보인다. 하지만 그는 자신이 해야 할 일을 알고 있었다.

[우워어어어!]

그는 새롭게 찾아온 자신의 운명을 기쁘게 받아들였다.

진우는 병사들에게 시선을 떼고 전장의 전체적인 상황을 조망했다.

게이트에서 끝없이 쏟아지는 하늘의 병사들과 군주의 명령으로 태어난 그림자 병사들의 싸움은 박빙이었다.

죽은 숫자만큼 게이트에서 쏟아지고, 죽인 숫자만큼 그림자에서 일어났다.

지옥에서 전쟁이 일어난다면 이런 모습이 아닐까?

인간의 예상으로는 한 치 앞을 내다볼 수 없는 끔찍한 싸움이 넓은 평야에서 숨 돌릴 틈 없이 벌어졌다.

그러나 대등한 듯 보였던 두 진형의 균형은 한순간에 무너졌다.

한발 물러나 군단을 지휘하고만 있던 군주가 전장에 직접 발을 들이자마자 기류가 급변했다.

군주를 태운 흑마가 전장을 달리기 시작했다.

그가 검을 휘두르자 적군 수천이 쓰러지며 길이 생겨났고, 죽은 적군은 어김없이 그림자 병사가 되어 몸을 일으켰다.

하늘로 날아서 도망가던 적군은 그의 손짓 한 번에 날개가 꺾여 바닥으로 곤두박질쳤다.

'지배자의 권능…….'

군주가 지나간 자리는 폭풍처럼 휩쓸렸다.

처음으로.

양 진형이 서로 검을 맞대기 시작한 이후로 처음 하늘의 병사들이 밀려나고 있었다.

하늘과 땅을 가득 메운 수십, 아니 수백만 병사들이 적 하나를 감당하지 못해 밀려 나갔다.

그저 경이롭기만 한 광경에 진우는 탄성을 자아냈다.

이대로 전쟁이 끝나는가 싶었다.

그런데.

한참 그림자 병사들이 하늘의 군단을 몰아붙이기 시작한 이때, 뒤쪽에서 뭔가 형언하기 힘든 스산한 바람이 불어왔다.

등골을 오싹하게 만드는 기운이 밀려들었다.

적들을 앞에 두고, 군주는 뒤를 돌아보았다.

등 뒤쪽에 거대한 게이트가 두 개나 생성되어 있었다. 크기는 하늘에 떠 있는 것들과 비교해도 손색이 없었다.

그 게이트 두 곳에서 두 무리의 마수들이 쏟아져 나왔다.

한쪽은 산 하나를 옮겨 온 것 같은 덩치의 늑대가 이끄는 짐승형 마수들.

그리고 다른 한쪽은 무수한 가문들의 깃발을 내세우고 진격하는 기사와 병사들이었다.

진우의 눈이 커졌다.

'어……?'

깃발에 새겨진 문장들은 모두 익숙한 것들이었다.

리카도, 페이토스, 로칸, 인그레아스, 그리고 라디스까지.

'……에실.'

전부 악마성의 꼭대기까지 오르며 만나 볼 수 있었던 악마 귀족 가문들의 문장이었다.

어째서 악마들이 여기에 나타났는가 하는 의문도 잠시.

짐승들과 악마들은 미리 약속이라도 했던 것처럼 합심해 그림자 병사들을 공격해 왔다.

그림자 병사들은 두 마수 군단의 협공으로 뒤쪽에서부터 갈가리 찢기기 시작했다.

그게 끝이 아니었다.

아직 앞에는 무너지지 않은 하늘의 병사들이 건재했다.

하늘의 병사들도 다시 공세로 돌아섰다.

앞에선 하늘의 병사들이, 뒤에선 두 마수 군단이 그림자 병사들을 둘러싸고 돌진해 왔다.

전세는 또 한 번 뒤바뀌었다.

두근.

진우는 가슴을 움켜쥐었다.

이번엔 심장이 아팠다.

진우의 시선이 천천히 옆에 선 군주에게로 옮겨 갔다.

어째서일까?

그의 감정을 느낄 수 있었다.

마치 그림자 병사들의 마음을 읽을 때처럼 생생한 감정이 전해졌다. 깊은 속에서부터 끓어오르는 그 진득한 감정은 분노였다.

아니, 분노를 아득하게 넘어선 격노 그 자체였다.

적들에게 포위당한 그림자 병사들은 끝없이 파괴와 재생을 반복했다.

언뜻 무한한 회복력처럼 비쳐지지만 같은 능력을 쓸 수 있는 진우는 그 힘의 약점을 잘 알고 있었다.

'마력이 허용하는 수준까지만…….'

마력이 다하면 병사들은 재생되지 않는다.

더 이상 병사들을 쓸 수 없는 것이다.

깊이를 알 수 없을 정도로 방대했던 군주의 마력이 서서히 바닥을 드러내 가고 있음이 느껴졌다.

하늘의 군단을 향하고 있던 군주가 말머리를 뒤쪽으로 돌렸다.

그의 군마가 땅을 박차고 내달렸다.

전투는 치열했다.

시체가 산을 만들고, 피가 바다를 이뤘다.

수를 다 헤아리기 힘들 정도로 많은 병사들이 만들어 낸 '전쟁'이라는 불꽃은 땅 위에 서 있던 모든 생명체를 전부 다 삼키며 흉측하게 타올랐다.

그러나 그 지독했던 싸움도 서서히 마지막을 향해 가고 있었다.

이제 전장에 서 있는 이가 얼마 남지 않았다.

전투 도중 말을 잃은 군주가 앞을 가로막는 기사 둘을 베어 넘기고, 길게 솟아 있는 바위에 기대어 숨을 헐떡이고 있는 악마 앞에서 섰다.

얼굴은 투구로 가려져 있지만 군주는 그의 정체를 알고 있는 듯 그를 내려다보았다.

[오늘이야말로 놈들과의 싸움을 끝낼 수 있으리라 기대했거늘.]

"……."

[어째서 나를 배신했나?]

고개를 힘없이 떨어뜨리고 있었던 악마가 느릿하게 얼굴을 들었다. 그의 몸은 이미 중상을 입어 더 이상의 회복은 불가능해 보였다.

투구 안에서 흘러나오는 목소리가 끊어질 듯 아슬아슬하게 이어졌다.

"참으로…… 아쉽구나. 오늘이야말로 네놈을 끝장낼 수 있었는데."

군주는 더없이 차가운 음성으로 되물었다.

[어째서냐고 물었다.]

큭큭.

어깨를 들썩이며 웃던 녀석이 다시 고개를 들어 올렸다.

그러고는 대답했다.

"#$%#^#%#%@$."

어떻게 된 일인지 놈의 말이 제대로 들리지 않았다.

실수로 놓쳤던 것일까?

아니.

"@$^$##."

놈이 다시 뭔가를 말하는데도 전혀 알아들을 수 없었다.

그러나 군주의 귀에는 다르게 들렸던 듯 그의 대답을 듣자마자 손을 내뻗어 그를 끌어당겼다. 목이 잡힌 악마가 고통스러운 신음을 내뱉었다.

"커헉."

파직!

목을 감싸고 있던 갑옷이 우그러졌다.

그러나 악마는 그런 와중에도 끝까지 자기가 하고 싶은 말을 이어 갔다.

"……%^&*$@%^&."

푹.

군주의 엄지가 악마의 목청을 파고들어 갔다.

울컥.

악마가 피를 토해 냈다.

진우가 투구 안에서 이쪽을 바라보고 있는 악마와 시선을 마주친 것은 바로 그때였다.

어떻게!

진우는 화들짝 놀라는 동시에, 군주는 악마의 목을 놓아주었다.

털썩.

이미 목숨이 끊어진 악마는 사지를 바닥에 축 늘어뜨렸다.

'말도 안 돼.'

방금 그 눈빛.

분명히 전에 한 번 본 적이 있었다.

하지만 그것은 절대 있을 수 없는 일이었다.

두근.

심장이 격하게 뛰었다.

고개를 가로젓던 진우가 악마에게 다가가 조심스럽게 놈의 투구를 벗겼다. 놈은 죽는 순간까지 죽기 전과 같은 눈을 하고 있었다.

어떻게 이 눈빛을 잊을까?

진우의 손에서 투구가 떨어졌다.

툭.

부릅뜬 두 눈에는 강한 증오의 빛이 담겨 있었다. 악마성 꼭대기에서 봤었던 바로 그 눈빛이었다.

'악마왕…… 바란?'

그 사실을 알게 되었을 때, 진우는 문득 이상한 점 한 가지를 더 깨달았다.

검은 갑옷에 둘러싸인 손.

발끝, 다리, 가슴.

어느 순간부터 자신이 그림자 군주의 몸을 움직이고 있다는 사실이었다.

두근, 두근, 두근.

격해지기 시작한 심장의 박동이 점점 더 커지며 고막을 때렸다.

진우는 심장이 있는 가슴 쪽에 손을 올렸다.

두근, 두근, 두근.

진우의 눈이 커졌다.

'어째서…… 어째서 여태 몰랐을까?'

그 신전에서 살아 나온 뒤로부터 줄곧 심장의 소리를 의식해 왔다.

하지만 전혀 알아채지 못했었다.

진우는 떨리는 손을 오른쪽 가슴으로 옮겼다.

진동이 느껴졌다.

왼쪽에 하나.

그리고 오른쪽에 하나.

두근.

두 개의 심장이 같은 소리를 내고 있었다.

놀란 눈이 아래를 향해 있을 때.

조금씩 커져 가는 그림자 네 개를 발견했다. 위쪽에서의 접근이었다. 아래를 보고 있던 고개가 급히 위로 향했다.

머리 위에서.

여섯 개의 날개를 가진 천사 넷이 천천히 내려서고 있었다.

기억은 거기까지였다.

띠링.

기계음과 함께 어둠이 찾아왔다.
멀어지는 의식 속에서 시스템의 청량한 목소리가 들려왔다.

[불러온 데이터가 종료되었습니다.]

7. 불청객들

7. 불청객들

대한민국을 대표하는 길드의 마스터에게 C급 게이트로 와 달라는 소리를 하다니.

처음 우진철 과장의 연락을 받았을 때, 최종인은 기분이 좋지만은 않았다. 자신은 빠지고 상급 헌터 몇으로 꾸려진 공격대를 보낼까 생각도 했었다.

하지만 이어지는 설명을 듣고서는 움직이지 않을 수가 없었다.

'이중 던전에 성진우 헌터가 들어가?'

이중 던전만으로도 흥미로운데 성진우 헌터가 들어가 있는 상태라.

이런 말을 듣고서도 초연할 수 있는 길드 마스터, 아니 헌터가 몇이나 될까?

한시가 시급하다는 우진철 과장의 당부에 최종인은 곧바로 준비 중이었던 레이드를 미루고 정예 헌터들을 불러모았다.

"협회에서 지원 요청이 왔어. 아무래도 우리가 움직여야 할 것 같다."

그간의 경험상 이런 식의 호출은 보통 일이 아니라는 사실을 잘 아는 헌터들이 웅성거리기 시작했다.

A급 레이드를 코앞에 둔 헌터스를 움직여야 할 정도니 말이 더 필요할까?

하필 방금 전 일본에서 일어난 일을 속보로 접한 헌터들이라 소란이 더 커졌다.

"무슨 일이에요?"

길드의 부사장으로서 최종인 다음의 입지를 가진 여성이 물어왔다.

최종인은 차해인을 돌아보며 말했다.

"C급 게이트에서 이중 던전이 발견됐다나 봐."

'이중 던전?'

차해인은 고개를 갸웃했다.

물론 이중 던전은 쉽게 볼 수 있는 현상이 아니었다. 던전 안의 던전이라니. 이런 일이 흔할 리 없었다.

하지만 겨우 C급 게이트에 던전 하나가 더 붙어 있는 걸 가지고 헌터스 길드를 부른다니. 상식적으로는 이해가 잘 가지 않았다.

의아한 시선을 보내는 차해인에게 최종인이 이동할 채비를 갖추며 말했다.

"거기서 성진우 헌터 혼자 뭔가와 싸우고 있는 모양이야. 그 우진철 과장이 겁먹고 먼저 협조를 요청할 정도라면……. 차 헌터, 왜 그래?"

갑자기 달라진 차해인의 눈빛을 보고 최종인이 물었다.

"아니에요."

"……그래. 성 헌터니까 별일은 없겠지만 일단 가 보자고."

끄떡.

차해인이 고개를 움직였고, 두 사람의 대화를 듣고 있던 헌터들도 빠르게 짐을 챙겼다.

짐이라고 해 봐야 레이드에 쓸 무기가 다였지만 절대 소홀히 할 수 없는 준비였다.

"어? 한 사람이 비는……."

숫자를 헤아리던 헌터의 어깨를 누군가가 툭 쳤다. 돌아보니 그 누군가가 턱짓으로 한쪽 구석을 가리켰다. 거기엔 한 남자가 망연자실한 얼굴로 주저앉아 있었다.

"스즈키?"

"내버려 둬."

"아……."

헌터는 바로 납득했다.

스즈키는 얼마 전 스카우트되어 일본에서 한국으로 건너온 헌터. 속보가 나오고 있는 핸드폰에서 눈을 떼지 못하는 것이 당연했다.

"우리는 우리 일을 해야지. 가자."

"아, 네."

두 사람은 스즈키를 놔두고 헌터스 길드의 밴에 올라탔다.

그렇게 정예 공격대원들을 모두 태운 헌터스의 차량들이 하나둘 현장을 떠나 목적지로 빠르게 향했다.

＊ ＊ ＊

“아, 뜨뜨!”

김 기자가 화들짝 놀라며 담배꽁초를 떨어뜨렸다. 아래는 모랫바닥인데도 꽁초를 밟는 발에 감정이 실려 있었다.

그러나 그것도 잠깐. 지금은 꽁초 따위에 신경을 쓰고 있을 때가 아니었다.

김 기자의 시선이 다시 멈춰 선 차량들로 향했다. 내려서는 인물이 하나같이 낯익다 했더니, 헌터스 길드의 최정예들 아닌가?

에이스들을 하나씩 찾다 보니 담배꽁초에 손이 데는 줄도 몰랐다.

‘최종인에 차해인, 윤정호, 어어? 손기훈도 왔네?’

이만하면 헌터스의 간판이 모두 모였다고 해도 과언이 아니었다.

무작정 우진철의 뒤를 밟아 도착한 현장에 이런 거물들이 나타날 줄이야.

그런데 게이트는 C급.

김 기자는 침을 꼴깍 삼켰다.

대체 안에서 무슨 일이 벌어지고 있는지 종잡을 수가 없었다.

어지간하면 순순히 사정을 밝히는 우진철 과장마저 극비라며 입을 꾹 다물어 버리는 통에 애타는 마음을 담배로 달래는 수밖에.

그의 발밑에는 아까부터 피우다 버린 담배꽁초들이 수북이 쌓여 있었다.

김 기자의 아쉬워하는 눈빛에도 아랑곳하지 않고, 우진철이 빠르게 최종인에게 다가갔다. 최종인은 우진철이 그랬던 것처럼 게이트에서 눈을 돌리지 못했다.

"젠장……! 제길……! 뭐야, 저건?"

그의 입에서 다짜고짜 욕이 튀어나올 정도로 게이트는 불길한 기운을 머금고 있었다.

전투 계열 헌터 중 예외적으로 감이 좋은 우진철과 달리, 최종인은 대한민국 최강의 마법 계열 헌터.

마력을 느끼고 감지하는 데는 마수의 눈을 드러낸 백윤호나 기감의 차원이 다른 성진우를 빼곤 최고라 할 수 있었다.

"가능하시겠습니까?"

우진철은 그렇게 물었다.

그 질문에 '자신은 불가능했다'라는 의미가 담겨 있음을 최종인은 놓치지 않았다.

그는 씁쓸한 얼굴로 대답했다.

"안에 성진우 헌터가 있다면서요?"

"예. 확실합니다."

끄떡끄떡.

최종인은 고개를 주억거렸다.

하긴.

그가 아니면 누가 또 이만한 싸움을 벌일 수 있을까? 아니, 누가 이만한 마력을 뿜어내는 상대를 막아 낼 수 있을까?

"혼자서 지구라도 구할 셈인가?"

속으로 하려던 말이 무심코 튀어나왔다.

하지만 우진철은 최종인에게 되묻는 대신 무거운 표정으로 고개를 끄덕였다. 정말 있을 법한 이야기가 아닌가.

"되든 안 되든 가 봐야죠. 성 헌터에겐 빚도 있으니."

만약 성 헌터와 헌터스가 막지 못할 마수들이라면 한국에서는 누가 와도 막을 수 없다.

달리 말하면 성 헌터를 도와 마수들을 처치하지 못하면 다음 기회는 없다는 소리였다.

'뭐라고? 성 헌터?'

약간 떨어진 곳에서 최대한 귀를 기울이고 있던 김 기자의 눈이 토끼처럼 동그랗게 변했다.

'성 헌터가 이 게이트 안에?'

그의 시선이 게이트로 향했다가 다시 주위를 둘러보았다.

여기에 도착한 S급 헌터만 두 명, A급 헌터는 다 세기도 힘들다. 그런데 게이트 안에 성진우 헌터까지 있다는 말씀?

'수…… 수첩, 수첩.'

특종의 냄새가 코를 찌르자 김 기자는 재빠르게 수첩을 찾았다.

지금부터는 한마디, 한 장면도 놓쳐서는 안 된다. 모두가 일본에 정신이 팔려 있는 동안 S급 헌터 셋과 헌터협회가 연관된 대박 사건을 단독으로 보도할 기회가 생긴 것이다.

'아까 그래서 우 과장이 입을 다물었구먼.'

성진우 헌터는 정보 보호 대상자로, 헌터협회의 각별한 관리를 받고 있는 주요 인물.

우진철이 사정을 일절 입 밖에 낼 수 없었던 까닭도 이제야 이해가 갔다.

우진철과 최종인이 짧은 대화를 나누는 사이, 정예 공격대 전원이 준비를 끝마쳤다. 탱커는 방어구를, 딜러는 무기를, 힐러는 마력이 담긴 장비를.

최고 길드의 최정예들답게 준비는 신속했다.

잠깐 차해인과 눈이 마주친 최종인이 고개를 끄덕였다. 공격대를 점검했던 차해인도 고개를 끄덕였다. 준비와 점검이 모두 끝났다는 의미였다.

감시과의 정예 헌터들은 이미 한참 전에 준비가 끝나 있던 상태.

부하 직원에게 보고를 받은 우진철이 무거운 얼굴로 돌아섰다.

"가시죠."

* * *

길은 길었다.

최대한 빠른 속도로 나아가고 있었으나 달리지는 않았다. 다 같은 상급 헌터라고 해도 달리는 속도까지 같지는 않았기 때문이다.

그중 차해인은 특히나 빠르다.

그녀가 달려 나가려 하자, 앞서 있던 최종인이 그녀의 팔목을 붙들었다.

"차 헌터 혼자 가서 뭘 어떡하려고?"

"……."

위기에 빠진 성진우를 구하려는 마음은 알지만 이러다가는 모두가 위험에 처할 수 있었다.

"무리하게 차 헌터 속도에 맞추려다가 공격대 전원의 페이스가 흐트러질 수도 있어."

굳은 얼굴로 서 있던 차해인이 뒤로 돌아갔다. 차해인을 지켜보던 우진철이 작게 중얼거렸다.

"소문이 사실이었군."

"예?"

최종인의 질문에 우진철이 얼버무렸다.

"아…… 아무것도 아닙니다."

고개를 갸웃거리던 최종인의 시선이 다시 앞을 향했다. 소름이 돋을 만큼 흉흉한 마력이 던전 깊숙한 곳에서부터 흘러나오고 있었다.

정신을 바짝 차리고 있어야 한다.

그리고 그건 안에 먼저 들어가 있는 성진우 헌터도 마찬가지라고, 최종인은 생각했다.

'부디 늦지 않았기를…….'

지금은 성 헌터가 무사하기를 기도하는 것 말고는 딱히 그를 도울 방법이 없었다. 경계를 늦추지 않고 최대한 빨리 이동하면서 말이다.

그러나 지나친 긴장감은 때론 몸을 둔하게 만들기도 하는 법.

최종인은 긴장을 풀기 위해 우진철에게 말을 붙였다.

"성 헌터는 어쩌다 여기 들어간 겁니까?"

"자세한 사정은 모릅니다. 하지만 신고한 이들의 의견을 종합해 보면, 성진우 헌터님은 들어가기도 전에 이곳이 이중 던전임을 알고 있었던 눈치였다고 하더군요."

"흐음."

최종인의 얼굴이 진중해지자 이번엔 우진철이 거꾸로 물었다.

"혹시 짚이는 데라도 있으십니까?"

"그건 아니고…… 단지 이상해서 말입니다."

"이상하다?"

"저도 나름대로 성 헌터님에 대해서 조사해 본 적이 있었습니다."

최종인은 한 길드의 마스터.

수준 높은 길드원들로 길드를 구성해야 할 의무가 있는 그가 진우에게 지대한 관심을 보이는 것은 당연한 일이었다.

"그런데 전에도 근처에서 한 번 이런 일이 있었죠."

그 사건을 직접 조사한 것이 본인인 만큼 우진철도 잘 알고 있었다.

그는 최종인이 무슨 얘기를 할지 알아챘다.

성진우 헌터는 반년 전에도 이중 던전에 들어갔던 경험이 있었다. 그리고 시간이 흐른 지금, 또다시 이중 던전을 찾아 들어갔다.

사실을 알고 있는 사람들에게는 결코 우연으로 보이지 않을 일들이었다.

우진철의 예상대로 최종인은 그 이야기를 꺼냈다.

"일생에 한 번 겪기도 힘든 이중 던전을 혼자서 두 번, 그것도 다른 한 번은 제 발로 찾아들어 가다니. 이상한 일 아닙니까?"

우진철은 대답하지 않았다.

최종인의 말대로 성 헌터는 많은 것들이 베일에 가려져 있었다. 이중 던전, 재각성자, 그리고 독특한 능력.

그러나 한 가지 확실한 사실은 그가 협회에, 아니 대한민국에 반드시 필요하다는 점이었다.

때문에 성 헌터가 들어갔다는 게이트를 발견한 즉시 상부의 허락이 떨어지기도 전에 헌터스 길드에게 도움을 요청했다.

무슨 수를 써서든 성진우 헌터의 안전만은 확보해야 했다.

질문은 그 뒤에 해도 늦지 않다.

상념에 빠져 있던 우진철이 고개를 들었다.

'저기가…….'

일반 헌터들이라면 한 시간가량을 걸어야 도착할 거리가 상급 헌터들의 속보(速步)로는 10여 분이 채 걸리지 않았다.

어느덧 저 멀리에 동굴의 끝이 보였다.

"도착한 것 같습니다."

"느껴지네요."

무시무시한 무언가가.

대답하는 최종인의 얼굴이 돌처럼 딱딱하게 굳어 있었다. 얼굴에 핏기가 점점 가시기 시작했다.

그나마 다행스러운 점은 아직 성진우 헌터의 기척이 느껴진다는 것이었다.

'성 헌터가 무사하다면 괜찮다.'

그의 능력과 정예 헌터들의 지원이 있다면 던전 안에 어떤 괴물이 있더라도 위기는 없으리라.

그런 확신을 안고 최종인이 외쳤다.

"서두르죠."

헌터스와 헌터협회의 정예 헌터들은 거대한 성문 안으로 뛰어들었다.

그리고.

그들을 기다리고 있는 것은 오랜 헌터 생활 동안 단 한 번도 본 적 없는 광경이었다.

"이…… 이게 대체……?"

"뭐야 여긴?"
바닥에 수없이 많은 석상들이 파괴되어 있었다. 석상들의 잔해가 여기저기 흩어져 쌓여 있었다.
"저, 저거!"
헌터 하나가 손을 들었다.
그 손가락 끝이 가리키는 곳에는 어마어마한 크기의 신상이 두 주먹을 깍지 낀 채 내려치는 자세 그대로 멈춰 있었다. 얼굴이 반쯤 날아간 머리가 특히 눈에 띄었다.
전에 이중 던전 생존자들의 증언을 들은 바 있었던 우진철은 가슴이 쿵쾅거렸다.
'있었어……. 신상과 석상들이 진짜 있었어……!'
생존자들은 분명 그랬다. 눈빛만으로 C급 헌터를 녹여 버리는 괴물 신상과, 움직임이 눈에 비치지도 않는 석상들이 있었다고.
과연 그 말대로 치열한 전투의 흔적이 곳곳에 여실히 남아 있었다.
'가만, 성진우 헌터는?'
모든 적은 제거됐다.
중요한 것은 성진우 헌터의 상태였다.
진우의 기척을 찾아 주위를 두리번거리던 최종인이 진우를 발견했다.
"저쪽입니다."
신상의 주먹 아래에 진우는 잠이 든 것처럼 조용히 누워 있었다.
"성 헌터님!"
헌터들이 그쪽으로 달려가려고 했으나, 이번엔 차해인이 양쪽 팔을 벌려 헌터들의 움직임을 막았다. 마음이 조급해진 우진철이 그녀를 돌아보았다.

오목조목 모여 있는 그녀의 이목구비가 땀으로 흠뻑 젖어 있었다.

"차…… 헌터님?"

차해인이 입술을 깨물며 말했다.

"저기…… 저기에 뭔가 있어요."

그때.

진우 옆에 무릎을 꿇고 앉아 있던 석상 하나가 천천히 몸을 일으켰다.

뜯긴 날개들과 남겨진 팔 하나.

"인간들을 초대한 기억은 없는데."

완전히 일어선 천사상이 안으로 쳐들어온 헌터들을 둘러보며 씩, 입꼬리를 올렸다.

"아……."

말문이 막힌다.

이보다 더 정확한 표현은 없을 것이다.

최종인은 할 말을 잃었다.

그리고 확신했다.

게이트에 들어서기 전에 느꼈던 불길함의 원인은 바로 저 살아 움직이는 조각상이라는 것을.

놈에게서 흘러나오는 마력이 어찌나 강한지 놈 주변의 공간이 뒤틀리는 것처럼 보였다.

오싹오싹.

이렇게 멀리 떨어진 곳에서 그저 바라보는 것뿐인데도 전신에 소름이 돋았다.

힐긋.

그의 시선이 진우를 향했다.

'저런 것'이 상대였다면 성 헌터처럼 강한 사람이 저렇게 의식을 잃고 쓰러져 있는 것도 이해할 수 있었다.

아니.

'저런 것'과 싸우면서도 이만한 적들, 그러니까 이 많은 수의 석상들을 파괴할 수 있었던 것은 성 헌터였기에 가능했던 일이리라.

감탄밖에 나오지 않았다.

하지만.

'그런 놈을 상대로 이제 우리가 싸워야 한다.'

굵은 땀방울이 옆얼굴을 타고 흐르다 턱에 맺혔다.

이곳의 마수는, 아니 마수인지 아닌지조차 불분명한 적의 강력함은 분명 제주도에서 만났던 괴물 개미 이상.

꼴깍.

마른침이 힘겹게 목구멍을 타고 내려갔다.

옆을 돌아보니 차해인과 우진철도 안색이 파랗게 질려 있었다. 두 사람은 또한 적의 강함을 알아보고서 경악하는 중이었다.

반면.

뒤의 헌터들은 다른 측면에서 놀라고 있었다.

"저거…… 말을 한 거야?"

"내가 방금 잘못 들은 게 아니지?"

"마수가 우리말을 안다고?"

헌터들은 믿기지 않는다는 얼굴로 눈빛을 교환했다.

있을 수 없는 일이었다.

지성을 가진 마수에게 자신들만의 언어가 있다는 사실은 공공연히 알려진 사실이었다.

게이트가 생성되기 시작한 초기에는 그들의 언어를 배우고자 하는 시도도 있었다.

그러나 모든 시도들은 실패로 돌아갔다.

원인은 마수들의 흉포성.

어렵게 생포한 마수들은 인간들과 접촉하는 시간이 길면 길어질수록 견디지 못했다.

전신을 구속해 놔도 인간을 공격하기 위해 살이 찢어지고 뼈가 끊어지는 고통을 감수해 가며 미쳐 날뛰다가, 결국 제 분을 이기지 못하고 숨을 거두거나 인간의 손에 죽임을 당했다.

―마수와 인간은 공존할 수 없으며 의사소통 또한 불가능하다.

이것이 마수를 연구한 전 세계 과학자들이 입을 모아 확신하는, 공통된 결론이었다.

그런데 눈앞의 마수는 아주 자연스럽게 한국어를 쓰고 있는 것이 아닌가?

어쩌면 세기의 발견이 될지도 모르는 마수가 등장했지만, 어찌 된 일인지 헌터들은 하나같이 영문을 알 수 없는 두려움을 느꼈다.

일류 헌터들이기에 감지할 수 있는 본능의 경고였다.

움찔.

조각상이 한 걸음 앞으로 내딛자 헌터들이 몸을 떨며 뒷걸음질 쳤다.

그들의 공포를, 두려워하는 얼굴을 음미하듯 천사상의 눈동자가 좌우로 스르륵 움직였다.

"강한 인간들."

녀석은 먹음직스러운 과실을 발견한 눈빛을 하고서 말을 이었다.

"왕께 바칠 첫 제물들로 부족하지 않구나."

뱀이 미소를 지을 수 있다 한들 이만큼이나 징그러울 수 있을까? 천사상의 얼굴에 떠오른 미소 앞에서 헌터들이 움직임이 경직됐다.

'……왕?'

또 다른 마수가 있다는 걸까?

최종인의 고개가 잠시 기울어졌지만, 지금은 마수가 하는 말에 신경 쓰고 있을 때가 아니었다.

천사상은 옆에 널브러져 있는 석상 하나의 팔을 뜯어냈다.

콰직!

'뭐 하는 거지?'

헌터들의 의아한 시선은 오래가지 않았다. 뜯어낸 팔을 잘려 나간 자신의 오른쪽 어깨 아래에 갖다 대자 두 부위가 엉겨 붙기 시작했던 것이다.

'헉……!'

헌터들의 경악 속에서 천사상은 재생된 오른팔을 자유롭게 움직여 보았다.

그 순간.

슉.

천사상이 헌터들 앞에 섰다.

반응할 시간은 없었다.

천사상이 오른손을 힘껏 휘두르자, 정면에 서 있던 헌터의 얼굴이 뭉개졌다.

퍼걱!

얼굴이 안으로 말려들어 간 헌터가 뒤쪽으로 날아가 처박혔다. 근처의 헌터들이 급히 반격을 시도했으나, 그때는 이미 녀석은 사라진 뒤였다.

"어디……?"

"저기!"

놈은 처음부터 움직이지 않았었던 것처럼 서 있던 곳에 그대로 서 있었다.

출발하기 전과 마찬가지로 새로 붙은 오른쪽 손가락을 꼼지락거리며. 마치 손이 제대로 움직이는지 한번 테스트해 봤다는 듯이.

"명철아!"

"으, 으아아아아!"

뒤늦게 희생자를 확인한 헌터들의 절규가 터져 나왔다.

즉사였다.

대한민국 최고 길드의 A급 탱커가 일격에 목숨을 잃은 것이다.

천사상을 응시하는 최종인의 동공에 지진이 일었다.

'성진우 헌터는 혼자서 이런 놈과 싸웠다는 건가……?'

동료를 잃었다는 아픔보다 이 상황을 어떻게 타개해야 할지에 대한 막연함이 앞섰다.

하지만.

모두가 최종인같이 냉정하게 판단하지는 못했다.

"이 개자식이!"

죽은 헌터의 연인이었던 여헌터가 울부짖으며 달려 나갔다. 두 손에는 이글거리는 화염이 맺힌 채였다.

시뻘건 불덩이를 던지려는 그때, 누군가가 그녀의 손목을 붙잡았다.

여헌터가 옆을 돌아보았다. 어느새 다가온 차해인이었다. 여헌터는 팔을 흔들며 목소리를 높였다.

"이거 놔!"

"언니, 지금은 참아야 돼요."

"이거 놓으라고!"

"참으셔야 해요."

여헌터가 차해인의 얼굴을 똑바로 노려보았다. 차해인은 비장한 표정으로 아랫입술을 물었다.

"저도 참고 있으니까……."

차해인의 굳은 얼굴에 여헌터의 몸부림이 멈췄다.

한 번의 공격 이후 다행스럽게도 이쪽에 관심을 보이지 않고 있는 마수를 자극해서 좋을 것이 없다는 사실쯤은 그녀도 잘 알고 있었다.

단지 참을 수가 없었을 뿐이었다.

사랑하는 사람이 끔찍하게 죽임을 당했는데 아무것도 할 수가 없었다. 여헌터는 낮게 흐느꼈다.

"흑……."

그녀에게서 더 이상 무모한 움직임의 기색이 보이지 않자 차해인은 저 멀리, 쓰러져 있는 진우를 보았다.

참고 있는 사람은 여헌터 하나만이 아니었다.

어떻게 된 일인지 마수는 공격해 오지 않고 있었고, 진우는 아직 멀쩡하게 숨을 쉬고 있었다. 잠들어 있는 것처럼 표정이 평온했다.

'지금으로서는…….'

진우가 깰 때까지 최대한 시간을 버는 것.

그것이 최선이었다.

그때.

몸을 이리저리 움직여 보던 천사상이 돌연 웃음을 터트렸다.

"하하."

텅 빈 내부가 천사상의 목소리로 메아리쳐 울렸다.

짧은 웃음이 끝나고.

천사상의 눈이 헌터들을 향했다.

"그럼 놀아 볼까?"

놈의 눈이 붉게 변했다.

공격이 시작되는 걸까?

헌터들은 무기를 든 손에 힘을 주고 전투태세를 갖췄다.

한 놈이라면…… 저놈 하나뿐이라면 어떻게든 할 수 있지 않을까? 여기엔 S급 헌터 둘에 국내 최고의 헌터들이 수십 명이나 있으니 말이다.

그런 희망적인 관측이 잠깐 헌터들의 뇌리를 스치고 지나갔을 때.

드드드드드드득.

내부에 지진이 일었다.

"아…… 안 돼."

헌터들의 얼굴에 절망의 그림자가 드리웠다.

부서진 석상들이 하나둘 움직이기 시작한 것이다.

목이 잘린 놈들이, 가슴에 구멍이 뚫린 놈들이, 사지가 떨어져 나간 놈들이 몸을 일으키기 시작했다.

그러나 그중에서도 단연코 최악이라 말할 수 있는 것은, 거대하다는 말로 표현할 수밖에 없는 신상.

"……맙소사."

신상과 석상들이 언제 부서졌냐는 듯 똑바로 기립한 채 헌터들을 바라보고 있었다.

감정 없는 얼굴들이 더더욱 괴기스러운 분위기를 풍겼다.

슬금슬금.

뒷걸음질 치던 헌터들의 등에 무언가가 부딪혔다.

"어……?"

문이었다.

알아차리지도 못하는 사이, 어느새 공동의 문이 굳게 잠겨 있었다. 아마도 놈들은 헌터들을 돌려보내 줄 생각이 없는 듯했다.

천사상이 말했다.

"내 인형들이 모두 쓰러질 때까지 살아남은 자들은 영광스러운 왕의 탄생을 지켜볼 기회를 주겠다."

아까부터 왕, 왕.

'대체 무슨 소릴 하는 거지?'

우진철이 미간을 찌푸렸다.

놈이 지껄이는 말들은 하나도 이해할 수 없었다.

하지만 단 한 가지만큼은 분명했다. 저놈이 지금 여기 있는 모두를 죽이려고 한다는 것.

그가 이를 악물었다.

협회에서 4년.

숱한 위기도 있었지만 발버둥 치면서 살아남아 왔다. 오늘도 마찬가지. 놈의 뜻대로 순순히 죽어 줄 생각은 없었다.

'만약 살아 나갈 수 없다면…….'

적어도 성 헌터만이라도.

그런 마음으로 진우를 바라봤을 때, 공교롭게도 천사상 또한 진우를 가리켰다.

"이자는 5분 만에 모든 인형들을 파괴했었다."

천사상의 손가락 끝이 이번엔 헌터들을 가리켰다.

"너희가 모두 죽는 데는 몇 분이 걸릴까?"

천사상의 목소리가 끝나기 무섭게 우진철이 목청껏 외쳤다.

"다들 엎드려!"

헌터들은 급히 몸을 숙였다.

그들의 머리 위를 붉은 광선이 아슬아슬하게 스치고 지나갔다. 피해자는 0명. 기적적인 일이었다.

신상의 눈에서 뿜어져 나온 광선이 서서히 줄어들었다.

'호오.'

천사상은 흥미로운 눈빛으로 헌터들을 응시하며 한 걸음 뒤로 물러섰다. 왕이 깨어나기 전까지는 즐거운 여흥이 될 듯했다.

"헉, 헉, 헉."

우진철이 숨을 몰아쉬었다.

식은땀이 흘렀다.

생존자들에게서 신상의 특징을 들어 두지 않았다면 이걸 피할 수 있었을까? 돌연 몸서리가 쳐졌다. 첫 번째 공격을 무사히 넘겼다.

그러나 이게 끝이 아니다.

'아니, 시작이지.'

우진철이 고개를 들었다.

석상들이 돌진해 오고 있었다. 상급 전투 계열 헌터의 반응속도가 아니면 따라잡기도 힘든 움직임.

하지만 우진철은 A급 헌터 중에서도 최상급에 속하는 이였다.

벌떡 일어난 그가 허리를 틀며 크게 주먹을 휘둘렀다. 특수 제조된 장갑이 석상의 안면을 강타했다.

쾅!

우진철의 눈이 커졌다.

'……?'

한 방이면 족할 줄 알았는데.

석상은 멀쩡했다.

석상의 한쪽 어깨가 누군가의 공격에 완전히 부서져 있던 터라 놈의 내구도를 착각하고 말았다. 석상을 부순 이가 누구인지를 생각했다면 이런 실수를 해서는 안 되었다.

약간 고개가 뒤로 밀리는 듯했던 석상은 금방 충격에서 회복해 손에 든 검을 찔러 왔다.

'쯧.'

우진철은 속으로 혀를 찼다.

반격을 생각 않고 전력으로 내지른 공격이라 검을 피할 방법이 없었다. 이렇게 가까운 거리에서 피할 수 있을 만큼 느리지도 않고.

그런데 그때.

퍼엉-!

강력한 폭발에 휩쓸린 석상이 옆으로 날아갔다.

잠시 귀가 먹먹해진 우진철이 인상을 쓰며 고개를 뒤흔들었다. 그러자 옆에서 목소리가 들렸다.

"괜찮습니까?"

최종 병기, 최종인이었다.

우진철이 감사하다는 뜻으로 고개를 끄덕였다. 한가롭게 이야기나 나눌 시간은 없었다.

쿵!

신상이 움직이고.

두두두두두!

석상들이 코앞까지 몰려들어 와 있었으니까.

"최 대표님! 이 녀석들 도발 스킬이 안 통합니다!"

탱커들이 고함을 질렀다.

"뭐?"

최종인의 얼굴이 굳어졌다.

도발 스킬이 통하지 않는다면 놈들은 본능대로 가장 약한 헌터들부터 노릴 것이다.

힐러가 죽으면 방어진은 금방 무너질 테고, 방어진 없이 강한 적을 상대로 버틸 수는 없다.

게다가 석상들의 뒤에서 신상이 어마어마한 크기의 주먹을 치켜들었다.

'여기서 살아 나갈 수 있을까?'

상황은 절망적이었다.

그러나 딱 한 가지 가능성 있는 방법이 있었다.

의식이 없는 성 헌터를 깨우는 것.

그 조각상 놈이 말했다.

'분명 성 헌터가 이 녀석들을 모두 처치했다고 했지? 그것도 5분 안에.'

석상들을 다 처치하고 힘이 빠진 성 헌터가 천사상에게 아쉽게 패한 것이라고 한다면, 지금은 상황이 달랐다.

성 헌터를 도울 일류 헌터들이 여기 수십이나 도착하지 않았나.

그러니까.

'성 헌터를 깨워야 한다.'

최종인이 손에 불꽃이 맺혔다. 괜히 최종 병기라는 타이틀을 달고 있는 것이 아니었다. 화력은 물론이고, 정확도 또한 어떤 첨단 무기에 뒤처지지 않았다.

모 아니면 도.

최종인이 캐스팅한 마법을 진우에게 날렸다.

다소 충격이 있을 수는 있더라도 이 정도 마법에 성 헌터가 크게 다치는 일은 없을 터.

폭발의 충격으로 깨어난다면 이쪽에도 승산이 있었다.

'그러니 제발……!'

불꽃이 길게 꼬리를 이으며 날아갔다.

그런데.

퍼엉.

불꽃은 순식간에 앞을 가로막은 천사상의 복부에서 터졌다.

'……?'

예상하지 못한 천사상의 개입에 최종인이 놀라 고개를 들었다.

천사상 얼굴의 모든 근육이 더 이상 일그러질 수 없을 정도까지 흉측하게 일그러져 있었다.

"감히……."

내내 미소를 머금고 있던 천사상이 처음으로 이를 드러냈다.

"왕의 수면을 방해하려 해?"

왕? 누가?

앞뒤를 알 수 없는 천사상의 말에 최종인이 물었다.

"방금 뭐라고……?"

그러나 천사상은 그에게 대꾸하지 않았다.

인간이 벌레와 대화를 나누겠는가?

천사상도 마찬가지.

지금은 사정이 있어 이런 모습으로 현신해 있으나 상위의 존재인 자신이 하찮은 인간과 문답을 주고받을 생각은 없었다.

벌레가 귀찮게 군다면 때려죽이면 그만인 일.

천사상은 머리 위로 치켜든 주먹을 망치처럼 내려쳤다. 초고속의 손망치가 최종인의 머리로 향했다.

쉬익!

최종인은 심장이 덜컥 내려앉았다. 하지만 고개를 돌리지는 않았다.

최후의 최후까지 포기하지 말라. 자신이 팀원들에게 누누이 강조했던 말이니까.

그런데 주먹이 머리를 내려치기 바로 직전, 눈앞에 섬광이 번뜩였다.

쾅!

감았던 눈을 뜨자 앞에는 빛의 검이 일렁이고 있었다.

최종인은 눈을 동그랗게 떴다.

"차 헌터!"

차해인이 천사상의 주먹을 스킬 '빛의 검'으로 막아 낸 상태로 버티고 있었다. 조금만 더 늦었어도 최종인의 머리가 날아갈 뻔한 순간이었다.

속으로 안도의 한숨을 내쉬는 최종인에게 차해인이 말했다.

"여긴 제가 맡을 테니 대표님은 헌터들을 도와주세요."

"알겠어."

최종인은 석상들과 싸우고 있는 헌터들에게 가세했다.

천사상은 빛으로 둘러싸인 차해인의 검을 내려다보며 호기심이 가득한 시선을 보냈다.

"하하."

자신의 공격을 막을 수 있는 인간이 진우 말고 또 있다니.

"너는 재미있구나. 재미있어."

천사상이 주먹에 힘을 실었다. 그러자 차해인의 무릎이 살짝 굽혀졌다. 어떻게 막아 내는 데까진 성공했지만 힘에 부쳤다.

"으윽……."

고운 입술에서 가냘픈 신음이 흘러나왔다.

손목이 파르르 떨렸다.

"어디, 어디."

천사상은 히죽히죽 웃으며 온도를 높여 가듯 점점 더 강한 힘을 가했다. 차해인의 발이 맞닿아 있는 바닥에 콰직 하고 금이 갔다.

팔 하나에 말도 되지 않는 압력이 실리고 있었다. 차해인은 아랫

입술을 질끈 깨물었다.

'이대로는…… 얼마 못 버텨.'

더 이상 뒤가 없다고 판단한 그녀가 순간적으로 가진 힘을 집중해 천사상의 주먹을 밀쳐 냈다.

과연 S급 헌터들 중에서도 최상급에 속하는 그녀의 폭발적인 힘!

천사상은 한 걸음 물러나며 미소를 지었다.

"하하."

단순한 여흥거리로 생각했던 것이 기대 이상의 즐거움을 주었다.

아직은 더 즐길 수 있을 듯했다.

"좋아, 좋아."

이번에는 천사상의 두 손에 마력이 응축되기 시작했다.

꼴깍.

차해인이 마른침을 삼켰다.

강대한 힘이 천사상의 두 주먹에서 흘러나오고 있었다. 할 수만 있다면 여기서 달아나고 싶을 정도로 겁이 났다.

'하지만…….'

진우가 쓰러져 있는 이때, 자신마저 등을 돌린다면 누구도 이 괴물을 감당할 수 없었다.

그녀의 눈매가 매서워졌다.

그에 반해 천사상은 웃으며 한 걸음 성큼 다가와 섰다.

3미터에 가까운 장신의 적이 히죽 미소를 보였다. 그때, 녀석의 공격이 다시 시작되었다.

천사상은 진우에게 했었던 것처럼 양손을 닥치는 대로 휘둘렀다. 손이 두 개뿐인 건 아쉽지만, 이 인간에게는 그 정도로도 충분할

터였다.

움켜쥔 주먹들이 총탄같이 튀어 나갔다.

두두두두두-!

차해인이 눈을 부릅떴다.

'검무!'

그녀의 움직임이 마치 춤을 추는 것처럼 빨라지며 검이 화려한 곡선을 그리기 시작했다.

그러나 천사상의 주먹이 너무 빨라 반격은커녕 막아 내는 것도 급급했다.

한순간.

딱 한순간만 놓쳐도 목숨을 잃을 수 있는 치명적인 공격들이 쏟아지고 또 쏟아졌다.

캉! 카강! 캉! 캉! 캉! 카앙! 카강! 캉! 카강! 캉, 캉! 캉! 카강! 캉! 캉! 카앙! 카앙! 캉!

"그렇게. 그렇게. 하하."

천사상은 평범한 헌터들은 눈으로 좇기조차 힘든 공격을 쉴 새 없이 퍼부으면서 실컷 신을 냈다.

조금씩, 조금씩 뒤로 밀리던 차해인은 전신이 땀으로 흠뻑 젖어 갔다.

그래서일까?

아니면 한계에 다다랐던 것일까?

젖은 손이 미끄러지며 천사상의 공격 하나를 놓쳤다. 뼈아픈 실수였다. 검을 비껴 나간 주먹이 차해인의 어깨를 치고 지나갔다.

파각!

"……!"

차해인이 다급히 뒤로 물러서며 이를 악물었다. 그러나 뼈가 부러진 듯 어깨에 감각이 없었다.

그렇게 왼손을 잃었다.

차해인은 축 늘어진 왼손을 안타까운 시선으로 바라보았다.

"하하. 거기까지냐? 거기까지?"

천사상이 곧바로 거리를 좁혀 왔다.

놈은 틈을 주지 않았다.

잠시 중지되었던 공격이 또다시 퍼부어지기 시작했다.

캉! 카강! 카앙!

두 손이 멀쩡할 때도 감당하기 힘들었던 공격이었다.

한 손으로는 역부족이었다. 놓치는 공격이 점점 많아지면서 차해인의 몸이 부서져 갔다.

퍽! 퍼벅! 퍽!

뼈가 부서지고, 살이 찢겼다.

그러다 결정적으로 한 방.

퍽!

주먹이 복부를 파고들어 가자 두 다리가 땅에서 떨어진 그녀가 입에서 피를 쏟아 냈다.

"컥!"

휘어진 몸이 공중으로 떠올랐다.

당연히 공중에서는 움직임이 제한될 수밖에 없고, 다음 공격에 대한 대비가 미비해진다.

천사상은 망가진 장난감에 흥미를 잃었다.

끝을 내기 위해, 천사상이 바닥으로 곤두박질치는 그녀에게 접근했다. 손끝을 세워서 날을 만들고 그녀의 가슴을 노렸다.

그런데 그때.

어딘가에서 뿜어져 나온 푸른빛이 차해인의 몸을 감쌌다.

힘없이 떨어지던 차해인이 눈을 부릅떴다. 한 바퀴 몸을 비튼 그녀가 검을 휘둘렀다.

멈칫.

급히 멈춰 선 천사상이 검을 피해 목을 뒤로 뺐으나 칼끝이 눈가를 스치고 지나갔다.

스걱.

천사상의 얼굴에 선 하나가 그어졌다.

탓.

반격에 성공한 차해인이 어렵사리 균형을 잡고 착지했다. 때마침 들어온 힐 덕분에 간신히 위기를 모면할 수 있었다.

천만다행이었다.

그러나 차해인에게 다행인 일이, 모두에게 다행은 아니었다.

휙.

천사상의 고개가 힐이 날아온 쪽으로 돌아갔다.

아뿔싸.

차해인이 힐러를 바라보며 비명을 질렀다.

"거기 피해요!"

탱커들 뒤쪽에서 치료 마법을 날리고 있던 메인 힐러가 차해인의 외침에 움찔 어깨를 떨었다.

"네?"

그러나 그가 차해인에게 고개를 돌렸을 때는 이미 천사상이 시야를 가로막고 있었다.

"아……."

메인 힐러의 입이 벌어졌다.

천사상은 최종인에게 하려 했던 짓을 서슴없이 저질렀다.

쾅!

얻어맞은 힐러의 머리가 바닥으로 처박혔다. 움찔움찔 떨던 다리는 금방 움직임을 멈췄다.

"안 돼!"

천사상을 포위한 헌터들은 분노를 숨기지 않고 달려들었다.

그러나 불가항력이었다.

그들의 힘으로는 천사상을 막을 수가 없었다.

퍽, 퍽.

천사상이 주먹을 휘두를 때마다 A급 헌터들이 상급 마수 앞에 선 하급 헌터들처럼 무력하게 죽어 나갔다.

"재미없다. 재미없다, 인간들."

흥이 깨진 상위 존재에게 더 이상의 자비는 없었다.

후열에 있던 헌터들의 수가 줄어들자 신상과 석상들의 공격에 맞서고 있던 탱커진도 와르르 무너져 내렸다.

아비규환.

균형의 추가 삽시간에 기울었다.

쾅!

신상이 탱커들을 피해 거대한 주먹을 내려치자 아래에 있던 헌터 두 사람이 동시에 목숨을 잃었다.

그 뒤로 무기를 든 석상들이 무섭게 헌터들을 에워싸고 들어왔다.

'제길……!'

헌터들에게 달라붙은 석상 넷을 빠르게 베어 낸 차해인이 천사상 앞으로 뛰어들었다.

일단 놈을 막아야 했다.

그러나 천사상은 그녀가 내려치는 검을 팔목으로 가볍게 막아 내고는 비어 있는 그녀의 옆구리를 발로 걷어찼다.

투쾅!

천사상이 제대로 나서기로 작정한 이상 그녀 또한 더 이상 상대가 되지 못했다.

차해인이 나가떨어지는 것을 보고 최종인이 가까이 있던 우진철의 어깨를 붙들었다. 석상 하나를 때려눕힌 우진철이 화들짝 놀라 돌아보았다.

"내가 주의를 끌어 보겠습니다. 우 과장님이 성 헌터를 깨우시죠. 그거 말고는 답이 없으니까."

"네? 성 헌터님은 쓰러져 계신 거 아닙니까?"

"아뇨. 그냥 잠들어 있을 뿐입니다. 호흡도 마력도 안정적이에요. 제가 볼 때는 어떤 상처도 없었습니다."

혹시 수면 마법 같은 것에 당한 것은 아닌지?

어쩌면 천사상이 잠들어 있는 성 헌터에게 공격을 가하지 않는 이유도 혹시나 그가 깨어나 버리는 것이 염려되어서가 아닐까 하는 생각이 들었다.

'왕의 수면이니 뭐니 하는 말은 잘 모르겠지만…….'

최종인은 성 헌터를 보호하려던 천사상의 필사적인 움직임을 떠올렸다. 추측하건대 그가 깨어나는 것이 천사상에게 치명적임은 확실했다.

"어서!"

우진철이 고개를 끄덕였다.

최종인은 가지고 있던 마력 전부를 끌어올렸다.

곧 그의 손 위에서 만들어진 거대한 원형의 불덩어리가 사방으로 불꽃을 토해 냈다.

일직선으로 날아가는 불꽃들은 사물에 닿을 때마다 강력한 폭발을 일으켰다.

쉬익-! 쉬익-!

펑! 퍼벙! 펑! 퍼엉!

당연히 석상들의 시선은 최종인에게 향했다.

최종인이 시간을 벌어 주는 사이 우진철은 빠르게 진우가 있는 곳을 향해 달려갔다.

그는 최종인의 예상이 틀리지 않았기만을 속으로 기도했다.

한쪽에서 최종인과 우진철이 진우를 깨우려 애쓰는 동안, 천사상은 드러누워 숨을 헐떡이고 있는 차해인 앞에 섰다.

차였을 때 벌써 한쪽 갈비뼈가 모조리 부서진 그녀였다.

천사상은 그런 상황에서도 손에서 떨어진 검을 쥐려고 움직이고 있는 그녀의 팔을 밟았다.

콰직!

"아아아악!"

차해인이 부러진 팔을 붙잡고 비명을 질렀다.

치유할 수 있는 능력을 지닌 인간은 모두 죽였고, 여자 인간은 전투 불능의 중상을 입었다.

인간들 중 유일하게 위협적인 자가 제거된 순간이었다.

"하하."

천사상이 다시 손날을 세웠다.

"이걸로 끝이구나."

인간 여자는 자신을 노려보며 숨을 가쁘게 몰아쉬고 있었다. 모든 게 끝났는데도 마지막까지 삶을 포기하는 기색은 없었다.

이런 면에서 보면 그녀는 그와 닮았다.

성진우.

그도 처음 이곳에서 만났을 때 저런 눈빛을 했었다.

피식.

입꼬리를 올린 천사상이 차해인의 가슴에 손을 찔러 넣었다. 아니, 찔러 넣으려고 했다. 그런데 막 심장 위를 뚫고 들어가기 직전에 손이 멈췄다.

천사상이 움찔하며 물러났다.

인간 여자의 그림자에 그림자 병사가 하나 숨어 있었던 것이다.

이 방의 룰에 따라 병사가 밖으로 나오지는 못하고 있었지만 존재의 유무는 확실했다.

깜짝 놀라고 있는 것 같은 천사상의 얼굴을 보면서 차해인도 의아한 시선을 보냈다.

'……?'

금방이라도 숨통을 끊을 수 있으면서 녀석은 망설이는 듯 보였다.

그렇다.

천사상은 실제로 망설이고 있는 중이었다.

왕께서 병사를 심어 놓은 인간이라니. 무슨 특별한 의도가 있는 게 아닐까?

물론 이것은 왕이 아닌 인간의 뜻일 가능성도 있었다.

하지만.

'분명 왕과 인간은 조금이지만 섞여 있는 상태였다.'

그렇다면 그의 행동이 왕의 뜻인지 인간의 뜻인지 어떻게 구분할 수 있다는 말인가?

만약 왕께서 어떠한 목적을 가지고 여자에게 병사를 심어 놓았다면 함부로 건드려서는 안 된다.

그래서 천사상은 물었다.

"너희는 어떻게 여기를 찾아왔지?"

"……."

차해인은 대답하지 않았다.

침묵이 길어지자 천사상은 질문을 바꾸었다.

"너희들과 성진우는 어떤 관계냐?"

"……."

이번에도 대답은 없었다.

적의 질문에 대답할 의무가 없다는 사실을 차해인은 잘 알고 있었다.

이대로는 그녀의 입을 열게 만들 수 없다. 그렇게 직감한 천사상이 작전을 달리했다.

딱.

천사상이 손가락을 튕기자 헌터들의 비명이 멈추었다.

신상과 석상들이 어떤 신호라도 받은 것처럼 싸움을 멈추고 천천히 돌아서서는 한쪽으로 이동했다.

그리고 손을 뻗었다.

진우에게 다가가던 우진철이 '보이지 않는 손'에 이끌려 바닥에 처박혔다.

"크윽!"

위에서 덮쳐진 힘에 저항하려 애썼지만 꼼짝달싹할 수가 없었다. 우진철은 굳게 쥔 주먹을 부르르 떨며 신음을 흘렸다.

천사상이 손을 거두어들였다.

안에서 일어나는 움직임은 하나도 놓치지 않는다. 인간들이 발버둥 쳐 봐야 자신의 손바닥 안이었다. 그게 인간들과 상위 존재인 자신의 차이.

그 간극을 넘는 것은 불가능에 가까웠다.

"다시 묻겠다."

천사상의 손가락 끝이 우진철을 가리켰다.

"이번에도 대답이 없으면 저 남자를 비롯한 네 동료들을 모두 죽인다."

"……좋아."

차해인이 고개를 끄덕였다.

이렇게라도 시간을 벌 수 있다면 그것만으로도 이득이었다. 천사상이 상체를 일으킨 그녀를 내려다보며 조용히 물었다.

"너와 성진우는 어떤 관계냐?"

"……친구."

"너희는 어째서 여기에 왔지?"

잠시 생각해 보던 그녀가 대답했다.

"성진우 헌터를 구하러."

질문의 답을 듣고 난 천사상의 얼굴에 미소가 떠올랐다.

누가 누굴 구한다는 건지?

그는 확신했다.

이들은 아무것도 모르고 있음을.

잠깐 왕의 뜻이 있으리라 짐작했던 자신이 부끄러워졌다. 이들은 인간 '성진우'만을 알고 여기에 찾아온 것이었다.

참지 못한 천사상이 그만 큰 소리로 웃음을 터트렸다.

그러고는 말했다.

"너에게는 기회를 주마."

"……기회?"

"오늘 여기서 위대한 군주 중 한 분이 현세에 강림하신다. 너에게는 그 영광스러운 장면을 목도할 수 있는 기회를 주겠다."

왕의 의사를 확인하기 전까지는 차해인을 어떻게 할 수 없었다. 그러니 그녀만큼은 살려 둬야 했다. 하나 예외는 그녀뿐, 다른 인간들까지 놔둘 생각은 없었다.

"그러나 너 외의 인간들은."

미소가 사라진 천사상의 얼굴이 살벌하게 변했다.

"모두 이 자리에서 죽는다."

이 영광스러운 자리에 불청객을 남겨 둘 수는 없지 않은가?

그런데.

대답은 앞이 아닌 뒤에서 들려왔다.

"누구 마음대로?"

"……?"

천사상이 채 돌아보기도 전에 날아온 주먹이 녀석의 얼굴을 강타했다.

투쾅!

날아간 천사상이 벽에 처박혔다.

쿵!

충격으로 벽면에 거미줄 같은 금이 새겨지고 돌조각이 떨어졌다.

천사상이 스르륵 바닥으로 떨어지기 직전, 그 앞에 선 진우가 천사상의 목을 움켜잡고 말했다.

"너."

진우의 다른 손은 오른쪽 가슴 위에 있었다.

역시나.

꿈이 아니다.

오른쪽에 다른 심장 하나가 쿵쿵대며 뛰고 있었다. 진우가 천사상의 목을 쥔 손에 힘을 주며 물었다.

"내 몸에 무슨 짓을 했나?"

8. 검은 심장

8. 검은 심장

한순간.

진우는 불러온 데이터 속의 그림자 군주가 되었었다.

그때 자각했다.

자신의 가슴속에 마력의 심장이 뛰고 있었음을. 심장에서는 강한 마력이 쉴 새 없이 흘러나오고 있었다.

이게 과연 착각일까?

확인 방법은 쉬웠다.

'상태 창.'

진우는 천사상의 목에서 손을 떼지 않은 상태로 상태 창을 불러왔다.

나열된 많은 수치들 가운데, 진우가 확인해 보고 싶은 것은 시스템이 마나 포인트라고 명시한 마력량이었다.

[MP : 109,433]

진우의 눈이 커졌다.

'10만?'

두 눈으로 직접 확인하고도 믿을 수 없었다.

마지막으로 확인했을 때의 마나량은 분명 9천 대였다. 이곳으로 출발하기 직전에 확인해 봤으니 오차는 없을 터.

그랬던 것이 이제 10배를 넘어서 있었다.

그런데.

놀라운 일은 그것뿐만이 아니었다.

'칭호가?'

변동 사항이 있는 듯 칭호 칸이 연신 깜박거렸다. 지정한 것도 아닌데 칭호가 변경되어 있었다.

바뀐 칭호는 '악마 사냥꾼.'

정보가 개방되지 않아서 그동안 방치해 두고 있었던 칭호였다. 진우는 칭호의 정보를 확인했다.

[칭호 : 악마 사냥꾼]

'요구 조건이 충족되었습니다.'

악마들의 왕, 백염의 군주 바란을 처치한 기억을 되찾았습니다. 강대한 힘이 플레이어를 주인으로 인정했습니다.

효과 '검은 심장' : 마나량 +100,000

'검은 심장!'

마나량이 말도 되지 않는 수준까지 올라간 이유가 여기에 있었다.
추가 마나량 10만.
그건 그림자 병사들을 무한에 가깝게 재생시킬 수 있는 힘이었다.
문득 진우는 데이터 속에서 보았던 그림자 군주의 모습을 떠올렸다.
하늘을 뒤덮고 있던 은빛 병사들에게 맞섰던 이들은 그가 이끄는 불사의 군단이었다.
그들은 끊임없이 부활을 거듭하며 적들을 압도해 나갔다.
같은 수의 마수들을 수월하게 제압했던 은빛 병사들조차도 그림자 병사들의 재생력을 견디지 못해 결국 뒤로 밀려나야 했다.
원군이 제때 도착하지 않았다면 은빛 병사들은 전멸을 면치 못했을 것이다.
그것은 전부 데이터 속 군주가 가진 방대한 마력의 힘이었다.
'그렇다면…….'
이 '검은 심장' 효과만 있으면 내 그림자 병사들도 불사의 군단이 될 수 있다-!
거기까지 생각이 미치는 순간, 온몸에 전율이 일었다.
"어떻게…… 네가?"
진우가 고개를 들었다.
떨리는 목소리는 천사상의 입에서 나오고 있었다.
처음으로.
진우는 처음으로 천사상에게서 미소와 분노 외의 얼굴을 보았다. 표정이 나타낸 감정은 두려움이었다.
천사상은 진우를 보며 믿을 수 없다는 듯 겁에 질린 채 말했다.
"어째서 검은 심장을 가지고도 자아를 유지할 수 있는 거지?"

'뭐라고?'

놈의 대답을 듣고 진우는 두 가지를 빠르게 눈치챘다.

자신에게 나타난 '검은 심장'은 결코 천사상이 유도한 결과가 아니라는 것. 그리고 그 결과가 자신에게 좋은 일은 아닐 거라는 사실까지.

콰드득.

진우가 손아귀에 힘을 주자 천사상의 목에 금이 시작했다.

"크윽!"

천사상의 얼굴이 고통으로 일그러졌다.

"플레이어라는 건 대체 뭐냐? 내게 뭘 하려고 했어?"

언제라도 목을 부러뜨릴 수 있도록 진우는 경계를 늦추지 않고 물었다. 그러나 천사상은 대답할 정신이 없는 듯했다.

"설마……? 그, 그림자 군주 네놈이 우리를……! 다른 군주들께서 두고 보실 것 같으냐!"

천사상은 진우를 노려보며 헛소리를 지껄여 댔다.

콰직!

진우의 손가락이 천사상의 목에 박혀 들어갔다. 이제 손가락만 까딱해도 목이 부서질 정도였다.

고통은 오롯이 전해졌다.

"크아아악!"

천사상이 하늘을 향해 괴로운 비명을 내질렀다.

진우는 묻고 싶은 것이 많았다.

"묻는 말에 대답해라."

그래서 시험의 결과로 물어볼 권리를 얻었다. 약속의 대가를 요구하는 것은 정당했다.

그때.

천사상에서 붉은빛이 번뜩였다.

"헉!"

"뭐야?"

헌터들의 경악성에 진우가 고개를 뒤로 돌렸다.

"저, 저것들이!"

"온다!"

공동의 한쪽 구석으로 이동해 있었던 신상과 석상들의 눈에 붉은빛이 들어와 있었다.

놈들이 움직이기 시작했다.

"하하."

천사상이 크게 웃었다.

"이제 나를 죽이면 아무도 내 인형들을 멈출 수 없다."

이래도 나를 죽일 수 있는가?

천사상은 그런 시선으로 진우를 바라보았다.

하위 존재는 약점이 많다.

녀석이 인간이라면 이런 것도 충분히 약점이 될 수 있을 터. 분명 저들 중에는 이 인간을 친구라 부르는 존재도 있었다.

그런데.

천사상의 예상과 달리 진우는 미소를 보였다.

'웃어……?'

진우가 물었다.

"너를 죽이고 나서 내가 인형들을 처리하면?"

당황한 천사상이 급히 대답했다.

"시스템의 설계자인 나를 죽이면……."

"그것도 생각해 봤는데."

천사상의 말을 끊은 진우의 눈빛이, 헌터들을 둘러볼 때의 천사상과 비슷했다.

"시스템 설계자가 사라진다고 해서 이미 만들어진 시스템이 망가지는 경우는 없잖아?"

허를 찔렸다.

이 인간은 자신이 일부러 언급하지 않고 있던 부분까지 알고 있었다.

불찰이었다.

어떤 기준으로 이 인간을 선택했는지 잊고 있었다.

그는 전부터 규칙을 간파하는 데 능했다.

'이렇게 되면 강제로라도!'

천사상은 자신이 가진 마지막 카드를 발동시켰다.

띠링!

[시스템이 시스템 관리자의 접근을 차단합니다.]

[시스템이 시스템 관리자의 접근을 차단합니다.]

[시스템이 시스템 관리자의 접근을 차단합니다.]

띠링! 띠링!

그 뒤로도 계속해서 몇 번이고 기계음이 울렸다. 그러나 같은 메시지가 반복될 뿐이었다.

[시스템이 시스템 관리자의 접근을 차단합니다.]

천사상의 얼굴이 굳어졌다.
천사상이 시스템을 이용해 뭔가를 시도하려 했으나 시스템마저 천사상의 편이 아닌 듯했다.
진우가 어깨를 으쓱하자 천사상이 몸부림쳤다.
"으아아악, 네놈!"
대답할 생각이 없다면.
'살려 둘 필요도 없지.'
진우는 천사상의 목을 놓는 동시에 마력을 실은 왼손을 날렸다.
쿠앙-!
천사상을 뚫고 지나간 충격이 벽면에 거대한 구멍을 남겼다.
고오오오-
일순간 주위에 정적이 깔렸다.
눈에는 눈.
이에는 이.
진우는 자신을 이용하려 했던 천사상에게 합당한 응징을 내렸다.
머리는 물론이거니와 상반신의 반이 사라진 천사상의 몸이 벽을 타고 스르르 미끄러져 내렸다.
'대답을 듣지 못한 건 아쉽지만.'
어차피 처음부터 자신을 속이려 한 놈이었다.
그런 놈의 입에서 나온 말을 믿을 수 있을까?
'이걸로 됐다.'
진우는 아쉬움을 떨치려는 듯 왼손에 묻은 흙먼지를 가볍게 털어

냈다.

그때.

간절히 진우를 부르는 목소리가 터져 나왔다.

"성 헌터님!"

아.

진우가 돌아섰다.

천사상에게 너무 집중하고 있었던 나머지, 그만 석상들을 잊고 말았다.

석상들은 천사상이 죽기 전에 지시를 내렸던 대로 인정사정없이 헌터들을 치고 들어왔다.

"성 헌터!"

최종인이 마법으로 석상들을 견제하며 애타게 진우를 찾았다.

그렇게 외치는 그 순간에도 석상들이 까맣게 몰려들고 있었다.

퍽!

석상에게 턱을 맞은 우진철이 비틀거렸다. 흔들리는 다리로 균형을 유지하려 애쓰며, 그는 좌우로 곁눈질을 했다.

덮쳐 오는 괴물들과 치열한 싸움을 벌이는 헌터들의 피와 땀이 사방으로 흩뿌려지는 광경이 시야에 들어왔다.

머릿속이 하얘졌다.

잠깐.

내가 지금 뭐 하는 중이었더라?

'아차.'

정신이 들었을 땐 석상이 코앞에 있었다.

우진철은 자신의 턱을 때린 것이 무엇인지 확인했다. 백과사전 몇 개를 겹쳐 놓은 듯 두꺼운 책이었다. 모양은 책이라도 재질이 돌이다 보니 머리가 흔들렸다.

'아니…… 원래 두꺼운 책도 흉기로 간주되던가?'

짧은 순간이지만 이전에 TV에서 봤던 형법 판결이 떠올라 피식 웃었다. 어차피 막을 힘도, 피할 힘도 없었다. 반격할 힘은 더더욱 없었다.

그래서 씩 웃으며 손을 내렸는데.

쾅!

허리가 둘로 쪼개진 석상이 폭발에 휩쓸린 듯 튕겨 나갔다.

"어……?"

정신이 바짝 들었다.

눈을 깜박이며 고개를 흔들었더니 옆에 낯익은 남자가 보였다.

"괜찮아요?"

"아……."

그저 탄식밖에 나오지 않았다.

남자는 성진우였다.

그를 보고 놀란 표정을 짓고 있던 우진철이 가까스로 물었다.

"혹시 방금 맨손으로……?"

"자세한 이야기는 나중에 합시다."

진우는 우진철을 뒤로한 채 달려 나갔다. 그러면서 주위를 둘러보는 그의 시선에 조명에 반짝이는 무언가가 들어왔다.

'악마왕의 단검'이었다.

'찾았다!'

진우가 단검을 향해 손을 뻗었다. '보이지 않는 손'이 작용하며 단검이 손아귀로 빨려 들어왔다.

척.

손에 잡히는 그립감은 언제나 일품이었다.

쾅!

일단 앞을 막고 있던 석상 하나를 냅다 발로 차 버린 진우가 헌터들에게 엉겨 붙은 석상들을 베어 내기 시작했다.

흐읍.

그러면서 심호흡을 들이켰다.

느려진 시간 속에서 오직 홀로 자유로웠다. 이어 진우의 모습이 사라지고, 상급 헌터들조차 보지 못하는 움직임으로 석상들을 파괴해 나갔다.

스걱!

툭!

석상 넷이 동시에 쓰러졌다.

진우에게 도움받아 간신히 위기를 벗어난 헌터들이 입을 쩍 벌렸다.

"어……?"

그들 옆으로 어느새 다가온 우진철이 조용히 말을 건넸다.

"그 말밖에 안 나오죠?"

"……네."

헌터들이 고개를 끄덕였다.

"저도 그렇더라고요."

몇 번을 보아 왔지만 나오는 건 탄성뿐이다. 우진철은 쓰게 웃으며 담배를 물었다. 감시과 헌터 하나가 곁에 붙어 섰다.

"과장님, 이러고 계셔도 됩니까?"

"왜?"
"지금 성 헌터님께서 괴물들과……."
감시과 헌터가 진우 쪽으로 고개를 돌렸다.
"어……?"
우진철은 쩍 벌어진 감시과 헌터의 입에 담배를 물리고는 불까지 붙여 주었다.
"우리가 나설 자리가 보이냐?"
"안…… 보입니다."
"그러니까 조용히 그거나 피우고 있어."
"네."
헌터들은 경외의 시선으로 진우를 바라보면서 우진철에게 모여들었다. 우진철의 담배는 금방 동이 났다.
왠지 코끝이 따가웠다.
'여기서 몇 번을 죽었다고 생각했는지 모르겠네.'
결코 넘을 수 없는 벽처럼 보였던 괴물들을 혼자서 쓸어버리는 진우를 보고 있으니 안도감과 함께 벅찬 희열이 몰려들었다.
"과장님, 혹시 우십니까?"
"아냐, 인마. 담배가 매워서 그래."
"저도 맵습니다."
"저도요."
"저도."
헌터들 모두 오늘따라 담배가 매운지 눈물을 글썽거렸다.
쾅!
신상의 주먹을 방패로 막아 낸 손기훈이 기함을 토했다.

"커헉!"

무릎이 덜덜 떨려 왔다.

힐러가 없으니 혼자서 충격을 다 버텨야 하는데, 이 이상은 무리였다.

"누…… 누가 좀!"

그가 힘겹게 고개를 돌리자 헌터들이 가만히 모여 있는 것이 보였다.

아니.

지금 자신은 이렇게 외로이 신상의 공격을 받아 내며 피똥 싸고 있는데 어째서 아무도 도울 생각을 않는단 말인가?

발끈한 손기훈이 버럭 소리를 질렀다.

"뭐 합니까, 다들!"

그러자 헌터들이 일제히 위를 가리켰다. 손기훈은 그게 위에서 공격이 들어온다는 말인 줄 알고 움찔 놀라 방패를 치켜들었다.

그러나 공격은 오지 않았다.

'……?'

그러고 보니 아까부터 이상하게 주위가 조용했다.

'뭐지?'

방패 밑으로 슬며시 주위를 둘러보니, 근처의 석상들이 전부 쓰러져 있었다.

"뭐야?"

화들짝 놀란 그가 방패를 치웠다.

그러자 위가 훤히 보였다.

빌딩처럼 높게 솟아 있는 신상의 모습과, 그 어깨에 올라서 있는 진우의 모습이 눈에 들어왔다.

"어……?"

손기훈이 채 다 놀라기도 전에.

투콰!

진우의 주먹에 신상의 나머지 얼굴 반이 날아갔다. 머리를 잃은 신상이 비틀대기 시작했다.

"어? 어?"

심상치 않은 기운을 느낀 손기훈이 부리나케 튀었다. 느낌대로 신상은 그가 있었던 자리를 덮쳤다.

쿠웅—!

피어오른 뿌연 먼지가 내부 전체를 뒤덮었다.

콜록콜록!

기침을 내뱉던 최종인은 먼지를 헤치고 차해인에게 다가갔다.

"차 헌터."

"대표님……?"

"괜찮아? 일어설 수 있겠어?"

누워서 신음하던 그녀가 고개를 가로저었다. 온몸이 성한 곳이 없었다.

최종인이 안타까운 마음에 눈살을 찌푸렸다.

"내가 도와줄게. 조심히 일어서 봐."

그녀를 부축하려 드는 최종인 옆에, 석상들을 모두 처리하고 온 진우가 섰다.

"제가 차 헌터님을 부축해도 될까요?"

"예?"

최종인이 소리가 들려오는 쪽으로 고개를 들었다.

그 순간, 살짝이지만 차해인이 자신의 손을 밀쳐 내는 기분이 들었다.

최종인이 얼떨결에 대답했다.

"아, 네. 그러시죠."

진우는 잽싸게 차해인을 안아 들었다. 차해인의 얼굴이 붉게 상기되었다.

"조금만 참아요."

입구로 달려간 진우가 문을 걷어찼다.

쾅!

잠긴 문 따위는 발길질 한 번으로 충분했다. 상급 헌터들이 아무리 흔들어도 끄떡없던 문이 박살 나 날아갔다.

문밖에 차해인을 조심스럽게 눕힌 진우가 상점을 불러냈다.

그녀의 상태가 좋지 않았다.

상급 힐링 포션을 구입한 진우가 차해인의 입에 포션을 털어 넣었다.

꼴깍, 꼴깍.

상처는 놀랍도록 빠르게 아물어 갔다.

"어떻게……?"

"쉿."

진우가 검지를 들었다.

지금은 그런 것을 설명하고 있을 때가 아니지 않은가?

헌터들이 하나둘 밖으로 빠져나왔다. 불행 중 다행이라고 할까. 다들 꼴이 말이 아니었지만, 당장 응급처치가 필요한 사람은 보이지 않았다.

진우는 상점을 닫았다.

포션의 존재를 모르는 헌터들은 차해인이 멀쩡히 일어서자 눈을 휘둥그레 떴다.

"어? 차 헌터님 방금 전만 해도……."

"그게……."

무심코 대답하려던 그녀가 힐끔 진우의 눈치를 살피더니 말을 돌렸다.

"지금 그런 걸 설명할 때가 아니니까, 일단 밖으로 나가서 얘기하죠."

헌터들은 모두 수긍했다.

"생존자는 더 없나요?"

그녀는 기감이 가장 좋은 진우에게 물었다. 내부를 들여다본 진우가 고개를 저었다.

여기 서 있는 사람은 전부 열일곱.

안에 들어갔던 헌터 중 반 이상이 죽었다. 살았다는 기쁨도 잠시, 분위기가 갑자기 숙연해졌다.

"그럼."

굳은 얼굴로 뒤돌아서는 차해인의 손목을 진우가 잡았다.

차해인이 진우를 바라보았다.

헌터스 공격대가 여길 찾은 이유는 두 번째. 진우는 그것보다 더 궁금한 게 하나 있었다.

"저기…… 일본은 어떻게 됐죠?"

S급 게이트의 던전 브레이크가 일어나기 직전 이곳으로 들어온

진우는 일본 소식이 궁금했다.

차해인은 대답을 망설이다 겨우 적당한 표현을 찾았다.

"망했어요."

결국 그렇게 됐나.

결계로 게이트를 막는다던 유리 오를로프의 계획은 발상부터 위험천만하긴 했다.

그도 그럴 것이 S급 게이트 아닌가.

헌터든 게이트든 S급은 측정 불가를 뜻한다.

측정 불가. 즉 안에서 뭐가 튀어나올지, 어떤 일이 발생할지 알 수 없다는 것.

그럼에도 유리는 자신의 힘을 과신했고, 그 어리석음은 참혹한 결과를 낳았다.

진우는 얼굴이 착잡해졌다.

일본의 헌터들이 제주도에서 저지르려 했던 일은 고건희 협회장에게 들었다.

그들의 최종 목표까지는 알아낼 수 없었지만, 그들은 결국 작전을 실행에 옮겼다.

한국 헌터들은 진우가 아니었다면, 괴물 개미가 없었다고 해도 살아서 나오기 힘들었을 것이다.

그런 짓을 벌이고도 일본의 헌터협회장이란 작자는 한국에 방문해 고건희 협회장을 협박했었다고 한다.

'벌을 받아도 싸다.'

하지만 그건 어디까지나 일본 헌터협회의 수뇌부와 수작질에 발을 담근 최상급 헌터들 이야기.

그 밖의 선량한 일본 시민들에게는 죄가 없었다.

아직 풀리지 않은 역사적 감정은 남아 있지만, 무지가 죽어야 할 만큼 심각한 죄는 아니었다.

그러나 도심 한복판에서 일어난 던전 브레이크.

오크들이 게이트에서 나온 것만으로도 학생들이 절반 가까이 죽어 나갔다.

그런데 1,300만 명이 넘는 대도시의 중심가에서 S급 게이트가 열린다면?

참담한 결과는 불을 보듯 뻔했다.

또한 그 결과는 그들이 일부 자초한 것이기도 했다.

'고토 류지를 비롯한 일본의 최상급 헌터들이 건재했다면 결과가 달라졌을지 모르지.'

고토는 강했다.

일순간 진우에게 위협을 가할 수 있었을 만큼.

고토의 공격이 눈을 아슬아슬하게 비켜 나갔을 때는 천하의 진우도 아찔했었다.

어디 그뿐이겠는가?

제주도에서 발견한 일본 헌터들의 주검은 하나같이 한국의 S급 헌터들을 뛰어넘는 인재(人才)들이었다.

싸움의 기술까진 알 수 없어도 시체에 남아 있던 마나 양만큼은 그랬다.

죄 없는 사람을 언데드로 만드는 것이 내키지 않아 포기했었지만, 그림자 병사들로 쓰고 싶었을 정도로 뛰어난 헌터들이었다.

'녀석들이 하려던 짓을 생각하면 그림자 병사들로 만들어도 쌌는데!'

진실을 알게 된 것은 한참 뒤의 일이었으니까.

아무튼 그 정도로 강한 헌터들이 일시에 몰살당했으니 자국에 나타난 S급 게이트를 처리할 여력이 있을 수가 있나.

결국 이번 일은 하늘이 부른 재앙이 아니라 인간의 욕심이 부른 화, 인재(人災)였다.

"성 헌터님?"

차해인이 걱정스러운 목소리로 진우를 불렀다. 진우는 아직도 그녀의 손목을 잡고 있는 채였다.

"미안해요. 잠시 딴생각을 좀."

"아."

진우는 손을 놓았다.

그러나 차해인이 진우를 불렀던 이유는 손목을 잡혀서가 아니라, 진우의 표정이 갑자기 어두워졌기 때문이었다.

일본에 가족이나 친척이 가 있는 걸까?

그런 의문이 언뜻 그녀의 머릿속을 스치고 지나갔다.

아직 일본 헌터협회가 어떤 흉계를 꾸몄었는지 모르는 그녀는 이번 일을 단순한, 아니 단순하기보다는 끔찍한 사고로 인식했다.

일본은 어떻게 됐는가?

그렇게 첫 번째 의문은 해결됐다. 그래서 진우는 두 번째로 궁금했던 것을 물었다.

"다들 여긴 어떻게 오신 겁니까?"

차해인, 최종인, 우진철, 그리고 어금니와 싸울 때 만났었던 손기훈과 그의 팀원들까지.

헌터스 길드와 감시과 일동이라는, 접합점이 없을 것 같은 상급 헌터들이 잔뜩 몰려와 있었다.

부하들의 부상 정도를 체크하던 우진철이 앞으로 나와 말했다.

"신고를 받고 왔습니다. 그런데 성진우 헌터가 들어갔다는 걸 알게 됐고, 던전에서 새어 나오는 마력을 보니……."

진우가 그쪽을 돌아보았다. 너무 많은 사상자가 발생해서인지 우진철의 얼굴은 잔뜩 굳어 있었다.

"저희들의 힘만으로는 역부족이라 생각하여 근처에서 레이드를 준비하고 있던 헌터스 길드에 협조를 요청했습니다."

긴급 협조 요청 권한.

협회가 길드들에 제시할 수 있는 가장 강한 권한이었다. 헌터스 역시 거부할 수 없었을 것이다.

많은 이들이 자신을 도우러 왔고, 그 과정에서 피치 못한 희생이 일었다.

진우는 가슴이 아파 왔다.

진우의 말이 없어진 사이 우진철이 조심스럽게 물었다.

"저도 한 가지 여쭤봐도 되겠습니까?"

"네?"

"성진우 헌터님께서는 어떻게 이곳에 이중 던전이 있는 걸 아셨던 겁니까?"

당연한 질문.

이번 일로 큰 피해를 입은 헌터스 길드의 대표 최종인도 그것이 궁금했던 차였다.

그는 어떻게 C급 게이트에 이중 던전이 있으며, 그 안에서 상식을 초월한 괴물이 기다리고 있었다는 걸 알았을까?

이야기를 전해 들은 헌터들은 모두들 의아해 했었다.

드드드득-

동굴의 진동.

게이트가 얼마 후에 닫힌다는 신호를 보내왔음에도 헌터들의 관심은 진우의 대답에 있었다.

"던전이."

진우는 사실대로 말했다.

"저를 불렀습니다."

"……불렀다고요?"

우진철이 믿지 못하겠다는 얼굴로 다시금 물었다.

"네. 이곳으로 오라는 메시지를 받았습니다."

"그 메시지를 저희도 볼 수 있을까요?"

진우는 고개를 가로저었다.

그리고 검지로 자신의 관자놀이를 가리켰다.

"제 머릿속에서만 보이는 메시지라서요."

누구도 예상하지 못했던 대답에 모두가 꿀 먹은 벙어리가 되었다.

진우는 거짓말을 하지 않았다. 그저 필요 없는 사실 몇 가지를 숨기고 핵심적인 진실만을 전달했을 뿐.

그의 당당한 표정이 헌터들을 압도했다.

이들 중 가장 오래 진우와 알고 지냈다고 할 수 있는 우진철이 고개를 절레절레 저었다.

'도저히…… 내 상식으로는 읽을 수가 없는 남자다.'

던전이 머릿속으로 불렀다고?

어쩌면 그는 세상의 모든 던전을 박살 내려고 내려온 화신 같은 존재가 아닐까?

'무슨 말도 안 되는 생각을…….'

우진철이 속으로 헛웃음을 터트리고 있는데, 그 옆을 진우가 소리 없이 지나쳐 갔다.

진우는 곧장 문턱을 넘어 내부로 들어섰다.

당황한 차해인이 그를 불렀다.

"성 헌터! 지금 여길 나가지 않으면 위험해요!"

걱정스러운 목소리를 듣고 돌아선 진우가 대답했다.

"압니다."

왜 모를까?

여기까지 이르는 긴 통로를 두 번이나 지나갔던 진우였다. 헌터들의 걸음으로도 한 시간가량이 걸리는 거리. 게이트가 닫히기 전까지 도착하려면 꾸물거릴 시간은 없었다.

게다가.

진우의 아버지 또한 게이트에서 실종되었다.

큰 부상을 당한 몸으로 보스 방에 남아 있던 동료들을 하나씩 밖으로 옮기다가 결국 안에 갇히고 말았다고 들었다.

진우만큼 던전의 위험성을 자각하고 있는 이는 없었다. 그래서 위험을 알고 있다는 대답에는 확신이 담겨 있었다.

그러나.

"날 위해 달려온 헌터들을 이렇게 버려두고 갈 수는 없잖습니까?"

조급해 하던 헌터들이 그 소리에 우뚝 멈춰 섰다.

이 안에서 죽은 이들은 모두 그들의 동료들.

누구 한 명도 버려두고 싶지는 않았다.

그러나 그들 모두를 데려가기엔 시간이 너무 촉박했다. 체력도 많이 떨어져 있는 데다 석상들의 잔해에 깔려 있는 그들을 찾으려면 구석구석 뒤져야 하니까.

그래서 눈물을 머금고 돌아서려 했던 것인데.

"데려가겠습니다."

진우의 한마디에 헌터들은 전기라도 통한 듯 부르르 경련했다.

시간이 없다고, 나가야 한다고 아무도 따지지 않았다.

그저 멍하게 바라만 볼 뿐.

그러다 참고 있던 최종인이 힘없는 목소리로 입술을 달싹였다.

"부탁…… 드려도 되겠습니까?"

가족 같은 길드원들이다.

할 수만 있다면 모두 이 차가운 동굴 구석에서 썩게 만들고 싶지 않았다.

진우는 고개를 끄덕였다.

그러고는 돌아섰다.

두근, 두근.

심장이 조용히 뛰었다.

'조금 더 느껴 보자.'

기본적으로 두 개의 심장은 같이 뛴다. 아주 집중해야 검은 심장이 뛰는 소리를 구별할 수 있었다. 진우는 검은 심장에서 보내오는 마나를 손끝에 모았다.

'이렇게 했던가?'

진우는 영상 속에서 봤던 그림자 군주의 손 모양을 똑같이 흉내 냈다.

무언가 움켜쥔 듯 위로 향한 손.

확실히 강한 마력이 손바닥 위에서 요동치는 듯한 느낌이 왔다.

할 수 있다.

진우는 강한 확신이 들었다.

헌터들의 주검이 어디에 있는지는 마력의 위치로 금방 파악할 수 있었다.

진우의 안광이 번들거렸다. 이어 고요한 내부를 응시하던 진우가 말했다.

"지배자의 권능."

그러자.

드드득-

석상들의 파편에 깔려 있던 주검들이 일제히 공중으로 떠올랐다.

"헉!"

"아니!"

숨을 멈추고 진우를 주시하던 헌터들이 탄성을 터트렸다.

그 짧은 시간에 죽은 헌터들의 위치를 전부 파악한 것은 둘째치고, 그들 모두를 손도 대지 않고 들어 올리다니. 영화에서나 나올 법한 초능력이 아닌가?

떠오른 헌터들은 보이지 않은 손에 의해 문밖으로 들려 나왔다.

'이럴 수가…….'

'어떻게 저런 게 가능한 거야?'

일반인들이 헌터들을 보고 놀라워하듯, 헌터들은 진우의 능력에 경악했다.

마력에 대해 제법 견식이 높은 최종인은 두 눈으로 직접 목격하고도 믿을 수가 없었다.

'저건 대체 무슨 스킬이지?'

생전 들어 본 적도 없는 능력.

진우의 힘을 보고서 그는 자신이 크게 착각하고 있었음을 깨달았다.

처음 천사상을 봤을 때 '저런 것'이라면 진우를 이길 수 있는 것이 당연하다 생각했다.

그러나 그 생각은 틀렸다. 오판이었다.

저런 힘을 아무렇지 않게 쓰는 헌터를 어떤 마수가 감당할 수 있다는 말인가?

저도 모르게, 최종인은 고개를 가로저었다.

'불가능한 일…….'

실제로 진우가 눈을 뜨자마자 천사상은 순식간에 제거되었다. 그의 능력에 감탄만이 흘러나왔다.

싸늘한 시체로 변한 헌터들을 한곳으로 조심히 옮겨 놓은 진우는 그림자 병사들을 불러냈다.

금제는 신전 내부에서만 발동하기에 문밖에서는 병사들을 불러낼 수 있었다.

입을 다물지 못하는 헌터들 앞에 나타난 그림자 병사들이 죽은 헌터들을 안아 들었다.

다들 할 말을 잃고 진우를 바라보고 있을 때, 진우가 말했다.

"이동합시다."

그때.

마침 기다렸다는 듯 던전이 다시 한번 몸을 떨었다.

헌터들이 고개를 끄덕였다.

헌터들이 출발한 직후 그림자 병사들이 뒤따라붙었다. 진우는 맨 뒤에서 그 모습을 지켜보다가 그때까지도 움직이지 않고 있는 차해인을 돌아보았다.

몸의 상처는 말끔히 나았지만 피로해 보이는 얼굴이었다.

'당연하겠지.'

천사상은 자신도 힘들게 때려눕혔던 놈이다. 그런 놈을 혼자서 막고 있었으니 지칠 수밖에.

그녀에게 다가간 진우가 물었다.

"부축해 줄까요?"

차해인은 옅은 미소를 지으며 고개를 저었다.

덥석.

다시 그녀의 손목을 잡은 진우를, 그녀가 가만히 올려다보았다. 진우는 그녀가 조금이라도 안심할 수 있도록 나긋이 말했다.

"우리도 가죠."

끄덕.

동료들의 죽음으로 의기소침해 있던 차해인은 말없이 고개를 끄덕였다.

* * *

게이트에서 헌터들이 빠져나왔다.

그때까지만 해도 주위에 몰려 있던 사람들은 이번 일의 규모를 예상하지 못했다.

그러나 그림자 병사들에게 안겨 나오는 죽은 헌터들을 보고서는 심상치 않은 일이 벌어졌음을 깨달았다.

"맙소사……."

"저게 다……?"

일을 신고한 용기 길드원들과 대기하고 있던 협회 여직원의 얼굴이 흙빛으로 변했다.

사망자의 수가 너무 많았다.

이들은 전부 국내의 정예 헌터들이 아닌가?

헌터스와 감시과, 두 집단의 헌터들 모두 최고로 분류되는 이들이었다.

앞선 이들이 모두 빠져나온 뒤, 끝으로 진우와 차해인이 동시에 땅을 디뎠다. 시간이 많이 흘러 밖은 이미 어둑해지고 있었다.

그때까지도 떠나지 않고 현장을 지키고 있던 김 기자의 눈이 커졌다.

S급 헌터라는 두 사람조차 몸과 옷에 전투의 흔적들이 역력했다. 말라붙은 피와 찢어진 옷가지, 헝클어진 머리카락.

그럼에도 아름다운 차해인은 넘어간다 쳐도, 성진우 헌터는 혼자 전쟁이라도 치르고 온 분위기였다.

'이거야…… 바로 이거.'

김 기자는 떨리는 손으로 카메라를 들었다.

자신이 기자가 된 이유는 바로 이런 현장을 담기 위해서였다.

모두가 일본에 주목하고 있는 가운데, 이런 보이지 않는 구석에서 모두를 위해 목숨 걸고 싸웠던 이들이 있었음을 만인에게 알리기 위해.

최상급 헌터들이 무려 스물 가까이 죽었다. 이런 게이트가 열려 버렸다면 피해 규모는 상상을 초월했을 터. 이들의 희생으로 참사를 막을 수 있었다.

그러나 자신이 없었다면 이들의 싸움이 알려질 수 있었을까?

이런 기사 하나를 건지려고 그동안 그렇게 협회 주위를 맴돌아 왔었다.

찰칵. 찰칵.

얼마나 감격했는지 그는 눈물을 글썽이며 사진을 찍어 댔다.

게이트를 빠져나오자마자 다리에 힘이 풀려 주저앉아 버린 우진철에게 진우가 다가갔다.

"……성진우 헌터님."

일어서려는 우진철을 진우가 만류했다. 진우는 턱짓으로 김 기자를 가리켰다.

"자꾸 저를 찍고 있는 것 같은데 저래도 되나요?"

우진철이 피식 웃으며 말했다.

"성 헌터님의 개인적인 취재는 불가능하지만, 제주도 레이드 때도 겪으셨듯이 사건의 보도 자체를 막을 수는 없습니다."

진우가 고개를 끄덕였다.

이렇게 엉망인 모습이 기사로 나가면 어머니께서 또 걱정하실 텐데.

약간의 불안감이 밀려왔지만 그렇다고 기자를 억지로 막을 순 없었다.

기자는 당연히 자기가 해야 할 일을 하는 것이다.

그리고 만에 하나 있을지도 모르는 사고를 위해 이곳에서 싸우다 죽어 간 헌터들이 있었다는 사실을, 누군가는 알아줬으면 하는 바람도 있었다.

조용한 바람이 불었다.

그 바람을 타고 멀리서 구급차들의 사이렌 소리가 들려왔다.

다음 날.

모든 신문들이 일본의 던전 브레이크를 톱 면에 다루는 가운데, 오직 한 신문만이 한국에서 일어난 이중 던전 사고를 다루었다.

그 신문은 그날 가장 많은 부수를 판매했다.

9. 의외의 접근

9. 의외의 접근

미 헌터관리국은 일본의 현 상황을 정확히 파악하기 위해 아시아 지부의 요원들을 움직였다.

안전지대에서 출발한 헬기가 이윽고 도쿄 상공을 가로질렀다.

목숨을 걸고 현장에 지원한 헌터관리국의 상급 요원이 아래를 내려다보며 혀를 찼다.

“처참하군.”

도쿄의 상태는 생각보다 더 끔찍했다. 도시는 던전 브레이크로 인해 완전히 붕괴되었다.

형체가 사라진 건물들, 종잇장처럼 엉망으로 구겨진 차들, 꺾인 가로등, 화재, 연기, 그을린 흔적들과 잿더미로 변한 구조물들까지.

처참하다는 말이 이보다 더 잘 어울릴 수 있을까?

요원의 미간이 절로 찌푸려졌다. 누군가가 지옥을 본 적이 있냐고 묻는다면 이제 그렇다고 대답할 수 있으리라.

하지만 자신은 사라진 도시를 애도하기 위해 이곳을 찾은 것이 아니었다.

자신의 임무는 실태 파악. 영상을 찍으며 꼼꼼히 밑을 살펴보던 그가 옆의 일본 관계자에게 물었다.

“도시가 파괴된 정도에 비해 시체들은 눈에 띄지 않네요?”

요원은 헌터관리국에서 교육을 받을 때, 지금과 같은 S급 게이트가 열렸던 제주도의 모습을 본 적이 있었다.

영상이나 사진 속 제주도에는 거리마다 시체가 가득했다. 미처 섬을 빠져나가지 못한 주민들은 개미들에게 전멸했다.

사상 최악의 사고 중 하나였고, 헌터관리국에는 그 사고에 대한 기록이 낱낱이 남아 있었다.

그런데 도쿄는 도시의 형태가 아예 지워진 것에 비해 시체의 모습이 적었다. 아니, 아예 죽은 사람들의 흔적을 찾아보기가 힘들었다.

일본 관계자가 말했다.

“그럴 수밖에 없습니다. 거인들이 사람들을 먹고 있거든요.”

그는 일본 헌터협회 소속의 젊은 남성이었다. 붉게 충혈된 눈과 깎지 못한 수염에서 그가 최근 어떤 시간을 보내고 있는지 짐작할 수 있었다.

그는 근심 어린 얼굴로 말을 이었다.

“놈들은 마치 일본 땅에서 일본인들의 흔적을 모조리 지워 버리려는 것처럼 움직이고 있습니다. 건물은 부수고, 인간은 먹고, 심지어는 거리에 심어 놓은 나무까지 뽑아 버리고 있어요.”

끄떡끄떡.

요원도 그의 말에 동의했다.

S급 게이트에서 쏟아진 거인형 마수들은 여타의 마수들과 다른 점을 보였다.

다른 마수들은 인간만을 죽이려 했던 반면, 이번 마수들은 눈에 띄는 모든 것들을 파괴하고 있었다.

놈들이 지나간 자리에는 문명의 잔해들만 남았다. 도쿄 내 어디를 둘러보아도 멀쩡한 빌딩, 아니 집 한 채를 구경할 수 없었다.

"덕분에 약간의 시간은 벌 수 있게 됐지만요."

덕분에라.

협회 직원은 자조적인 미소를 지었다.

눈에 띄는 모든 걸 때려 부숴 주는 덕분에 사람들이 도망갈 시간을 벌 수 있게 된 것을 감사해야 하는지, 아니면 슬퍼해야 하는지.

직원의 얼굴에는 그런 복잡한 심경이 담겨 있었다.

요원은 그를 보며 생각했다.

'미치지 않은 게 용하지.'

한순간 자기 나라의 수도가 이 모양 이 꼴이 됐는데.

마수들에게 자국을 유린당한다는 상실감은 낯선 감정이 아니었다.

미국도 불과 8년 전 S급 게이트에서 홀로 나온 마수 '카미쉬'에게 서부 일대가 날아갔다.

어디 그뿐인가. 옆 나라 한국만 해도 자국의 가장 큰 섬을 4년 가까이 마수들에게 뺏겼다가 최근에 와서야 간신히 되찾지 않았나.

그 격렬했던 전투는 요원도 영상으로 확인한 바 있었다.

본인은 한국과 아무런 연고가 없는데도 불구하고, 웬 한국인 헌터 하나가 나타나 개미들을 쓸어버리고 괴물 개미에게 한 방 먹여줄 때는 자기도 모르게 벌떡 일어나 함성을 질렀다.

그건 꼭 자신이 아시아지부에 속해 있어서만은 아니었다.

그 싸움을 한국이라는 작은 나라와 마수들의 대결이 아니라, 인류와 마수들의 대리전으로 본 까닭이었다.

그리고.

지금 여기 이 땅, 일본에서도 마찬가지로 인류와 마수들의 싸움이 벌어지고 있었다.

'그 결과가 이것…….'

타타타타타타-!

헬기의 날개가 돌아가는 소리가 요란했지만, 소음은 그다지 신경 쓰이지 않을 만큼 밑의 상황은 심각했다.

화가 나고 답답했다.

그러나 자신이 할 수 있는 일은 없었다. 그저 자신이 해야 할 일을 다할 뿐.

요원은 그때그때 생각나는 것들을 물어 가며 카메라 렌즈를 이리저리 움직였다.

그러다 무언가를 발견하고는 깜짝 놀라 그만 뒤로 넘어가고 말았다.

"헉! 저, 저게!"

연신 지저스를 외치며 식은땀을 흘리는 요원을 직원이 얼른 일으켜 주었다.

"보셨군요."

"저, 저기! 저기 거인이 아직!"

"예. 아직 여기에 한 마리가 남아 있습니다. 아니, 남아 있다기보다는 꼼짝하질 않는다고 할까요?"

직원의 시선이 그리로 돌아갔다.

요원은 이마의 식은땀을 훔치며 조심스레 같은 곳을 응시했다.
온통 폐허로 변해 버린 도쿄 중심지에 여태까지 봐 왔던 그 어떤 생명체보다 큰 마수 하나가 꼿꼿이 서 있었다.
'저것이 거인형 마수…….'
헬기는 직원의 지시에 따라 그쪽으로 접근했다.
요원이 창백해진 얼굴로 물었다.
"이, 이렇게 가까이 가도 괜찮은 겁니까?"
그는 분명 이렇게 들었다.
모든 거인들은 도쿄를 빠져나갔으며, 현재 도쿄는 안전한 상태라고.
그런데 아무리 생각해도 이건 설명과 너무 다르지 않은가?
직원은 걱정할 것 없다는 말투로 차근차근 말했다.
"괜찮습니다. 놈의 손이 닿지 않는 높이에 있으면 먼저 공격하지 않는 이상 100퍼센트 안전합니다. 몇 번의 관찰로 밝혀진 사실이니 믿으셔도 됩니다."
꼴깍.
요원은 침을 삼켰다.
'몇 번의 관찰로 밝혀진 사실이라고?'
관찰.
직원은 쉽게 말하고 있지만 그 같은 결론을 얻기 위해 얼마나 많은 이들이 저 거인에게 희생당했을까?
불행히 거인의 손이 닿는 범위까지 다가갔을 몇몇 이들을 떠올리면 섬뜩한 기분이 들었다.
어쨌든 S급 마수들에 대한 정보를 모으고, 일본의 실태를 본국에 알려야 하는 그에게는 가치가 높은 정보였다.

그는 눈을 부릅뜨고 거인을 내려다보았다.

가만 보니 놈의 얼굴이 낯이 익었다.

'그래…….'

유리 오를로프의 마법 결계를 몸으로 깨부쉈던 초대형 거인.

그놈이었다.

사방으로 흩어진 다른 마수들과 달리, 많은 이들이 보스급으로 지목했던 그 거인 마수만은 여기 남았다.

일본 직원이 씁쓸한 표정으로 말했다.

"요원님께도 저 마수가 게이트를 지키고 있는 것처럼 보이시나요?"

"아…… 뭐."

"저는 지금 저 녀석을 세 번째 보고 있는 겁니다만, 자꾸 볼 때마다 다른 생각이 듭니다."

"어떤 생각이 드십니까?"

"제 눈에는 꼭."

직원은 잠깐 뜸을 들이다 한 박자 늦게 말을 이었다.

"누군가를 기다리고 있는 것같이 보여서요."

"그렇…… 습니까."

요원의 시선이 다시 거인에게로 옮겨 갔다.

과연.

어떻게 보면 그런 것 같기도 했다. 직원이 그렇게 느끼고 있는 것도 무리는 아니라고, 왠지 그런 생각이 들었다.

두 사람이 보스급 거인 마수에 대해 대화를 나누는 사이 헬기는 한계치까지 가까이 붙었다.

거인은 자기 머리 위로 헬기가 날아다니는데도 꼼짝 않고 서 있었다. 처음부터 헬기의 존재를 인식하지도 못하고 있는 것처럼 얌전했다.

하지만 직원의 설명에 따르면 놈이 아예 공격하지 않는 것은 아니라고 한다.

"놈은 일정 범위에 들어오는 것은 반드시 공격합니다. 그리고 공격의 대상이 된 목표물은 그게 사람이든 기계든 절대 빠져나올 수 없습니다."

그것도 몇 번의 관찰로 알게 된 사실일까?

차분히 설명하고 있는 직원의 얼굴 위로 유리 오를로프의 마지막 모습이 겹쳐졌다.

결계를 부수고 나와 유리를 낚아채던 보스의 날렵한 움직임은 모든 시청자들에게 경악을 안겨 주었다. 유리의 죽음은 그렇게 전 세계에 생중계되었다.

헌터 관리국의 S급 헌터 보고서는 유리 오를로프를 이렇게 기록하고 있었다.

부와 명성을 탐닉하는 남자.

비록 일본에게서 돈을 받아 내는 데는 실패했지만, 그는 이번 일로 세계에서 가장 유명한 헌터 중 한 사람이 되었다.

'그게 원하던 결과였는지는 잘 모르겠다만.'

요원이 유리의 최후를 떠올리며 인상을 찌푸리는 사이, 직원이 말했다.

"이것도 제 개인적인 생각이지만 말입니다."

그 개인적인 생각.

아까 누군가를 기다리고 있는 것으로 보인다는 설명도 일리 있어 보였기에, 요원은 직원의 생각에 관심이 있었다.

"네."

요원이 고개를 끄덕이자 직원이 말을 이었다.

"저 녀석을 보고 있으면 저 녀석이 살아 있다는 생각이 들지 않습니다. 분명 호흡도 하고 있고, 살아 움직이기는 하는데, 마치 프로그램에 맞춰서 움직이는 기계 같다고 할까요."

"기계……."

안타깝지만 그 의견에는 동의하지 못했다.

가까이서 지켜보는 거인의 위용은 그야말로 압도적이었다. 가슴이 답답해질 정도의 위압감을 느끼고 있노라면 도무지 기계라고 생각할 수가 없었다.

그때.

스윽.

거인의 눈동자가 이쪽을 향했다.

"헉!"

우당탕.

요원은 또다시 엉덩방아를 찧었다. 흡사 준비하고 있었던 것처럼, 직원이 그를 빠르게 진정시켰다. 그는 거듭 안심하라고 말했다.

"그저 보기만 할 뿐입니다. 거리만 유지하면 놈은 공격하지 않아요."

요원이 고개를 끄덕였다. 심장이 떨어지는 줄 알았다.

뒤늦게 들어 올린 카메라가 마수를 자세히 기록했다. 화면이 조금씩 떨리고 있는 것은 헬기가 바삐 움직이고 있어서만은 아니리라.

충분한 데이터를 확보했다고 생각한 요원이 물었다.

"저 게이트에서 거인들이 몇 마리나 나온 겁니까?"

"합쳐서 31마리가 나왔습니다. 보스급 한 마리를 제외하고는 사방으로 고르게 흩어졌죠."

"……그중 제거한 마수는?"

"딱 둘."

"그럼 지금 보스급 외 28마리의 거인들이 일본을 파괴하고 있다는 거군요."

"이제 거인들과 싸울 헌터들이 남지 않았으니까요. 모두 도망치는 데만 급급해 하고 있죠."

직원의 얼굴은 어두웠다.

던전 브레이크가 일어났던 날, 도쿄 시민들이 대피하는 시간을 벌기 위해 결전에 임했던 헌터들은 모두 죽었다.

그 결과 거인 둘을 잡긴 했지만, 국토 전역으로 뻗어 나가는 나머지 스물여덟을 막을 방법이 전무했다.

제 발에 떨어진 불꽃, 아니 몸 전체를 태우고 있는 불꽃을 끄기에도 바쁜 헌터협회 직원이 헌터관리국의 협조 요청에 순순히 응하는 이유가 바로 거기에 있었다.

바로 그때.

"왜, 왜 이러십니까?"

요원은 펄쩍 뛰며 말리려 들었지만 직원은 끝끝내 머리를 조아렸다.

무릎을 꿇고, 이마를 붙였다.

이미 자존심도 체면도 남지 않았다. 잃는 게 자존심과 체면이 다라면 이보다 더한 짓인들 못할까?

그렇게 엎드린 상태로 직원이 목에 힘을 주었다.

"우리 일본을 도와주십시오."

멈칫.

그를 일으켜 세우려던 요원이 동작을 멈추었다. 직원의 비장함에 아무 대꾸도 할 수가 없었다.

직원은 유창한 영어로 다시 한번 강조했다.

"미국이 나서지 않으면 일본은 끝장나고 맙니다. 일본은 항상 미국의 든든한 아군이 아니었습니까? 동맹국인 일본을 위해 한 번만 희생을 감수해 주시지 않으시겠습니까?"

그것이 직원 개인의 의지인지, 아니면 일본 헌터협회의 지시인지는 알 수 없었다. 하지만 그게 누구 뜻이 됐든 간절함만은 분명히 와 닿았다.

아랫입술을 잘근잘근 깨물며 고민해 보던 요원이 어렵사리 말했다.

"본부에 지원 요청을 해 보겠습니다."

"감사합니다. 정말 감사합니다."

몇 번이고 고개를 숙이는 직원에게 요원은 크게 기대하지 말라는 말을 차마 할 수가 없었다.

'카미쉬'에 의해 상급 헌터들을 다수 잃고 자국 헌터들의 안위를 끔찍하게 관리하기 시작한 미국이, 과연 일본을 위해 움직여 줄까?

'아마도 아니겠지.'

그러나 자국의 안정을 위해 머리를 바닥까지 숙이는 젊은이에게 어찌 당신네들의 나라는 이미 끝났다고 말할 수 있단 말인가?

'그저 하늘의 뜻에 맡길 수밖에…….'

요원은 무심코 하늘을 바라보았다.

그러나 하늘은 예전에도 그래 왔고 지금도 그러하고 앞으로도 그럴 테지만, 가만히 아래를 내려다보고만 있을 뿐이었다.

요원은 망연히 위를 올려다보며 속으로 중얼거렸다.

'신이시여…… 부디 우리를 버리지 마시옵소서.'

* * *

이른 아침 눈을 뜬 진우는 가볍게 조깅을 하며 길드 사무실로 향했다.

'역시 예상대로네.'

반가움을 담은 눈매가 전방에서 조금 위쪽을 바라보았다. 거기엔 언제나처럼 일일 퀘스트의 진행 상황이 떠 있었다.

띠링.

[현재까지 달린 거리 : 10㎞]

[달리기 10㎞를 완료하셨습니다.]

설계자를 자처하는 놈을 처치했지만 평소와 달라진 점은 없었다.

시스템은 여전히 유지되고 있었고, 일일 퀘스트도 평소와 마찬가지로 눈을 뜨자마자 도착했다.

컨디션 또한 최고였다.

'검은 심장'이 생긴 뒤론 몸에 활력이 흘러넘쳤다. 일부러 속도를 늦추고 있긴 해도 걸음이 가벼웠다.

하지만 놈이 그렇게 사라진 덕분에 해결하지 못한 의문이 한두

가지가 아니었다.

'그 영상은 대체 뭐였을까?'

'검은 심장'을 얻기 위한 조건인 건 알겠는데, 그것 외에는 모든 것들이 미스터리였다.

상념이 깊어지려는 그때.

"저기, 잠시만요!"

"유진호 씨! 질문 좀 하겠습니다!"

멀리서 들려오는 소음에 진우가 문득 고개를 들었다.

그러자 길드 건물 앞에 잔뜩 몰려와 있는 기자들이 눈에 들어왔다.

유진호는 그들에게 둘러싸여서 이러지도 저러지도 못하고 있었다. 아마도 출근 중에 붙들린 듯했다.

기자들의 질문이 쏟아졌다.

"어제 일어난 헌터스 길드의 참사, 유진호 씨는 알고 계셨습니까?"

"아진 길드의 부사장으로서 한 말씀 해 주시죠."

"성진우 헌터는 어떻게 거기 간 겁니까?"

"지금 일본은 난리가 났는데요, 혹시 성진우 씨는 일본을 도울 생각이 있다고 하시던가요?"

아하.

진우는 고개를 끄덕였다.

기자들이 자신을 인터뷰할 수 없으니, 만만한 유진호를 붙잡아 둔 것이었다.

이쯤에서 슬슬 도와줘야 하나, 하고 나서려던 순간 무언가를 발견한 진우가 걸음을 멈췄다.

'음……?'

웬걸, 유진호의 표정이 나쁘지 않은 것이 아닌가?

겉으로는 곤란한 척하면서도 순간순간 억지로 웃음을 삼키는 표정이 진우의 뛰어난 눈에 그대로 잡혔다.

'진호 녀석, 저런 걸 좋아했었나.'

기가 막힌 진우가 피식 웃었다. 굳이 나서서 도와줄 필요는 없어 보였다.

'그럼 이제 어떻게 한다……?'

조용히 진호를 데리고 사무실로 들어갈까, 아니면 기분 좀 내고 있으라고 돌아갈까?

진지하게 고민하던 진우의 뒤에 차가 한 대 멈춰 섰다.

스르르르.

내려가는 차의 유리.

"혹시 성진우 헌터님 되십니까?"

생소한 남성의 목소리에 진우가 별생각 없이 뒤를 돌아보았다.

그러나.

'어?'

목소리의 주인을 확인한 진우의 눈이 조금 커졌다.

"맞으시군요."

돌아선 사람이 진우라는 것을 확인하자마자 곧바로 차에서 내려선 남자는 어디서 많이 본 얼굴이었다.

굳이 그의 이름을 떠올리려고 기억을 더듬을 필요조차 없었다.

대한민국의 경제 관련 뉴스에 거의 빠지지 않고 등장하는 그는, 진우에게도 여러 가지 의미로 익숙한 인물이었다.

"유진건설의 유명한이라고 합니다. 반갑습니다, 성진우 헌터님."

허리를 꼿꼿이 세운 유명한이 가볍게 고개를 숙였다.

무례하지도, 비굴하지도 않은 인사.

마치 '이것이 진짜 인사다'라고 배운 것처럼 깔끔하고 절도 있는 동작에 진우는 내심 놀랐다.

기업 회장이나 되는 사람이 초면인 자신에게 이리도 정중히 인사를 건네올 줄은 몰랐던 까닭이었다.

그가 정중했기에, 진우도 정중하게 인사를 돌려주었다.

"성진우라고 합니다."

짧은 소개가 끝나자마자 유명한은 용건을 말했다.

"이렇게 연락도 없이 찾아와서 죄송합니다만, 괜찮으시다면 시간 좀 내주실 수 있으십니까?"

진우의 머릿속에 작은 의문이 스쳐 지나갔다.

'날 만나고 싶었다면…….'

직접 방문할 필요 없이 아들을 통해 연락했으면 편했을 텐데. 어째서 유명한 회장은 수고를 무릅쓰고 굳이 여길 온 것일까?

그런 의문을 속으로 삼키며 진우가 물었다.

"무슨 일이시죠?"

유명한은 이럴 수밖에 없어서 안타깝다는 얼굴로 대답했다.

"여기서 말씀드리기는 어려운 얘기입니다."

그러고 보니.

편한 트레이닝복 차림에 후드를 쓰고 있는 진우는 몰라도, 유명한 회장에게는 하나둘 시선이 날아와 꽂히고 있었다.

길에 지나다니는 사람이 한둘이 아니다 보니 이런 곳에서 중요한 사안을 논할 수는 없을 것이다.

그 점은 진우도 이해했다.

문제는.

'내가 유명한 회장과 나눌 중요한 사안이라는 게 없다는 거지.'

짐작 가는 부분이 전혀 없었다.

억지로 하나 만들어 내자면 그의 차남이자 아진 길드의 부사장인 유진호 이야기 정도?

진우의 대답이 늦어지는 동안 무심코 유명한을 돌아보는 사람들이 많아졌다. 심지어 핸드폰을 꺼내 들고 사진을 찍으려는 사람까지 생겼다.

자신에게 향하는 시선이 점점 늘기 시작하자 유명한 회장은 마음이 약간 조급해졌다.

'이번 기회를 놓치면 대화를 나누기 더 힘들어진다.'

그에게는 반드시 진우를 만나야 할 이유가 있었다. 때문에 그는 용기를 내어 부탁했다.

"성 헌터님, 실례지만 저와 같이 가 주실 수 없으시겠습니까? 절대 무례한 이야기는 꺼내지 않겠습니다."

진우는 문득 뒤를 돌아보았다.

기자들의 격한 관심 속에서 유진호가 행복해 하는, 아니 곤란해 하는 모습이 눈에 들어왔다.

진우는 다시 한번 웃음을 속으로 삼켰다.

'오늘은 진호도 바빠 보이고.'

한동안 대형 길드들의 배려로 주변의 상급 던전을 독차지했었으니, 이제 레이드를 좀 쉬어 줄 때도 되었다는 생각도 들었다.

진우는 고개를 끄덕였다.

"알겠습니다."
"감사합니다."
꾸벅, 고개를 숙였다가 올린 유명한 회장이 귀빈을 모시듯 차의 뒷좌석 문을 열었다.
"그럼 타시죠."
진우가 올라타자 반대편으로 돌아간 회장이 진우의 옆자리에 앉았다. 워낙 큰 차여서 건장한 남성 두 명이 함께 타고도 자리가 널찍했다.
출발하기 직전, 진우가 물었다.
"어디로 가는 겁니까?"
"딱히 정해진 곳은 없습니다. 혹시 성진우 헌터님께서 원하시는 장소가 있으시다면……."
진우가 고개를 젓자 유명한 회장이 차를 출발시켰다.
그는 진우를 돌아보며 말했다.
"누구도 신경 쓸 필요 없이 조용히 대화를 나눌 수 있는 곳을 알고 있습니다. 그리로 모시겠습니다."
진우는 시트에 등을 기대었다. 비싼 차라서 그런지 쿠션감이 말도 할 수 없을 정도로 좋았다.
소리 없이 미끄러지듯 달리던 차가 어느덧 목적지에 도착했다.
"여깁니다, 헌터님."
기사가 회장의 문을 열어 주러 다가왔으나 유명한은 고개를 저었다. 그러자 기사가 반대편인 진우에게로 다가왔다.
그러고는 진우가 앉은 쪽의 문을 열어 주었다.
내려선 진우는 까마득하게 높은 빌딩을 올려다보았다.

'조용히 얘기할 수 있다는 곳이 여기……?'

할 말을 잃고 서 있는 진우 주위로 수행원들이 잔뜩 몰려와 90도로 허리를 숙였다.

"어서 오십시오, 회장님!"

"어서 오십시오, 회장님!"

여섯 명이나 되는 사람들이 이구동성으로 내는 소리에 진우는 속으로 감탄을 터트렸다.

얼마나 연습을 하면 호흡이 이렇게 완벽하게 맞을까?

"들어가시지요, 헌터님."

유명한 회장은 거들먹거리는 기색 하나 없이 앞장서서 빌딩 안으로 들어갔다.

빌딩 꼭대기 근처 유리창에는 '유진건설'이라는 이름 넉 자가 정자로 박혀 있었다.

'…….'

곧 진우도 유명한을 따라 빌딩으로 들어섰다.

진우가 들어오기를 기다리던 유명한은 진우와 보조를 맞춰 걸었다.

"이리로."

회장을 발견한 직원들이 유명한에게 깍듯이 인사를 건네 왔다.

유명한은 무표정한 얼굴을 유지하고 있으면서도, 일일이 고개를 끄덕여 가며 모두의 인사에 답해 주었다.

큰 사람.

헌터협회의 고건희 협회장에게서 느꼈던 분위기를 유 회장에게서도 느낄 수 있었다.

진우는 유명한을 진심으로 따르는 직원들의 시선에서 그 사람의 됨됨이를 대략적으로나마 가늠해 보며, 말없이 그를 따라 걸었다.

유명한에게 고개를 숙였던 직원들은 이내 그와 함께 걷고 있는 진우에게도 관심을 보였다.

'누구지?'

'어? 저 사람?'

'설마……?

직원들은 건물에 들어서면서 후드를 벗어젖힌 S급 헌터를 알아보고는 입을 쩍 벌렸다.

국내 최고의 헌터와 국내 최고의 사업가.

두 사람이 같이 유진건설 본사에 들어섰는데, 어느 누가 놀라지 않을 수 있을까?

'헉!'

직원들의 눈이 커졌다.

여성 직원들은 왠지 모르게 가슴이 콩닥거렸고, 남성 직원들은 진우를 향해서 고개를 끄덕였다.

성진우 헌터가 어째서 회장님과 같이 있는지는 알 수 없었다.

하지만 각자 분야에서 최고라고 일컬어지는 두 사람이 나란히 서 있으니 두 사람의 아득한 나이 차에도 불구하고 그림이 되었다.

무릇 남자라면 동경할 수밖에 없는 장면이었다.

그렇게 쏟아지는 시선들을 지나쳐 간 두 사람은 미리 대기시켜 놓은 임원용 엘리베이터에 올라탔다.

수행원들의 보좌는 여기까지.

스르르 문이 닫히는 엘리베이터에는 진우와 유 회장만 남았다.

"……."

"……."

유 회장이 입을 다물고 있었으므로 진우도 말을 하지 않았다. 엘리베이터는 멈추지 않고 곧장 회장실로 올라갔다.

팅.

문 앞에는 유 회장의 오른팔 격인 김 비서가 기다리고 있었다. 그는 진우에게 빠르게 목례하고는 유 회장에게도 고개를 숙였다.

"죄송합니다, 회장님. 손님 한 분이 안에서 기다리고 계십니다."

"손님?"

유명한 회장의 얼굴이 경직되었다.

"내가 없을 때 아무도 들이지 말라고 말해 두지 않았나?"

김 비서는 실수가 잘 없는 이였다. 유명한의 얼굴이 경직된 것은 화가 났다기보다는 놀라움에 더 가까웠기 때문이다.

김 비서는 난처하다는 표정을 하고는 말을 흐렸다.

"그렇게 말씀을 드렸지만 워낙 막무가내셔서……."

"흐음."

거기까지만 듣고도 유명한은 손님이 누군지 금방 알아챘다.

고개를 절레절레 젓던 그가 진우에게 회장실 쪽을 가리켰다.

"별일 아니니 신경 쓰지 않으셔도 됩니다. 이쪽으로."

위이잉.

회장실로 통하는 문이 열렸다.

소파에 앉아서 신문을 뒤적거리며 시간을 때우고 있던 나이 든 남성이 고개를 들었다.

"형님, 왜 이렇게 연락이 안 됩니까? 오늘 약속도 갑자기 취소해 버리시고."

벗겨진 이마가 반질반질한 그는 유명한의 동생인 유석호였다.

형을 보고 반가운 얼굴로 일어나려는 동생에게 유명한이 눈살을 찌푸렸다.

"오늘 중요한 볼일 있다고 하지 않았느냐? 지금은 바쁘니 나중에 다시 오거라."

"아니, 형님 스케줄을 제가 뻔히 알고 있는데 오늘 무슨 바쁜 일이……."

진우와 눈이 마주친 유석호가 일시에 말을 멈추었다.

"어? 어어?"

많이 본 것 같은 얼굴인데.

남들은 신문이나 뉴스 화면을 먼저 떠올렸겠지만, 유석호는 딸아이 유수현의 SNS를 떠올렸다. 거기서 사이좋게 찍힌 두 사람을 본 기억이 있었다.

'진짜 성진우 헌턴가?'

확인을 위해 그는 쥐고 있던 신문을 펼쳐 일면에 나와 있는 사진과 진우의 얼굴을 비교해 보면서 눈을 껌벅거렸다.

진우로서는 당황스러울 수도 있는 상황이었지만, 왠지 이 이름 모를 반 대머리 아저씨가 밉지 않았다.

'눈매가 유진호와 많이 닮은 사람이라 그런가?'

유진호도 늙어서 머리가 벗겨지면 저렇게 변할까?

진우의 머릿속에서는 이미 늙은 유진호가 되어 버린 유석호 회장이 형의 날 선 눈치에도 아랑곳하지 않고 활짝 웃으며 손을 내밀었다.

"어이쿠! 성진우 헌터님!"

"아."

진우는 얼떨결에 그가 내민 손을 맞잡았다.

몇 년 만에 힘겹게 재회한 사람을 대하는 것처럼 반갑게 손을 흔들어 대던 유석호가 자신을 소개했다.

"말씀 많이 들으셨겠지만 제가 유일제약의 유석호입니다."

"……?"

어디서 어떻게 말씀을 많이 들었다는 걸까?

그래도 이렇게 환대해 주는 사람에게 무안을 주기도 그렇고 해서 진우는 대충 대꾸해 주었다.

"아, 예. 반갑습니다."

곁에서 불안한 눈빛으로 지켜보던 유명한이 의외라는 얼굴을 했다. 유석호는 봤냐는 듯 어깨를 으쓱이며 가슴을 쭉 펼쳤다.

'보셨수? 내 딸이 남자를 보는 눈이 이 정도입니다, 형님.'

음악에 천재적인 재능을 가지고 있는 유명한 회장의 딸에게 은근히 자격지심을 느끼고 있던 유석호는 이걸로 확실히 자존심을 세울 수 있게 됐다.

대한민국에 이만한 남자는 흔치 않을 테니까.

'……석호가 제법 발이 넓군.'

진우와 유석호가 아는 사이로 보이자 진우가 떠난 뒤 동생에게 크게 한 소리 하려고 했던 유명한의 분노가 사르르 녹아 없어졌다.

덕분에 이야기는 잘 풀릴 수 있을 듯했다.

"어라, 내 정신 좀 봐."

그제야 유석호는 잡고 있던 진우의 손을 놓았다.

"두 분이서 나누실 말씀이 있다고 하셨죠? 저는 이쯤에서 빠질 테니 말씀들 나누시죠."

그는 만족한 듯 웃으며 회장실을 나가려다가 진우 옆에서 우뚝 멈춰 섰다.

"그리고 성 헌터님."

"예?"

"언제 한번 날 잡고 저희 집에 들러 주세요. 성 헌터님의 방문이라면 언제든 기다리고 있겠습니다."

"……?"

날을 잡고 들르라고?

언제든 기다린다고?

"허허허헛."

알 수 없는 소리를 늘어놓던 유쾌한 아저씨는 바람처럼 시원하게 사라졌다.

호통한 목소리와 환한 얼굴 표정 때문에 기분은 나쁘지 않았다만 정말로 영문 모를 사람이었다.

고개를 갸웃거리는 진우에게 유명한 회장이 조심스럽게 물었다.

"제 동생과는 어떻게……?"

본인이 나갔으니 더 이상 사정 봐줄 필요가 있을까?

진우는 담담하게 말했다.

"오늘 처음 뵌 분입니다."

돌아오는 진우의 대답에 유명한의 얼굴이 팍 굳어졌다.

'유석호 저 녀석…….'

그럼 그렇지.

하지만 지금은 손님 앞이었다.

포커페이스라는 별명답게 순식간에 감정을 숨긴 유명한이 진우에게 자리를 권했다.

"앉으시죠."

유명한 자신은 맞은편에 엉덩이를 붙였다.

때마침 들어선 김 비서가 회장에게 물었다.

"차를 드시겠습니까?"

"나는 괜찮으니 헌터님께 물어보시게."

"저도 됐습니다."

진우도 고개를 저었다.

그러자 유명한이 무거운 목소리로 말했다.

"헌터님께 드릴 말씀이 있으니 잠시 자리를 비켜 주겠나?"

"알겠습니다, 회장님."

밖으로 나가 문을 닫은 김 비서가 문 앞을 막고 섰다.

미리 지시를 받았다.

지금부터는 설령 대통령이 방문해도 안으로 들여보낼 수 없었다. 그만큼 이번 일에 달려 있는 무게는 남달랐다.

"……."

"……."

엘리베이터 안에 있을 때처럼, 진우와 유명한 두 사람 사이에 또다시 정적이 흘렀다.

하지만 그때와 이번 정적은 무게감에 차이가 있었다.

유명한에겐 시간이 필요했다.

신변잡기를 논하듯 쉬이 할 수 있는 대화가 아니었다.

그래서 유명한 회장이 입을 연 것은 조금 지루하게 느껴질 수도 있는 시간이 흐른 뒤였다.

"성 헌터님."

침착하게 기다리고 있던 진우가 차분히 받았다.

"네."

유명한은 품에서 준비해 뒀던 수표를 한 장 꺼내었다. 유진건설의 주거래 은행에서 유명한의 이름으로 발급한 수표였다.

그러나 보통 수표와는 달랐다.

거기에는 마땅히 있어야 할, 돈의 가치를 나타내는 숫자가 하나도 적혀 있지 않았다.

"여기."

그런 수표를 스윽 내밀었다.

잠깐 수표를 내려다보던 진우가 고개를 들었다.

유명한은 어렵사리 말을 꺼냈다.

"저는 돈으로 뭐든지 다 살 수 있다고 믿는 거만한 자가 아닙니다. 하물며 그 상대가 S급 헌터분이라면 더더욱 그러하겠지요."

자꾸 입에 침이 말랐다.

아버지를 여의고 처음 가업을 물려받았을 때보다, 수만 명의 직원들 앞에서 처음 연설을 시작했을 때보다, 수백 명의 기자들에게 둘러싸여 곤욕을 치를 때보다 지금 이 순간이 더 떨렸다.

당연했다.

사안의 중요성이 당시의 상황들과 비교할 수 없었으니까.

여기에는 자신의 목숨이, 일생을 다 바쳐 일궈 놓은 기업의 미래가, 그리고 아이들의 성장을 조금 더 지켜보고 싶은 아버지의 욕심이 걸려 있었다.

"그러니 이것은 제가 보일 수 있는 성의의 표현이라고 생각해 주시면 감사하겠습니다."

유 회장의 비장한 눈빛.

진우는 그가 대화 장소로 이곳을 고른 이유를 짐작할 수 있었다.

지금부터 하는 이야기는 절대 밖으로 새어 나가서는 안 되는 것이리라.

'길드 가입 권유 따위가 아니다.'

그렇기 때문에 그는 천재지변이 덮치지 않는 한 자신이 100퍼센트 컨트롤할 수 있는 자신의 영역을 대화 장소로 골랐다.

진우는 눈치가 빠른 편이었다.

그래서 물었다.

"회장님은 제게서 뭘 사고 싶으신 겁니까?"

10. 결심

10. 결심

유명한은 자신의 사정을 솔직하게 털어놓았다.

"실은 저도 헌터님의 어머니와 같은 병을 앓고 있습니다."

전혀 예상하지 못했던 대답에 진우가 순간 멈칫했다.

"진호도 알고 있습니까?"

유명한은 고개를 저었다.

"담당 의사를 제외하고 제 병에 대해 아는 사람은 저와 아내, 그리고 비서 세 사람뿐입니다."

"이제 네 사람이 됐군요."

"그렇습니다."

진우는 고개를 끄덕였다.

그제야 왜 유 회장이 진호를 거치지 않고 자신을 비밀리에 찾아왔는지 알 수 있었다.

그는 가족에게도 병을 숨기고 싶었던 모양이었다.

'하긴 그의 어깨에 운명이 달려 있는 직원들의 숫자만 몇만 명인데…….'

기업 총수가 기침 한 번만 해도 오르락내리락하는 것이 주가다.

유 회장이 멀쩡히 활동할 수 있는 기간이 이제 얼마 남지 않았다는 소문이 퍼져 나갈 경우, 유진건설과 산하 기업들의 미래가 어떻게 될지는 불을 보듯 뻔했다.

가족들에게조차 병명을 숨기고, 철통 같은 보안을 유지하는 이유.

현실을 있는 그대로 받아들이기엔 유 회장이 짊어지고 있는 것들이 너무 많았다.

그런데도.

'그 사실을 내게 밝혔다.'

그건 그만한 리스크 쯤은 감당해야 한다는 판단이 섰기 때문이리라.

유명한은 기업인.

그것도 실패를 모르는 백전불패의 용장이다.

그런 사람이 아무 이득도 되지 않는 일에 위험을 끌어안고 덤벼들 리는 만무했다.

진우는 유 회장이 무슨 말을 할지 대충은 짐작할 수 있었다.

아니나 다를까.

유 회장은 비장한 얼굴로 말했다.

"병을 치료할 수 있는 길을 백방으로 알아보던 중 세계에서 단 한 사람, 이 병에서 자유로워진 환자를 발견할 수 있었습니다."

역시나.

진우가 예상했던 대로 이야기가 흘러갔다.

"그 유일한 한 분이 성 헌터님의 어머니라는 사실이 제게는 우연으로 보이지 않는군요."

진우는 여태까지 등장한 적 없었던 신기한 능력으로 많은 사람들을 경악하게 만들었다.

어쩌면 그는 그런 능력으로 어머니의 병까지 치료한 것이 아닐까?

여러 자료를 통해 진우를 알아본 적 있는 유 회장으로서는 충분히 도달할 수 있는 결론이었다.

'…….'

진우는 그렇다, 아니다 대답도 없이 가만히 유 회장을 응시했다.

유 회장은 침을 꼴깍 삼켰다.

'실수가 있어서는 안 돼.'

지금까지가 준비운동에 불과했다면 여기서부터는 본 게임.

가장 중요한 순간이었다.

깊은숨을 짧게 토해 낸 유명한이 힘주어 말했다.

"제가 헌터님께 얻고 싶은 것은 진실입니다."

유 회장은 손끝으로 수표를 조금 더 밀었다.

스윽.

"그리고 이것이 그 대가로, 제가 성 헌터님께 제공해 드릴 수 있는 성의의 일부입니다."

전부가 아닌 일부.

원한다면 돈뿐만 아니라 그 외의 것들도 넘겨줄 수 있다는 이야기였다.

"헌터님께서 저를 도와주신다면 그 은혜는 반드시 잊지 않겠습니다."

재계의 호랑이가 머리를 숙이고는 도움을 구했다.

유 회장을 아는 사람들이 봤다면 기함을 토했을 만한 상황.

그러나 의외로 당사자인 진우는 평소처럼 침착했다.

차분한 시선으로 유 회장을 지켜보고 있었다.

'거짓말은 아닌 것 같다.'

높아진 심장박동과 가빠진 호흡, 그리고 평정을 가장한 그의 간절한 표정이 모든 것을 말해 주고 있었다.

유 회장은 진심이었다.

하지만 누군가가 진심으로 무언가를 얻고 싶어 한다고 해서, 모두가 그것을 손에 넣을 수 있는 것은 아니다.

짧은 고민 끝에, 진우가 굳게 닫혀 있던 입을 열었다.

"죄송합니다."

그 한마디에 유명한의 눈동자가 크게 흔들렸다.

"안타깝지만 제가 도와드릴 수 있는 일이 없군요."

"그…… 그렇다면."

걸었던 기대가 컸던 만큼 유 회장은 그답지 않게 쉽사리 물러나지를 못했다.

"성 헌터님의 모친분께서는 어떻게 완치된 겁니까?"

"회장님."

진우의 눈매가 진지해졌다.

주변 공기가 싸늘하게 식어 가기 시작하자, 유 회장은 지금 자신이 마주하고 있는 남자가 어떤 사람인지 다시금 깨닫게 되었다.

진우가 말했다.

"제가 만약 그 이유를 알고 있고, 그것으로 돈을 벌고 싶었다면 왜 지금까지 입을 다물고 있었을까요?"

몇 개의 대답이 유 회장의 머릿속을 스쳐 지나갔다.

힘을 가진 사람의 표적이 되는 것이 무서워서?

아니.

유 회장은 고개를 가로저었다.

그는 현역 S급 헌터다.

그것도 특출하게 강한.

누가 그를 표적으로 삼을 수 있다는 말인가?

그럼 돈 외에 다른 것을 원한다는 소리인가?

다시 한번 자신도 모르는 사이 유 회장의 고개가 좌우로 움직였다.

지금의 성 헌터라면 명예든, 인기든 원하는 것이라면 모두 마음대로 얻을 수 있었다.

그러나 성 헌터는 그러지 않았다.

'아아.'

유 회장은 뒤늦게 자신의 실수를 알아챘다.

거래의 기본은 상대가 무엇을 원하는가를 알아내는 것이다.

상대가 원하는 것을 가져오고, 상대에게 원하는 것을 받는다.

그게 거래의 상식.

그러나 자신은 진우가 원하는 것을 조금도 알지 못했다.

거래가 실패하는 것은 당연한 일이었다.

'두 가지 중 하나군.'

진우가 정말로 이유를 알지 못하거나, 아니면 원하는 것이 아무것도 없거나.

어느 쪽이라고 해도 자신에게는 절망적인 상황이었다.

"……알겠습니다."

유 회장은 더 이상 진우를 붙잡지 않았다.
“그럼.”
진우가 일어서는 걸 보고 엉거주춤 일어난 유 회장이 김 비서를 불렀다. 밖을 지키고 있던 김 비서가 냉큼 안으로 들어왔다.
“회…….”
첫발을 내디딘 순간, 그는 진우와 유 회장 사이에 흐르고 있는 경직된 기류를 읽었다.
마지막 희망이었던 만남이었기에 김 비서의 얼굴도 어두워졌다.
“회장님, 부르셨습니까?”
유명한 회장은 힘없이 고개를 끄덕였다.
“헌터님이 돌아가신다고 하니 댁까지 모셔다 드리게.”
“저는 괜찮습니다.”
정중히 거절한 진우는 유명한과 김 비서에게 가볍게 인사하고서 혼자 엘리베이터에 몸을 실었다.
위잉-
초고속 엘리베이터가 최상층에서 최하층을 향했다.
둘이 있을 때는 몰랐지만 혼자가 되니 확실히 알 수 있었다. 혼자서 타기에는 지나치게 크고 넓은 엘리베이터였다.
진우는 한숨을 쉬었다.
“후.”
부탁을 거절하는 쪽의 마음도 편치는 않다. 그래도 동생 같은 녀석의 아버지가 아닌가.
인정에 못 이긴 척 손을 내밀 수도 있었다.
하지만.

'나는 그를 모른다.'

유명한 회장이 어떤 사람인지, 그가 정말로 병을 앓고 있는 것인지, 아니면 다른 꿍꿍이가 있는 것인지.

어머니를 치료하는 데 사용한 '생명의 신수' 아이템은 성능이 탁월한 대신 수가 한정되어 있었다.

그러니 사용에 좀 더 신중을 기할 수밖에.

유 회장이 제시한 조건은 파격적이었지만, 자신의 마음을 움직이는 데는 실패했다.

그것이 결론이었다.

팅.

금방 1층에 도착한 엘리베이터가 문을 열었다.

진우는 후드를 쓰고 내렸다. 유 회장과 있을 때와 달리 알아보는 사람은 없었다.

잠깐씩 돌아보는 시선들도 '누군데 임원용 엘리베이터에서 내리는 거지?' 하는 눈빛이었다.

진우는 딱히 신경 쓰지 않고 입구로 걸어갔다.

대기하고 있었던 안내 요원이 진우를 발견하고서 가는 길을 열어주었다.

로비를 가로지르던 진우가 어딘가에서 들려오는 목소리에 일순간 걸음을 멈추었다.

—지금 막 일본에서 들어온 소식입니다.

진우의 고개가 돌아갔다.

올라갈 때는 꺼져 있던 로비의 대형 TV가 실시간으로 현지의 뉴스를 내보내고 있었다.

던전 브레이크, 걷잡을 수 없이 번져 가는 대재앙에 관한 속보였다.

진우는 TV 앞으로 걸어갔다.

촬영용 헬기 위에서 찍힌 도시는 끔찍했다.

거인들이 건물을 파괴하고 있었다.

미처 대피하지 못했던 시민들은 잡히는 족족 거인들의 입속으로 들어갔다. 남아 있는 군대가 화력을 퍼부었지만 소용없는 짓이었다.

헌터들의 힘이 아니고서는 마수들을 잡는 게 불가능하니까.

정확한 집계는 불가능하지만 벌써 사망자가 백만 단위를 넘어간다는 추정치가 나왔다.

그야말로 대참사였다.

"……."

진우의 얼굴이 딱딱하게 굳어졌다. 실상을 목격한 건 처음이었다.

그야 그럴 수밖에.

이중 던전에서 빠져나온 뒤 우진철 과장에게 뒤처리를 맡기고 집에 돌아가서 쓰러지듯 잠들었던 게 바로 어제였다.

예상은 했었지만 일본의 상황은 예상보다도 더 심했다.

4년 전 제주도에서 일어났던 악몽을 방불케 했다.

불행 중 다행이라고 할까.

당시의 던전 브레이크는 섬 지역이라는 특수성으로 인해 문제가 더 커지는 것을 피할 수 있었다.

하지만 일본은 다르다.

그저 일개 섬으로 치부해 버리기에는 너무 크다. 나라 자체가 지워질 수도 있는 위기였다.

두근, 두근, 두근.

거인들을 지켜보는 진우의 심장이 뛰었다.

불쾌함이었다.

겨우 저런 녀석들 따위가 사람들을 짓밟고 있다고 생각하자, 깊숙한 곳에서부터 강한 혐오감이 치밀어 올랐다.

그런데.

'가만…….'

진우가 상념에서 벗어났다.

겨우 저런 녀석들이라니?

거인형 마수는 여태 상대해 본 적이 없었다. 당연히 TV로는 마력을 감지할 수도 없다.

한데 어째서 거인을 보자마자 무의식적으로 '겨우'라는 단어를 떠올린 것일까?

자신감인가?

고개를 갸웃거리던 진우가 곧 고개를 가로저었다.

'머리가 복잡하니 별생각이 다 드네.'

진우는 돌아섰다.

TV 앞에 모여 걱정스러운 얼굴로 속보를 바라보는 사람들의 틈을 헤쳐 나온 진우가, 조용히 건물을 빠져나갔다.

* * *

던전 브레이크 이틀째.

즉시 전 세계의 시선이 일본에게 집중되었다.

던전 브레이크의 대책은?

일본에게 방법이 남았나?

만약 아니라면, 과연 미국이 나서 줄 것인가?

그리고 일본을 모두 파괴한 거인들이 바다를 건너 타국에도 피해를 입힐 가능성은 없는가?

무너지는 일본에 우려와 근심의 시선들이 쏟아졌다.

물론 일본과 적대적인 관계에 놓여 있던 몇몇 나라들은 다른 생각을 하기도 하였으나, 적어도 겉으로는 다들 유감의 뜻을 전해 왔다.

그러나 일본에게 필요한 것은 말뿐인 위로가 아니었다.

실질적인 도움.

마수들에게서 일본을 구해 낼 수 있는 구체적인 힘, '구제력'이 필요했다.

미국의 입장 발표가 늦어지고 있는 가운데, 벌써 일본 국토의 1/10이 파괴되었다는 소식이 나왔다.

고속도로를 가득 메운 일본 난민들의 행렬이 전파를 탔다.

그들은 살아남기 위해 터전을 버리고 동쪽으로, 서쪽으로 이동했다.

하지만 모든 나라가 그렇듯 일본의 땅덩이도 무한하지 않다. 결국은 막다른 골목에 다다르고 만다. 예고된 종말이 다가오고 있었다.

그들의 안타까운 모습을 보며 세계가 묻기 시작했다.

–한국은 무얼 하는가?

–한국은 왜 일본을 돕지 않는가?

-그들은 은혜를 모르는 것인가?

세계는 바로 몇 주 전 있었던 제주도 레이드를 보았다.

일본은 한국을 위해 투입한 S급 헌터들의 절반을 잃었는데, 어째서 한국은 일본의 위기를 가만히 지켜보고 있기만 하느냐는 것이었다.

일본의 피해 규모와 사망자의 숫자가 매시간 갱신됐다.

사람들은 분개하고 애도했다.

일본에 대한 동정론이 커질수록 한국에 대한 비판이 거세졌다.

-움직여라, 한국!

-그들에겐 의리라는 것이 존재하지 않는가?

-한국은 제주도를 잊었나!

세계의 여론이 들끓었다.

그리고 일본이 왜 유독 한국에만 마수들의 퇴치를 요청하지 않는지, 하는 의문도 커졌다.

그렇게 사흘째가 되던 날.

때가 됐다고 생각한 고건희 협회장이 드디어 기자들 앞에 섰다.

웅성웅성.

발 디딜 틈 없이 모여든 기자들과 카메라를 둘러보던 고건희 협회장은 조용히 입을 열었다.

"일본에 일어난 참사를 유감스럽게 생각하는 바이며, 그에 대해 우리 헌터협회의 입장을 밝히겠습니다."

그리고.

그보다 조금 더 앞선 시간, 미 헌터관리국의 성명이 발표되었다.

미 헌터관리국의 기자회견장.

미국이 처음으로 입을 열었다.

"우리는 헌터들을 한곳으로 모으고 있습니다."

일본을 구제하기 위해 미국이 드디어 손을 쓰는가?

헌터관리국에서 입장을 표명한다는 소식을 듣고 몰려든 기자들은 자기 일처럼 환호성을 질렀다.

어느 누구도 수천만, 아니 억 단위의 사람들이 비명에 죽어 가는 것을 바라지는 않았다.

때문에 기자들이 열광한 것이다.

기자회견장의 분위기가 한없이 달아오른 그때, 대변인이 조용히 고개를 가로저었다.

"하지만 그것은 일본을 위한 것이 아닙니다."

뭐라고?

기자들이 웅성대며 서로를 바라보았다.

아무도 미리 접한 정보가 없는지, 모두들 눈치만 살피고 있었다.

대변인은 뒤의 화면을 가리켰다.

"헉!"

"아니……."

화면에 떠오른 영상에 기자들은 입을 다물었다.

일시에 소란이 가라앉고, 그 자리를 정적이 대신했다. 무거운 침묵 속에서 드문드문 신음이 흘러나왔다.

준비된 영상은 그만큼 충격적인 것이었다.

"오늘 동부 메릴랜드 주에서 발견된 게이트의 모습입니다."

게이트의 크기가 정상이 아니었다.

일본에 생긴 것보다는 작다고는 해도 보기 드문 정도의 크기.

게이트의 크기가 등급과 직결되지는 않는다.

하지만 어마어마한 규모의 게이트가 하급 던전으로 연결되는 경우 또한 없었다.

대변인이 설명을 이었다.

"저희 조사단이 측정한 결과 이번 게이트 역시 일본의 것과 마찬가지인 S급으로 밝혀졌으며, 본국의 최상급 헌터들은 이를 처리하기 위해 최선을 다할 것입니다."

기자들은 얼굴을 감싸 쥐거나, 고개를 절레절레 젓거나, 깊은 탄식을 내뱉으며 각자 절망감을 표출했다.

비슷한 시기에 S급 게이트가 동시에 생성되는, 유례없는 일이 발생한 것이다.

물론 미국은 걱정이 없었다.

지금까지 전 세계에서 모셔 온 수십 명의 S급 헌터가 어렵지 않게 게이트를 처리해 줄 터였다.

문제는 일본이었다.

'미국은 일본을 도울 여력이 없다.'

이 끔찍한 소식이 일본에 알려지자 미국의 지원만을 간절히 기다리고 있던 일본인들의 절규가 이어졌다.

일본은 끝났다.

거인형 마수들은 눈앞의 모든 것들을 파괴하며 남진하는 중이었고, 북으로 쫓겨난 사람들은 점점 막다른 곳으로 몰리고 있었다.

이런 상황에서 침묵을 지키고 있던 한국 또한 입장을 밝혔다.

기자들 앞에 선 고건희가 말했다.

"우리는 일본의 일에 일체 관여하지 않겠습니다."

* * *

하루 전.

여느 때와 같이 아진 길드의 드넓은 사무실에는 진우와 유진호, 단 두 사람뿐이었다.

유진호가 눈을 반짝였다.

"형님. B급 게이트가 하나 나왔는데, 이거 예약할까요?"

"헌터스 길드 구역이지?"

"네? 아. 그러네요, 형님."

"그럼 됐어."

"아……. 알겠습니다, 형님."

다수의 정예 헌터들이 희생된 헌터스는 지금 한창 정신없이 바쁜 시간을 보내고 있을 터였다.

그 틈을 타 그들의 게이트를 차지하는 건 여러모로 모양새가 좋지 않았다.

옆머리를 긁적거리던 유진호가 진우에게로 고개를 돌렸다.

"형님, 아까부터 뭘 그렇게 열심히 보고 계십니까?"

모니터에서 눈을 뗀 진우가 의자 등받이에 몸을 기댔다.

"진호야."

"예, 형님."

"나 일본이나 갔다 올까?"

"예?"

유진호의 얼굴이 굳어졌다.

그 말을 하고 있는 사람이 누구인지 모르는 것은 아니었다. 형님의 활약을 누구보다 가까이서 지켜봐 왔다.

하지만.

S급 게이트는 상식이 통하지 않는 곳이었다.

측정 불가. 그것은 이미 규격 외라는 말이 아닌가?

같은 S급끼리도 넘을 수 없는 격차가 있듯이 측정이 불가능한 게이트에서 튀어나온 마수가 얼마나 위험한지는 아무도 알지 못했다.

그래서 유진호는 일본을 가겠다는 진우의 말에 웃을 수 없었다.

문득 유진호의 고개가 모니터로 돌아갔다.

'아…….'

화면에는 일본에 대한 속보가 가득 차 있었다.

형님이 신경 쓰고 계시구나.

자신과 달리 형님은 큰 힘을 가지고 있었다. 그러니 그에 걸맞은 고뇌가 동반될 수밖에.

"형님, 잠시만요."

"응?"

가볍게 던져 본 말이었는데 유진호의 반응은 사뭇 진지했다.

잠깐 자리를 비웠던 유진호가 캐비닛에서 앨범 같은 것을 하나 들고 왔다.

두꺼운 책을 펼치자 신문 기사들이 잔뜩 스크랩되어 있었다.

'이건……?'

전부 진우가 나온 기사였다.

언론에는 진우의 개입이 알려져 있지 않았던 레드 게이트 사고에서부터 제주도 레이드, 도로 정체를 해결했던 일, 그리고 최근에는 헌터스와 함께 정체불명의 석상들과 싸웠던 것까지.

진우가 기막혀 하며 물었다.

"이런 걸 모으고 있었냐?"

"네, 형님."

유진호의 얼굴은 조금 붉어져 있었다.

"근데 갑자기 이건 왜?"

"이 기사들의 공통점이 뭔지 아십니까, 형님?"

"글쎄……."

내가 관련된 사건들이라는 걸 말하는 건 아닐 테고.

잠시 뒤 유진호가 모기만 한 소리로 말했다.

"저는 어디에도 없다는 겁니다, 형님."

높은 감각 스탯으로 강화된 청력이 아니었으면 놓칠 뻔한 목소리.

"뭐?"

진우가 돌아보자 유진호가 숙였던 고개를 들고 진우를 바라보았다.

"형님, 일본에 가시는 거면 저도 데려가 주세요."

"……?"

진우는 의아했다.

일본에 간다고 하면 말리거나 응원할 거라고 생각했지, 데려가 달라는 말이 나올 줄은 꿈에도 몰랐다.

하지만 유진호는 진심이었다.

"제 입으로 말씀드리기 부끄럽지만 형님은 제 자랑이십니다. 제가 남들 앞에서 떳떳하게 내세울 수 있는 거라고는 그것뿐입니다."

"너……."

진우는 입을 다물었다.

누구보다 가진 것이 많아 보이는 유진호.

하지만 그동안 진호에게 들은 바에 따르면 그것들은 지금껏 녀석을 괴롭혀 온 족쇄였지, 자랑은 아니었다.

그러나 자신을 만나고 아진 길드를 키워 가는 건 모두 유진호의 선택이었다.

유일한 자부심이라 말하는 진호의 심정을 이해할 수 있었다.

"그러니까 저도 형님이 계신 곳에 있고 싶습니다. 꼭 데려가 주세요, 형님."

"내가 어딜 간다고 했는지, 기억은 하는 거지?"

아무리 철없는 진호라도 일본 소식 정도는 들었을 것이었다.

그곳은 지금 현세에 강림한 지옥이었다.

'거인'이라는 악마들이 인간들을 처참하게 심판하고 있는 지옥.

그러나 유진호는 결의에 찬 얼굴로 고개를 끄덕였다.

"형님이 무사하시면 저도 무사할 겁니다. 형님이 다치시면…… 에이, 그런 건 생각도 하기 싫습니다."

유진호는 강한 신뢰감이 담긴 눈빛을 보내왔다.

누군가에게 강한 신뢰를 받고 있다는 것은 빈말로도 나쁘다고 할 수 없는 기분이었다.

가슴속이 간질거리는 것 같은 묘한 기분에 진우는 유진호의 머리를 헤집었다.

유진호는 당황했지만 고개를 빼지는 않았다.

"혀, 형님?"

"당연히 농담이지. 이 시기에 일본을 왜 가겠냐?"

진우는 자리에서 일어났다.

"오늘은 이만 퇴근하자. 수고했다."

"어? 벌써 가십니까, 형님?"

손을 흔들며 사무실 문을 나서는 진우의 등에 유진호가 허리를 숙였다.

"내일 뵙겠습니다, 형님!"

* * *

덜컹.

진우가 집으로 들어섰다.

군침 돌게 만드는 향긋한 찌개 냄새가 코끝에 스며들었다. 잠시 멈춰 서서는 저녁 냄새를 맡아 보았다.

'좋다.'

어머니께서 퇴원하고 나서 가장 좋아진 점 하나는 집에 반겨 줄 사람이 있다는 것이었다.

예전처럼 어둡고 조용한 집은 이제 없었다.

"아들 왔니?"

부엌 쪽에서 어머니의 목소리가 들려왔다.

"예."

신발을 가지런히 벗어 두고 부엌으로 걸음을 옮겼다. 그러고는 뒤를 돌아보는 어머니께 미소를 지었다.

"다녀왔습니다."

"저녁 먹을 거지?"

"네. 진아는요?"

"입맛 없다네."

멈칫.

의자를 빼내려던 진우의 손이 멈추었다.

"아직도요?"

"안 그래도 어젯밤까지 한숨도 못 자다가 이제 잠들었어."

"……."

진우는 기척을 죽이고서 조심스럽게 동생 방의 문을 열었다.

"음…… 음……."

진아는 몸을 계속 뒤척이며 깊게 잠을 이루지 못했다.

평소에는 밝은 모습을 유지하고 있지만, 아직도 정신적 고통이 심한 모양이었다.

'하긴…… 그런 일이 있었는데.'

동생이 힘들어 하는 모습을 지켜볼 때마다 마수들에 대한 적의가 끓어올랐다.

어째서 녀석들은 이렇게 인간을 끊임없이 괴롭히는 걸까?

그때.

진우의 머릿속에서 게이트에서 쏟아져 나와 마수들을 쓸어버리던 은빛 병사들이 떠올랐다.

마수들과 서로 적의를 불태우던, 수를 헤아릴 수 없는 규모의 군대.

만약 그들이 실존한다고 한다면.

'그들은 우리의 아군인가?'

적의 적이 아군이라는 말도 있으니.

잠든 동생을 조용히 바라보던 진우가 방문을 닫았다.

잠시 후.

"잘 먹었습니다."

저녁을 먹은 뒤, 진우는 운동 삼아 협회의 체육관으로 이동했다.

체육관에 심어 둔 그림자 병사가 있어 편했다.

생각이 많아질 땐 땀을 흘리는 게 최고였다. 오랜만에 땀을 좀 흠뻑 흘리고 싶어졌다.

진우는 베르를 불러냈다.

가볍게 몸을 풀고 있는 진우 앞에 전직 개미왕이 공손히 무릎 꿇고 고개를 숙였다.

"왕이시여……."

베르는 그림자 군단에서 유일하게 진우의 공격을 약간이나마 버틸 수 있는 병사였다.

그러나 그 베르조차 달라진 진우의 변화를 감지하고는 흠칫 몸을 떨었다.

"감축드립니다, 왕이시여. 더욱더 고강해지신 힘이 느껴집니다."

'검은 심장'의 가공할 마력에 베르는 전율을 느꼈다.

아래를 향한 녀석의 고개가 오들오들 떨렸다.

하지만 성장을 자랑하기 위해 베르를 불러낸 것이 아니다.

진우는 베르에게 일어나라고 손짓했다.

"……?"

그림자 군단에 속하고부터는 접한 적 없었던 진우의 근심 어린 눈빛에 베르가 고개를 갸웃거렸다.

진우는 나직이 말했다.

“지금부터 전력을 다해서 덤벼라.”

“왕이시여, 제가 어떻게…….”

“괜찮아. 땀 좀 흘리고 싶은 거니까. 너밖에 없다는 거 알잖아.”

“감…… 감개무량하옵…….”

감격해 무릎을 꿇으려는 베르에게 진우가 날카로운 눈빛을 보냈다.

“너 어째 어휘가 점점 늘어 간다? 어디서 또 사람 잡아먹은 거 아니지?”

베르가 움찔 어깨를 떨었으나, 진우는 더 이상 추궁하지는 않았다.

진우는 주먹을 쥐고 다시금 지시를 내렸다.

“전력을 다해라.”

“정녕 주군의 뜻이 그러하시다면…….”

고개를 들어 올린 베르가 손톱을 길게 세웠다.

“키에에에에엑-!”

자신이 손톱을 써도 왕께는 닿지 않는다는 것을 알기에 부담은 없었다.

진우도 그 모습을 보고 씩 웃으며 고개를 끄덕였다.

바라던 바였다.

“키엑!”

체육관 내부를 뒤흔드는 강한 포효와 함께 베르가 덤벼들었다.

콰!

바닥에 처박힌 베르가 대자로 뻗었다.

"끼엑……."

127전 127패.

역시나 전력을 다한 공격으로도 털끝 하나 건들지 못했다.

며칠 못 본 사이에 왕께선 더욱더 강해지셨다.

오늘로 힘에 대한 경의와 왕을 향한 충의가 한층 더 깊어졌다.

뻗은 채 쉽사리 일어나지 못하고 있는 베르 옆에 진우가 털썩 앉았다.

이마에 땀방울이 몇 개 맺혔다.

그나마 이것이 최선이었다.

이 이상 격하게 움직이면 체육관이 박살 나고 만다.

진우는 앉아서 가만히 앞을 바라봤다.

얌전히 몸을 일으킨 베르가 무릎을 꿇고 물었다.

"왕이시여…… 혹시 근심이라도 있으십니까?"

"근심?"

"주군과 저희의 정신은 일부분 연결되어 있습니다. 왕의 고충은 저희에게 고통으로 전해집니다."

"……."

그림자 병사에게 위로를 받다니. 그것도 원래는 곤충이었던 녀석에게.

진우는 피식 웃음이 나왔다.

평소라면 그렇게 그냥 웃어넘기고 말았겠지만 이번에는 조금 달랐다.

"하고 싶은 일이 있는데 내가 어떻게 해야 할지 모르겠다."

일본에서 일어나는 일은 엄밀히 말해 남의 일이었다.

거기에 어떤 위험이 도사리고 있을지 모르고, 세계의 모든 사고를 혼자서 다 처리할 수 있는 것도 아니다.

게다가 아직 한국 헌터협회와 일본 헌터협회 사이에는 풀리지 않은 감정의 앙금도 남아 있었다.

여러 가지 생각들이 머리를 복잡하게 만들었다.

그러자 베르가 고개를 들었다.

"왕이시여!"

진우가 놀란 눈으로 베르를 돌아보았다.

녀석이 그림자 병사가 된 후로 이렇게 강력하게 의지를 피력한 적은 처음이었다.

"왕께는 그 무엇도 걸림돌이 되어서는 아니 됩니다."

그 신념에 찬 목소리는 베르를 마수 출신의 그림자 병사가 아니라, 오랫동안 곁을 지켜 온 충신처럼 느껴지게 했다.

"하고 싶은 것을 행하는 자. 그것이 왕이십니다."

"그러니까 나는 왕이 아니라니까."

시스템에 의해 우연히 정해진 직업이 그림자 군주인 거지.

하지만 베르는 진우의 말을 강하게 부정했다.

"그렇지 않습니다. 왕께서는 하고자 하는 바를 행할 수 있는 힘을 가지고 계십니다."

진우의 눈이 흔들렸다.

두근.

왠지 심장이 크게 요동쳤다.

"틀림없는 왕이십니다."

그놈의 왕 소리.

하지만.

하지만 어째서인지 뛰기 시작한 가슴이 쉽게 진정되질 않았다.

'내가 하고 싶은 것…….'

다시 앞을 응시하는 진우의 눈빛이 차갑게 빛나기 시작했다.

＊ ＊ ＊

다음 날.

미국이 성명을 발표하고, 고건희 협회장도 헌터협회의 뜻을 못 박았다.

"우리는 일본의 일에 일체 관여하지 않겠습니다."

촤촤촤촤촤촤촤촤촤—

플래시가 쉴 새 없이 터졌다.

고건희 협회장은 기자들 앞에서 일본 헌터들이 행하려고 했던 만행을 낱낱이 고했다.

그가 내민 증거들이 움직일 수 없는 사실들을 뒷받침했다.

끔찍한 흉계를 꾸며 놓고 뻔뻔이 큰소리치는 마쓰모토 일본 헌터협회장의 모습이 찍힌 CCTV 영상은, 기자들에게 엄청난 충격을 안겨 주었다.

한국의 원조를 기대했던 일본 기자들은 망연자실 영상을 바라볼 수밖에 없었다.

어느새 카메라를 든 그들의 손은 바닥을 향해 내려가 있었다.

방금 전 미국이 일본을 도울 수 없다고 말했다.

이런 상황에서 한국 헌터협회의 폭로는 일본에 사형선고나 다름

없었다. 일본 기자들의 눈에서 뜨거운 눈물이 흘렀다.

"……이상입니다."

고건희 협회장은 할 말을 다했다.

원래라면 질문이 쇄도해야 할 시간에 모두가 충격과 경악으로 입을 열지 못했다.

기자회견의 분위기가 방송국 카메라를 통해 전국으로 생중계되었다.

사람들은 그제야 어째서 한국이 일본의 위기에 침묵하고 있는지 그 진실을 알 수 있었다.

그런데.

"하지만."

기자회견을 마치고 돌아설 듯했던 고건희가 다시 입을 열었다.

"이것은 어디까지나 우리 헌터협회의 결정이며, 헌터 개인의 의지를 막아설 생각은 없습니다."

이게 또 무슨 소리인가?

술렁술렁.

충격에 얼어붙어 있던 기자들이 겨울잠에서 서서히 깨어나는 동물들처럼, 느릿하게 시선을 주고받기 시작했다.

"한 사람. 일본의 거인형 마수들을 처치하고 싶어 하는 헌터가 있습니다."

누구?

누가 이 시기에 단독으로 일본을 향한단 말인가?

착 가라앉았던 기자회견장의 분위기가 끓어오르기 시작했다.

눈물을 흘리던 일본 기자도 떨리는 손으로 카메라를 쥐었다.

'제발…… 제발…….'

유일한 희망에 가슴이 두방망이질하고 있었다.

한국 기자 하나가 손을 높이 들었다.

협회장이 그를 가리켰다.

그가 순서를 뺏길까 겁나는 것처럼 빠르게 물었다.

"그 헌터는 누구입니까?"

내부의 모든 시선이 고건희의 입으로 향했다.

잠깐 뜸을 들인 고건희는 마이크에 입술을 최대한 붙이고 말했다.

"성진우 헌터님이십니다."

촤촤촤촤촤촤촤촤촤촤촤촤악—!

그 한마디에 카메라 수백 대가 일제히 빛을 뿜었다.

— 나 혼자만 레벨업 Ⅵ권에서 계속됩니다

나 혼자만 레벨업 5

1판 1쇄 발행 2019년 8월 19일
1판 23쇄 발행 2024년 8월 1일

지은이_ 추공
발행인_ 최원영
편집장_ 이호준
편집디자인_ 최은아
영업_ 김민원 조은걸

펴낸곳_ (주) 디앤씨미디어
등록_ 2002년 4월 25일 제 20-260호
주소_ 서울시 구로구 디지털로32길 30 코오롱디지털타워빌란트 1301-1308호
전화_ 02-333-2513(대표)
팩시밀리_ 02-333-2514
E-mail_ papy_dnc@dncmedia.co.kr
블로그_ blog.naver.com/gnpdl7

값 12,000원

ISBN 979-11-364-0125-0 (04810)
ISBN 979-11-364-0120-5 (set)